ढलती साँझ का सूरज

[उपन्यास]

ढलती साँझ का सूरज

मधु कांकरिया

राजकमल प्रकाशन

ISBN : 978-93-92757-73-0

मूल्य : ₹595

पहला संस्करण : 2022
दूसरा संस्करण : 2023

प्रकाशक : राजकमल प्रकाशन प्रा. लि.
1-बी, नेताजी सुभाष मार्ग, दरियागंज
नई दिल्ली-110 002

शाखाएँ : अशोक राजपथ, साइंस कॉलेज के सामने, पटना-800 006
पहली मंजिल, दरबारी बिल्डिंग, महात्मा गांधी मार्ग, प्रयागराज-211 001
1, अनमोल सोराबजी संतुक लेन, धोबी तलाव, मरीन लाइंस, मुम्बई-400 002

वेबसाइट : www.rajkamalprakashan.com
ई-मेल : info@rajkamalprakashan.com

मुद्रक : बी.के. ऑफसेट
नवीन शाहदरा, दिल्ली-110 032

DHALTI SANJH KA SURAJ
Novel by Madhu Kankaria

जो हो न सके पूर्ण काम,
आत्महत्या कर चुके उन तीन लाख किसानों के नाम,
उनके संघर्ष और अधूरे सपनों के नाम।

आभार

वैभव मंधारे

नवल डाकयार्ड, मुम्बई में तकनीशियन।

बालासाहब

किसानों के निमित्त बने आधारवड फाउंडेशन के संस्थापक सदस्य,
महाराष्ट्र, ज़िला जालना।

दीपेश टाँक

समर्पित सामाजिक कार्यकर्ता, मुम्बई।

अशोक जोगाणी

जिनकी आर्थिक सहायता से ही मराठवाड़ा के गाँवों में नहर बनवाई जा सकी।

आदित्य कांकरिया

पुत्र जिसके चलते ही मेरा मराठवाड़ा के उन घरों में जाना सम्भव हो सका
जहाँ की थी किसानों ने आत्महत्या।

मृदुला गर्ग

कथाकार

संजीव

कथाकार

सुधा अरोड़ा

कथाकार

प्रस्थान बिन्दु

वह तीन लड़कों का ग्रुप था जो देवगिरी एक्सप्रेस से मराठवाडा के जालना ज़िले के कुछ गाँवों में आत्महत्या कर चुके किसानों के परिवार के लिए कुछ करने का जज़्बा लेकर जा रहा था। सारे पहिए रथ में लग चुके थे। वे तैयार थे, पारतुल के लिए। उन तीनों में एक मेरा पुत्र भी था। दबी जुबान से मैंने भी संग चलने की इच्छा जाहिर की। बेटे ने गौर से मुझे देखा और कहा—अम्मा, हमें बहुत पैदल चलना होगा, तेज धूप में तुम थक जाओगी। नहीं, मैं नहीं थकूँगी...कुछ भी खा लूँगी और यदि थक भी गई तो कहीं बैठ जाऊँगी। तुम लोग आगे बढ़ जाना, तुम लोगों को डिस्टर्ब नहीं करूँगी। हेलो अम्मा, चिल! वो कोई पिकनिक स्पॉट नहीं है कि घूम-फिर कर हम वहीं लौट आएँ...हम ट्रेन से पारतुल उतरेंगे और चार-पाँच गाँव होते हुए औरंगाबाद जाएँगे और वहाँ से वापस मुम्बई के लिए ट्रेन में बैठेंगे।

मेरे कानों में नाना पाटेकर के स्वर गूँज रहे थे—'अगर मुम्बई में सड़क पर अचानक कोई आपसे मदद माँगे तो उसे भिखारी न समझें, वह किसान हो सकता है...' मुम्बई में तो मुझे कोई किसान मिला नहीं जिससे मिलकर सच्चाई तक पहुँच पाती। 1997 से अब तक दो लाख किसान आत्महत्या कर चुके थे लेकिन अभी तक मुख्यधारा के मीडिया के लिए यह कोई मुद्दा ही नहीं था। विश्व के सबसे तेज़ और आगे बढ़ते हमारे मीडिया के पास फ़ैशन, ग्लेमर, सोसाइटी...सबके लिए अलग-अलग संवाददाता थे, पर एक भी फुल टाइम संवाददाता या चैनल नहीं था, ग़रीबी और किसानों की आत्महत्या पर लिखने के लिए। यह मौक़ा मैं छोड़ना नहीं चाहती थी। हर देखे-सुने को आँखों की क़लम से शब्दों में पिरोना चाहती थी।

मैंने जवाब दिया—हमारा काम दुबके बैठे सत्य को बाहर लाना है, तुम लोगों ने भी तो सच्चाई पहले जानी फिर जाने का और उनके लिए कुछ करने का मन बनाया ना! मुझे एकाएक जाने-माने पत्रकार पी. साईनाथ की बात याद आई जो मराठवाडा में घूम-घूमकर आत्महत्या कर चुके किसानों के घर-घर जा-जा कर

उनकी सच्चाई और उसके लिए ज़िम्मेदार सरकारी नीतियों पर सवाल उठा रहे थे। मैंने 'हिन्दू' अख़बार में छपे साईनाथ के दो दिन पहले के उनके प्रखर आलेख और किसानों की आत्महत्या पर लिखे कुछ महत्त्वपूर्ण दस्तावेज़ों को उसे दिखाया और कहा...यह भी ज़रूरी है! बेटे के सोच की दिशा बदली। वह साथ ले चलने को राज़ी हुआ।

प्रस्थान बिन्दु तो यही था। बाद में बाज़ार और समय की चुनौतियों से टकराते किसानों से, आत्महत्या कर चुके किसान परिवार की महिलाओं से, सरपंच से, कलेक्टर से, किसानों की आत्महत्या को रोकने के प्रयास के लिए बने 'आधारवड फ़ाउंडेशन' वालों से ख़ुद मेरे सम्पर्क बनते गए, बढ़ते गए। फिर तो ऐसा मुकाम भी आया कि पाँव में जैसे चक्का लग गया, यात्राएँ होती रहीं, बल्कि ये यात्राएँ, ये अन्त:यात्राएँ मेरी चेतना यात्राएँ बन जीवन का प्राप्य ही बन गईं। इसके साथ ही जुड़ती गईं मेरी अनुभूतियाँ, संवेदनाएँ, कल्पनाएँ, विचार, दर्शन, जीवन-दृष्टि और सभ्यता का अमानवीय इतिहास जिसकी अन्तिम परिणति इस उपन्यास के रूप में हुई।

—मधु कांकरिया

ढलती साँझ का सूरज

खंड-1

1

सिर्फ़ इक क़दम उठा था ग़लत राह-ए-शौक़ में
मंज़िल तमाम उम्र मुझे ढूँढती रही

रात एक विचित्र स्वप्न देखा अविनाश ने, देखा कि लम्बे समय तक भटकते हुए एक अज्ञात स्थान पर खड़ा हो गया है वह। एक बन्द पुरानी घड़ी के नीचे। किसी धधकती हुई अर्थी के पास। किसकी है यह अर्थी? जब तक देख पाता वह कि नींद उचट गई। धक् धक् धक् धक्...! क्या मतलब इस स्वप्न का? कहते हैं कि स्वप्न अवचेतन में गड़ी इच्छाओं की सन्तान होते हैं, तो क्या यही है उसकी इच्छा? भटकन? बन्द घड़ी? अर्थी? क्या किसी समयहीन समय में भटक रहा है वह? और वह अर्थी? किसकी हो सकती है?

वह एक ऐतिहासिक सुबह थी जब बची हुई नींद की ख़ुमारी में दिनों बाद ख़याल आया उसे कि बहुत दिन हुए लैंडलाइन लग नहीं रही है अम्मा की। जाने क्या बात है? क्या लाइन कटवा दी अम्मा ने? पर बिना उसे बताए? नहीं, अम्मा ऐसा नहीं कर सकती। माना उससे नाराज़ है अम्मा। नाराज़ क्यों न हो। साल दर साल गुज़रते जा रहे हैं। आज-कल, आज-कल करते बीस साल निकल गए पर आज तक वापस नहीं लौट पाया अपने घर। वापस की कौन कहे एक बार मिलने तक नहीं जा पाया अम्मा से। क्या कम होते हैं 20 साल? पर वह भी क्या करे? क्या इतना ही आसान होता है विदेश में पाँव जमाना। वहाँ की असुरक्षा और हीन भावना क्या नहीं करवा देती। पहले सोचा किसी प्रकार ख़र्चा निकल जाए। ख़र्चा निकला तो नौकरी ढंग की मिल जाए। बेरोज़गार होने का आतंक इस क़दर हावी था कि नौकरी लग जाने के कई साल बाद तक वह स्वप्न देखता कि वह ख़र्चे के लिए अम्मा के आगे हाथ पसारे खड़ा है। नींद में ही घबड़ाकर वह उठ बैठता। इस बीच जाने कहाँ से इश्क का भूत सवार हुआ...जिसकी उत्ताल लहरों ने मातृभक्ति

के कमज़ोर पौधे को जाने कब कहाँ बहा दिया। फिर लिव इन, फिर शादी, शादी के पन्द्रह साल और दो इच्छा से कराए गर्भपात के बाद हुआ बच्चा तो सोचा वह थोड़ा जम जाए। इन सबको जमाते-जमाते कब वह ख़ुद बर्फ़ की तरह जम गया कि अहसास तक ही न हुआ।

नदी-सा बहता रहा समय!

देखता रहा वह!

फिर हुआ उसी के भारतीय दोस्त अभिषेक के साथ वह हादसा। पन्द्रह ही दिन तो हुए हैं वापस लौटे उसे। माँ गुज़री है उसकी, धड़कनें शुरू हो गई हैं अविनाश की। उस पर आज का स्वप्न! फैल गया भय का राज्य पल भर में। इस स्वप्न ने उसे भी 'शो कॉज' नोटिस इशू कर दी वरना वो तो अम्मा को भूलने की भूल कर ही चुका था।

जाने कब से बुला रही थी अभिषेक की अकेली माँ। रोज़ बिना नागा आता माँ का फ़ोन। वह फ़रियाद करती—मुझे इस काले किले से आज़ाद कर दो, अब मुझसे अकेले नहीं रहा जाता, मैं रोज़-रोज मर रही हूँ पर पूरी तरह नहीं मर पा रही, मेरे प्राण तुममें जो अटके हुए हैं। मैं तुमसे बिना मिले नहीं जाना चाहती। या तो मुझे बुला ले या तू आ जा। बस एक बार तू मेरा हाथ थाम ले तो तुझे देखते-देखते मेरे भीतर से यमराज का डर निकल जाएगा। अब न दवा असर करती है न दुआ। बस एक ही इच्छा। तुम्हें हाथ हिलाते-हिलाते इस दुनिया से निकल जाना चाहती हूँ।

अब टूटनेवाला है पिंजर।

निर्णय-अनिर्णय की स्थिति बनी रही अभिषेक की। अपने समय का हैमलेट वह! जाऊँ कि न जाऊँ? अब इतने जाल-जंजाल के बीच एकाएक तम्बू उखाड़कर जाना भी तो नहीं हो सकता और 90 वर्षीय माँ को बुलाने के पहले सोचना भी पड़ता है। वो सोचता रहा, बेख़ुदी ओढ़े रहा कि फ़ोन आने बन्द हो गए। इस बीच ऑफ़िस के तनावों के चलते बेटा पैनिक अटैक से भी गुज़रा। कुछ दिन तो उसे सँभालने में भागमभाग में इस क़दर गुज़रे कि ध्यान ही नहीं आया। फिर ध्यान आया, फ़ोन लगाया तो घंटी बजती रही। माँ चुप नहीं हुई पर चुप्पी ने माँ को चुन लिया। जब कई बार ऐसा हुआ तब छुट्टी लेकर माँ का लाल जब पहुँचा, माँ को अकेलेपन की चुड़ैल से आज़ाद करने कानपुर तो बड़ी सी हवेली में माँ नहीं माँ के अस्थि-पंजर से मुलाक़ात हुई। व्यस्त दोस्त को मरने तक की फ़ुर्सत नहीं थी और माँ अनंत फ़ुर्सत भोगने के बाद चल दी उस पार। दोस्त को सान्त्वना देते देते

ख़ुद अविनाश का मन डाँवाँडोल हो उठा। माना उसकी माँ उतनी उम्रदराज नहीं पर विपदा क्या घंटी बजाकर आती है? कहीं उसके साथ भी ऐसा न हो...कहीं देर इतनी भी न हो जाए कि सभी कुछ दरक जाए! कोई पीछे से पुकारे और वह अपनी धुन में इतना आगे निकल जाए कि आवाज़ उस तक पहुँचे ही ना!

ओह नो!

आत्मालाप चल रहा है अविनाश का!

जैसा तुम सोचती हो वैसा नहीं है अम्मा। मैं लहरों पर सवार हो चाँद को छूने स्विट्ज़रलैंड चला था और सोचता था कि बहुत शीघ्र ही अपनी ज़िन्दगी के अपने हिस्से के सारे तूफ़ान झेल इत्मीनान से भारत लौट आऊँगा। पर नहीं, मैं ग़लत था क्योंकि जब तक जीवन है, सागर में लहरें तो उठती ही रहेंगी, कभी तूफ़ानी तो कभी मद्धिम। ग़रीबी की आँखों से दुनिया को देखा था इसलिए मन को पालतू बिल्ली की तरह समझा लिया था कि इतना कमा लूँ कि फिर कभी ग़रीबी मेरा मुँह न देख सके। बचपन का एक दृश्य अवचेतन में इस क़दर धँस गया था कि आज तक वह पीछा करता है मेरा। एक बार मैं अपनी गली से गुज़र रहा था कि उई माँ, उई ई माँ और चट-चट-चटाक की झन्नाटेदार आवाज़ सुन सहम गया। थोड़ा आगे बढ़ा तो देखा एक तगड़ा-सा आदमी एक कड़ियल मलिन से युवा का झोंटा पकड़ उसे कूट रहा था, इतना कूटा था उसने कि उसकी नाक, मुँह सब जगह से ख़ून बहने लगा था, शायद उस दुबले से युवक ने उस तगड़े से कुछ उधार ले रखा था जिसे वह लौटा नहीं पा रहा था, तभी से न जाने कैसे मेरे दिमाग़ में यह बैठ गया था कि हर झगड़े की जड़ में ग़रीबी है, कि ताक़त हमेशा कमज़ोर को पीटती है। बचपन के डर बहुत बड़े और गहरे होते हैं अम्मा, क्योंकि वे आत्मा में घर कर जाते हैं। कई बार सोचता हूँ कि क्या मेरे विदेश पलायन के पीछे भी यही था कि मुझे ग़रीब नहीं बनना है, कभी किसी के आगे हाथ नहीं पसारना है। याद है हमारे एक हैसियत वाले फूफा को जब पता चला कि मुझे स्विट्ज़रलैंड से ऑफ़र मिला है तब कैसे उनके टेढ़े ओंठों से निकला था—पतली दाल खानेवालों की भी यह अक्ल!

अब तो मेरे पास न कोई आँख बची है दुनिया देखने की और न ही कोई स्वप्न। सही अर्थों में ग़रीब मैं आज हुआ हूँ। मैं ग़रीब उस दिन नहीं था जब मैं हज़ारों मील की यात्रा कर इस देश में आया था क्योंकि मैं तब सपनों से लबालब था। तब भूख थी पर भोजन नहीं था, नींद थी पर सेज नहीं थी। आज भोजन है पर

भूख नहीं, सेज है पर नींद नहीं। मेरे स्वप्नों के लिए पहले मेरा शहर छोटा पड़ा फिर मेरा वतन। आज मेरे पास सब कुछ है। आज़ादी है। पैसा है। शायद थोड़ी-बहुत कामयाबी भी। पर नहीं है तो वह मनपसन्द दुनिया जिसे सजाने के लिए मैं वतन से इतनी दूर गया था। खौलते पानी की तरह गया था अम्मा और आज ख़्वाहिशों से ख़ाली बर्फ़ का टुकड़ा बनकर लौटा हूँ क्योंकि आज मैं एक ऐसे मन को ढो रहा हूँ जो कहीं जमता नहीं। इन सालों में जाने क्या तलाशता रहा हूँ जिसकी कोई स्पष्ट तस्वीर मेरे ज़ेहन में नहीं। आज क्यों व्यर्थता बोध ने मुझे परकटा परिन्दा बना डाला है। कुछ भी ऐसा नहीं है जिसके लिए मैं आगे देख सकूँ। मैं सचमुच स्वप्नविहीन हूँ क्योंकि मैं ज़रूरत से ज़्यादा सुरक्षित और संरक्षित हूँ।

स्वप्न और स्मृति के बीच डोलता मन!

खुल रही है जीवन की अनकही कहानी, यौवन की खुलती शर्म की तरह, आहिस्ता-आहिस्ता।

मन के आँगन में खुल रही हैं वे चिट्ठियाँ जो उसके और अम्मा के बीच कभी लिखी गई थीं।

कभी तो बख़्श दिया करो अम्मा अपने इस इकलौते बेटे को। जाने किस मूड में मैंने तुम्हें अपनी सफ़ाई में लिख दिया था—मैं जानता हूँ तुम मेरे विदेश जाने से ख़ुश नहीं हो पर सोचो अम्मा जिन्हें तुम आदर्श मानती हो तुम्हारे विवेकानन्द और सुभाष, वे भी तो विदेश गए ना? जीवन का होराइजन एक ही जगह सिमटे रहकर कैसे बढ़ सकता है? मैं तुमसे सान्त्वना की उम्मीद कर बैठा था लेकिन बिना गोली के ही शुरू हो गई थी तुम्हारी ठाँय-ठाँय...चारों खाने चित्त हुआ मैं, तुम्हारे जवाब पढ़कर। तुमने लिखा—सुभाष गए थे देश की आज़ादी के लिए। उनके भीतर सत्य का ज़ोर था इसलिए ब्रिटिश सरकार की तमाम नाकेबन्दी के बीच वे ग़ायब हो पाए। विवेकानन्द गए थे भारत की ग़रीबी का हल खोजने। तुम लोग गए, डूबते जहाज़ से डर कर भागते चूहों की तरह, अमीरी के चन्द सिक्कों के लिए।

इतनी कठोर तो मेरी अम्मा ही हो सकती थी! है न, मेरी स्टैचू ऑफ़ लिबर्टी! लेकिन तुम कठोर सिर्फ़ मेरे लिए थीं। सारी दुनिया के लिए तुम्हारा दिल दरिया था।

तुमने लिखा कि उस दिन जनवरी की ठंड में अलस्सुबह अपने पास के सब्ज़ी बाज़ार में एक लगभग अस्सी साल की बुज़ुर्ग महिला को काँपते हुए किसी तरह सिर पर गट्ठर लादे दस रुपये पाव बथुआ का साग बेचते हुए देखा, तो कलेजा

फट गया। मेरा कलेजा क्यों नहीं फटता अम्मा? क्या मेरी सारी संवेदनाएँ मर चुकी हैं? क्या मैं मानसिक रूप से ठंडा होता जा रहा हूँ? तुमने सही लिखा था कि जितना बचपन हममें बचा रहता है उतने ही मनुष्य हम बचे रहते हैं। बचपन की बात चली तो याद आया, तुम मुझे टिफ़िन में जब लगातार फुल्का और भिंडी देती थीं तो मैं कितना उकता जाता था, फुल्का-भिंडी खाते-खाते। तुमसे कहता मैगी दो तो तुम टाल जातीं। तुम्हारी चिन्ता मेरे स्वास्थ्य को लेकर। एक दिन मेरा दोस्त अपना टिफ़िन देखकर बिदक गया...उसकी आलसी माँ देर से उठती और तुरन्त मैगी उबालकर उसे टिफ़िन में भर देती। उस दिन हम लोगों ने अपने-अपने टिफ़िन बदल लिए...बहुत दिनों तक चला यह सिलसिला। अब न मैं शिकायत करता न मेरा दोस्त। हमने अपना रास्ता निकाल लिया था। आज तक मैं समस्या से मुठभेड़ करने की बजाय रास्ता ही निकाल रहा हूँ।

आज बहुत याद आती है उन दिनों के भिंडी-फुल्के की। ज़माना बीत गए वैसे घी चुपड़े फुल्के खाए। नैंसी और मैंने मिलकर एक बार भिंडी तो बनाई पर तुम्हारे हाथों वाली ताज़ा मसालों की वो महक कहाँ?

जाने क्या पिघल रहा है भीतर कि अकुला-अकुला रहा है उसका मन।

गुज़र रहा है विचारों का कारवाँ साथ-साथ।

सफलता ही सब कुछ होती अम्मा तो आज मैं दुनिया का सबसे सुखी इनसान होता। पर मैं ख़ुद को आज सबसे बदनसीब समझ रहा हूँ...माँ से बिछुड़ा...वतन से उजड़ा...अपनी भाषा से बिछुड़ा, अपनी हवा, धूप, पकवान, नदियों, समुद्र... सबसे दूर, दोस्तों से छिटका...ज़िन्दगी से उखड़ा। आज समझा अम्मा, सफ़लता क्षण भर का रोमांच चाहे दे पर उसका हासिल कुछ नहीं...कुछ भी तो नहीं। निरर्थक सफलता से कहीं अच्छा है सार्थक जीवन जीते हुए विफल रह जाना। घर से सभी निकलते हैं, निकलना पड़ता है। पर कोई ऐसे लाइन क्रॉस करता है क्या? जैसे मैंने की या मेरे दोस्त ने की। देह का जीवन हम दोनों ने जीया पर एक अन्तर के साथ। तुमने देह के जीवन को आत्मा के जीवन से बहुत छोटा समझा। इसीलिए मैं सिर्फ़ अपने लिए जीया, तुम अपने साथ-साथ औरों के लिए भी जीयीं।

तुम सही कहती थीं—उस जीवन का आविष्कार हमें करना पड़ता है जिसे हम जीना चाहते हैं। दरअसल अम्मा...आज समझ पाया हूँ कि जिस सुख और सफलता की कामना मैंने की थी वह मेरा सुख स्वप्न कहाँ था। वह तो वह सुख

था जो औरों की नज़र में सुख था...यह वह सफलता थी जो औरों की नज़र में सफलता थी...अपना सुख समझा होता...मन का कहा माना होता, मन का सुना होता तो मैं भी आज वहाँ तुम्हारे साथ होता...तुम्हारी ममता की गर्माहट तले। यहाँ की सुख-सुविधा के बर्फ़ीले ठंडेपन में न ठिठुरता। आज मेरे भीतर यदि कुछ है तो वह है सिर्फ़ डूबते हुए सूर्य की उदासी।

तुमने सत्य कहा था अम्मा कि जब देह का जादू टूटता है तभी आत्मा का सत्य जागृत होता है। शायद मेरा भी वह समय आ गया है। देखो, है न अजीब बात। तुमने एक बार कहा था, जब भी कोई सत्य के लिए प्यासा होता है, अनायास ही वह भारत में उत्सुक हो उठता है। अचानक पूरब की यात्रा पर निकल पड़ता है। और यह केवल आज की ही बात नहीं है। यह उतनी ही प्राचीन बात है, जितने पुराने प्रमाण और उल्लेख मौजूद हैं। आज से 2500 वर्ष पूर्व, सत्य की खोज में पाइथागोरस भारत आया था।

2

किसी प्रागैतिहासिक पाखी-सा विमान उतरता है।

छत्रपति शिवाजी एयरपोर्ट!

पाँव में स्वदेशी भूमि के स्पर्श की थरथराहट!

लगभग वैसी ही या उससे भी तीव्र जो लगभग हर उस स्वदेशी को होती है जो लम्बे अन्तराल के बाद अपने वतन वापस लौटता है। गर्दन को चौतरफ़ा घुमाता है वह। ओह! कितने भोले विश्वास में अपने को भुलाता रहा वह, समझाता रहा ख़ुद को कि वह पृथ्वी का मूल निवासी है। लेकिन सच्चाई यह भी कि सबसे पहले वह भारतवासी है फिर पृथ्वी का मूल निवासी!

मन फिर अकुलाता है! कितनी देर कर दी उसने इस मुबारक सुबह को देखने में!

अरब सागर के तट पर खड़ा आमची मुम्बई! सपनों का शहर मुम्बई! वित्तीय कारोबार और मनोरंजन की राजधानी मुम्बई जो कभी बम्बई था! जो कभी सात पहाड़ों और सात द्वीपों का शहर था।

आत्मालाप ज़ारी है अविनाश का।

तुम्हारे शहर का भूगोल और ख़ुशबू दोनों ही बदल गए हैं अम्मा। बदलें भी क्यों नहीं? ख़ुद मैं देखो कितना बदल गया हूँ। जानता हूँ कि तुम नाराज़ हो कि तुम्हारी खोज-ख़बर लेने 20 साल बाद वतन लौटा हूँ। राजेश खन्ना सा सजीला बांका गया था, आज चाँद पर हाथ फेर रहा हूँ। पोस्ट कार्ड, अन्तर्देशीय के ज़माने में गया था, आज ई-मेल के ज़माने में लौटा हूँ। 1989 में बाजल (स्विट्ज़रलैंड) के लिए हवाई जहाज़ में क्या बैठा, बस हवा ही हो गया। ऐसा ग़ायब हुआ जैसे यहाँ की राजनीति से ईमान। तब मेरे सामने मेरा लक्ष्य साफ़ था। पैसा और आज़ादी। ग़रीब और बन्धनों वाले देश से जो गया था। बस अपने इसी लक्ष्य के पीछे आँखें मूँद कर चल पड़ा मैं। बहुत समय तक ज़मीन के नीचे दबा मेढक जब उछलता है तो बहुत उछलता है। मैं भी उछला, बहुत उछला। न दाएँ देखा न बाएँ। आत्मा अवकाश पर। पर आज अहसास हो रहा है अम्मा कि वह दाएँ-बाएँ कितना महत्त्वपूर्ण था। कितना मेरा था जिसे अनदेखा ही गुज़ार दिया मैंने। अपनी धरती की धूल-गर्द, पेड़-पौधे, नदी, पर्वत सबसे दूर बस हवा में ही तैरता रहा इस सुन्दर भ्रम में कि मैं हौसलों की मुक्त उड़ान भर रहा हूँ।

स्मृतियाँ! स्मृतियाँ! स्मृतियाँ!

अतीत के छज्जे पर खड़ी नज़रें देख रही हैं नज़ारे। मायानगरी मुम्बई और सड़क पर लहराता मानव समुद्र। अमानवीय ढंग से भरी हुई बसें। बिना नियम-क़ानून की परवाह किए लोग और वाहन धड़ल्ले से चल रहे हैं। फिर भी कोई दुर्घटना नहीं, सब कुछ ठीक-ठाक। जीयो मेरी मुम्बई। सामने योगेश्वरी स्टेशन। अचानक दिमाग़ में कुछ कौंधा। मन एक साथ सुखद आश्चर्य और दुखद अहसास से भर गया। मन्दिर से जुड़ी कई स्मृतियाँ चलचित्र की तरह तैरने लगीं। जाने कितनी बार माँ के साथ आता था यहाँ। 1600 साल पुराने इसी मन्दिर के प्रांगण में उसके कई दोस्तों ने एकाग्र हो पढ़ने के लिए शरण ली थी। पांडवों के अज्ञातवास (किंवदंती के अनुसार) का वह मन्दिर और मन्दिर की गुफाएँ चाहे साक्षी रही हों पर उसके दोस्तों के कैरियर बनवाने में इस शिव मन्दिर के पुजारी और प्रांगण में बनी गुफाओं का बहुत योगदान रहा है। गीतकार जावेद अख़्तर, इंटीरियर डेकोरेटर कमल शुक्ला और उनका एक मित्र तीनों भाग कर आए थे भोपाल से। ख़ाली हाथ और बुलन्द हौसलों के साथ! जावेद अख़्तर साहब और कमल शुक्ला जी ने इसी मन्दिर की गुफा में सिर्फ़ भेलपूरी के डिनर के सहारे अपने दुर्दिन काटे थे। मन्दिर के पुजारी

ने कहा था—जब तक डौल नहीं बैठ जाता यहीं रहिए और प्रसाद से काम चलाते रहिए। तीसरा मित्र उन दुर्दिनों को सह नहीं पाया, लौट गया वापस। मन से फिर निकली एक आह—हर तीसरे की कहानी ऐसी ही होती है। मैं भी वही तीसरा हूँ जिसे आज दुनिया में कोई नहीं जानता। यही बम्बई गवाह है प्रख्यात लेखक और रंगकर्मी गिरीश कारनाड, अभिनेता अमरीश पुरी और अभिनेता और निर्देशक अमोल पालेकर के संघर्ष और कला के प्रति ग़ज़ब के समर्पण और पागलपन का जिनके अकथ संघर्ष और समर्पण ने उन्हें कला की बुलन्दियों तक पहुँचाया। जो दिन-भर ताड़देव के वालचन्द टेरेस पर रिहर्सल करते और रात (नाट्यकर्मी सत्यदेव दूबे फ़र्श पर ही गद्दे बिछवा देते) वहीं लुढ़ककर गुज़ार देते। और नौशाद साहब! दादर में ब्रॉडवे सिनेमा के सामने के फुटपाथ पर सोते थे। सच जो टिकता है वही आगे बढ़ भी पाता है और जिसे आगे बढ़ना होता है, वह कहीं भी कहीं से भी आगे बढ़ जाता है। मेरी तरह समृद्धि के पिंजरे में तोता बनकर नहीं जीता।

उसे सबसे ज़्यादा ताज्जुब हुआ यहाँ के कानफोड़ू हॉर्न और तरह-तरह की आवाज़ें सुनकर और यहाँ की सड़कों पर लहराते मानव समुद्र देखकर। यह देश है या आवाज़ों का जंगल? लोग भी कितने ज़ोर-ज़ोर से बोलते हैं यहाँ। याद आया—एक बार इंटरलॉकेन (स्विट्ज़रलैंड का एक शहर) में वह भूल से ट्रेन के साइलेंट जोन वाले डिब्बे में अपने भारतीय दोस्त के साथ चढ़ गया था। वह सामान्य स्वर में ही हँस-बोल रहा था कि एक बूढ़े स्वीस ने उससे ओंठ में अँगुली धर चुप रहने को कहा। वह समझ नहीं पाया तो उस बूढ़े ने उसे ट्रेन की दीवार पर लिखे 'साइलेंट जोन' को दिखाया। बाप रे! इतने शान्त—चुप्पे शहर में भी साइलेंट जोन?

शुरू में स्विट्ज़रलैंड उसे मरघट वाला देश लगा था!

आज भारत उसे आवाज़ों का जंगल लग रहा है!

यहाँ नहीं आता तो पता ही नहीं चलता कि कितना बदल गया है वह!

कि एक समय के बाद देश भी आदत बन जाता है। कपड़ों की तरह चिपक जाता है वजूद से!

दृश्य ही दृश्य। बाहर तक भरी बसें और बात-बात में हॉर्न? क्या बीस सालों में देश की जनसंख्या, बसें, गाड़ियाँ बहुत ज़्यादा नहीं बढ़ गईं? वह लगभग भौचक्का हो गया जब उसने देखा कि हरी बत्ती के सिग्नल में भी एक युवती ने जो शायद जल्दी में थी, रास्ता पार किया बिना सिग्नल का इन्तज़ार किए। कहीं से भी सड़क पार कर रहे हैं लोग, फिर भी कोई दुर्घटना नहीं, सब कुछ ठीक-ठाक। जब कि

जब नया-नया गया था वह तो एक बार ज्यूरिख में उसने देखा रास्ता साफ़ है और आस-पास पुलिस भी नहीं है तो उसने बिना ज़ेब्रा क्रासिंग के ही सड़क को पार करना चाहा। तब तो सारा ट्रैफ़िक ही रुक गया और सड़क पर ही किसी ने चिल्लाकर कहा, "ज़ेब्रा क्रासिंग"।

क्या बात है अम्मा!

हाईवे, मॉल, ऊँचे-ऊँचे टॉवर और मेट्रो देख बहुत अच्छा लगा उसे—वतन मेरा आगे बढ़ रहा है। उसे यह भी अच्छा लगा कि हर जगह लैंडमार्क लग गए हैं। अब पहले की तरह रास्ते खोजने में दिक़्क़त नहीं होती उसे। सड़क पर दौड़ती ब्रांडेड कारें, दोनों ओर शान से खड़ी भव्य और गगनचुम्बी इमारतें, शो-रूम और बने-ठने युवक-युवतियाँ भी आश्वस्त कर रहे थे...देश की अमीरी को, ख़ुशहाली को। लेकिन क्षण-भर में ही ख़ुशी की तितलियाँ उड़न छू हो गईं जब नज़रें फुटपाथ पर आबाद हिदुस्तान पर पड़ीं। काले धब्बों की तरह पसरी गृहस्थियों से होते हुए नज़रें एकाएक ठिठक पड़ीं ज्योतिबा फुले के एक बुत पर (जिसे वह ठीक से पहचान नहीं पाया था) जिसके आस-पास बहती नाक, फूले हुए पेट और कीच भरी आँखों वाले तीन गन्दे अधनंगे बच्चे ब्रेड के टुकड़े को चबा रहे थे। बुत के नीचे पसरे कचरे के ढेर और भिनभिनाती मक्खियों के बीच गन्दे मलिन कपड़ों में लिपटी भिखारिन की गोद में एकदम नंगा और मरियल हड़ियल बच्चा हाँफ रहा था। अल्प और अति का मारा यह देश उसे एक उदास रचना सदृश ही लगा, जिसे देख भारी मन से सोचा उसने...यहाँ ज़िन्दगी और गन्दगी साथ-साथ चलती है।

क्रॉसिंग पर टैक्सी रुकी और हलके जाम की वजह से लगभग पाँच-सात मिनट तक अटकी रही तो फिर कई बूढ़ी, जवान और बच्चों की कटी-फटी हथेलियाँ फैल गईं उसके आगे। कुछ सिर्फ़ याचक थे तो कुछ बच्चे फूलों के गुलदस्ते, कुछ स्ट्रॉबेरी के पैकेट्स तो कुछ गाड़ी पोंछने के झाड़न को बेचने को उत्सुक थे। दिमाग़ में फिर बेचैनी रेंगने लगी—

नन्हे श्रमिक या मेरे देश के नन्हे उद्योगपति!

टैक्सी थोड़ा और आगे बढ़ी तो उसे ध्यान आया—यहाँ एक कॉटन मिल हुआ करती थी जिसका धुआँ परेशान करता था उसे। कहाँ गई वह कॉटन मिल? कहाँ गया चिमनी से उठता धुआँ? कहाँ गईं यहाँ के कामगारों की बस्तियाँ? ऊँट की तरह गर्दन उचका-उचकाकर देखता रहा वह...न चिमनी न धुआँ! कहाँ गए होंगे उस कारखाने के हज़ारों मज़दूर? बम्बई सचमुच बदल रही थी। हाँ याद आया, वह बम्बई की

पहली स्वदेशी कॉटन मिल थी जिसे टाटा परिवार ने बनाया था। अम्मा से पूछेगा कैसे खँडहर में बदली यह कॉटन मिल? इतना तो उसने अख़बार में पढ़ा था कि मिल में लम्बी हड़ताल हुई थी, मसले सुलझे नहीं और मिल खँडहर में बदल गई।

उसने मन-ही-मन कहा नैंसी से—स्विट्ज़रलैंड के लोगों ने तो स्वप्न में भी नहीं देखे होंगे ऐसे दीन-हीन दृश्य! ऐसे नंगे बच्चे! ऐसे गन्दे कपड़ों में लिपटे, सड़क किनारे बैठे लोग! ऐसे फैलीं कटी-फटी हथेलियाँ! ऐसी ग़रीबी! इतने भिखारी! (याद नहीं स्विट्ज़रलैंड में उसने देखे हों भिखारी) इतना अन्तर? वहाँ तो किसी की ड्रेस और शक्ल को देख पता लगाना मुश्किल कि वह ग़रीब है या अमीर। वहाँ अमीरी का मतलब ब्रांडेड, ग़रीबी का मतलब बिना ब्रांडेड। अमीर हो जाने पर उसने भी बहुत कुछ ब्रांडेड लेना शुरू कर दिया था। राडो घड़ी भी उसने अमीर होने पर ही ख़रीदी थी।

टैक्सी वाले को भाड़ा देने के लिए पतलून की पीछे की पॉकेट में पर्स निकालने को हाथ डाला तो पर्स नदारद! न जाने कब कौन हाथ मार गया था।

वाह रे करप्शन और मिसमैनेजमेंट का मारा मेरा देश! आते न आते खोल दी आँखें! उफ़ विदेशी प्रवास ने कितना बदल डाला मुझे कि देश की तासीर ही भूल गया।

अब से पर्स आगे की जेब में।

3

रुकी टैक्सी और लो जी, देखते-देखते आ गया उसका मुहल्ला, पर उसकी याददाश्त की तस्वीर से कहीं कोई तालमेल नहीं। कहाँ है वह बस स्टॉप जहाँ अपने दोस्त कार्तिक के साथ वह ख़ाली बस के इन्तज़ार में खड़ा रहता था। अरे वह चाय की दुकान भी नहीं दिख रही। सच, बीस साल में कितना कुछ तो बदल गया!

पहाड़ियों को काट-काटकर पहाड़ियों की ढलान पर बना संघर्ष नगर, उसी के पड़ोस में बसी चाँदिवली, उसी में उसका घर। गया था तब चाँदिवली पहाड़ों से घिरा आधा जंगल और आधा बनता हुआ शहर था। कच्ची-पक्की सड़कें थीं।

आधी कच्ची सड़कें जंगलों में मिलती थी। तब जंगल पुकारते थे उसे और घरवाले अकेले जंगल की तरफ़ जाने से मना करते थे, कहते थे वहाँ आदिवासी रहते हैं, अकेले बच्चे को ग़ायब कर देते हैं, वहाँ तेंदुआ रहता है खा जाता है बच्चों को। एक बार उसका एक सहपाठी सचमुच ग़ायब हो गया था उन जंगलों में। शायद एक बार उसके यहाँ काम करनेवाली शशिकला बाई का भाई भी घायल घर लौटा था। झाड़ियों में उलझ गया था या कि जंगली जानवरों ने नोच डाला था? सब कुछ धुँधलके में चल रहा है, उसे कुछ भी याद क्यों नहीं आ रहा कि उसने कितना जीया कितना सुना? वह फिर झुंझला गया। आज सब कुछ क्यों जीया और सुना के धुँधलके में चल रहा है? पर इतना यादों में चमक रहा है कि अमरूद, इमली, जामुन, महुआ के फूल और कच्चे आम के लालच में वे अक्सर पीछे के गुप्त रास्तों से जहाँ से सिर्फ़ फौजी जवान और आदिवासी ही जा सकते थे, निकल जाते थे उस ओर। एक बार वहाँ किसी देवी का मेला लगा था जिसके लिए मुर्गी और बकरी की बलि दी जा रही थी। कटती बकरी को देख वह इतना डर गया था कि फिर उसका जाना बहुत ही कम हो गया था। लेकिन आज जंगल ग़ायब। अधकटा पहाड़ और घर ही घर। कितना बदल गया मेरा शहर! यह वो शहर तो नहीं जहाँ बिखरी थीं उसकी यादें! आदमी ही आदमी चहुँओर। मन में फिर हूक उठी—आज वहीं उसी बन्द दरवाज़े के सामने खड़ा हूँ जहाँ से तुम्हें छोड़कर गया था अम्मा। तरुण गया था आज अधेड़ लौटा हूँ। मचलते स्वप्नों के साथ गया था आज अपराधबोध लेकर लौटा हूँ। चौबीस कैरेट अन्त:करण के साथ गया था, आज खोट ही खोट लेकर लौटा हूँ।

लगभग दौड़ते हुए सीढ़ियाँ चढ़ीं उसने। बिना दम लिए, भय और राहत के दो विरोधी भावों के साथ धड़कते दिल से दरवाज़े की कॉलबेल बजाई अविनाश ने। दरवाज़ा वही है, दीवार पर भी वही बीस साल पुरानी बारली डिजाइन वाली छोटी-सी पेंटिंग। दरवाज़े का रंग शायद बदल गया है। दरवाज़े पर प्यार से हाथ फेरते मन अपनत्व से भीग गया। लाड़ उमड़ा। घर तो वहाँ भी था पर ऐसी विह्वलता तो नहीं महसूसी थी उसने कभी, लगता था जैसे किसी और के घर के सामने खड़ा हो। यह घर, घर नहीं जैसे स्मृतियों का ताजमहल हो।

कितने-कितने दिन...सालों बाद नसीब हुआ यह पल! अपने घर के द्वार पर खड़े होने का आनन्द!

बस कुछ पल और! आनेवाला है वह रोमांचक क्षण! आँधी में भड़भड़ाते किवाड़ की तरह भड़भड़ाया उसका मन!

क्या अम्मा निकलेगी भीतर से या निकलेगी कोई मेड या कोई रिश्तेदार?

थर-थर-थर-थर!

थमी हुई साँस और तितली की तरह फड़फड़ाती आँखों की पुतलियाँ।

ओंठों पर खिंच आया स्मित!

कॉलबेल के साथ ख़ामोशी भी बजती रही।

नहीं निकली अम्मा।

मायूस हुआ इन्तज़ार!

दरवेश बना अविनाश!

एक ही पुकार! अम्मा! अम्मा!

क्या अम्मा भी...! मुझे कुछ नहीं चाहिए। मुझे बस अपना वो पुराना वाला घर चाहिए अम्मा। उसके भीतर प्रार्थना थी।

फूलते दम और धड़कते दिल से बजाई पड़ोसी की कॉलबेल।

स्मृति में कौंधा, पड़ोस में काले मसूड़े वाली आशा आंटी रहती थीं। क्या वे हैं अभी? भगवान् करे वे हों। लल्ला लल्ला लोरी...कैसे तो अपनी बेसुरीली आवाज़ में गाती थीं वे कि नीलू सो जाए। कभी बाजल (स्विट्ज़रलैंड) में स्नेहा को सुलाते वक़्त याद क्यों नहीं आई ये लोरी और आज अचानक से कैसे फुदक गई स्मृति की यह चिड़िया? वतन में आते ही वतन की स्मृतियाँ कैसे अलीबाबा के गड़े ख़ज़ानों की तरह सररसरर निकलने लगीं। लेकिन क्या थी उसकी अगली पंक्ति? दिमाग़ पर डाला ज़ोर पर अधखुले ही रहे स्मृति के दरवाज़े। झल्लाया वह, उफ़ कितना मुश्किल है रूठी हुई यादों को वापस बुलाना। इस पल का सबसे बड़ा सुख शायद यही था कि याद आ जाए वो भूली-बिसरी पंक्ति। कुछ तो था। क्या था? चम्मच, थाली। या ख़ुदा वतन से जुदा क्या हुआ, यादें भी छोड़ने लगीं साथ...। और लो चर्रचरर की आवाज़ के साथ खुला दरवाज़ा। ग़ौर से देखा उसने—वक़्त ने अपने निशाँ छोड़ रखे थे फिर भी पहचान गया...आशा आंटी। एक नज़र में सौ-सौ बार देखा उन्हें, उन्होंने ही अब तक सँभाल रखा था अम्मा को। यूँ देखा उन्हें जैसे आस्तिक देखता है भगवान् को।

लाल बत्ती दिखाता शरीर आंटी का। चेहरों की झुर्रियों में से झाँकती हैं बीत चुके

वक़्त की आहटें। दोनों देखते हैं एक-दूसरे को अपलक। वह थोड़ा हँसता है...कि आंटी की आँखों में चमक पैदा होती है, ओंठ फड़फड़ाते हैं, जैसे नरगिस ने धीरे-धीरे खोली हों आँखें...आंटी के ओंठ खुलते हैं दो बूँद पछतावे के साथ—"अविनाश! ओह अविनाश!! तुमारी राह देखते-देखते तुमारी आई (अम्मा)..."

"क्या हुआ? क्या हुआ अम्मा को?" अविनाश की साँस रुक गई। भीतरी आवेग को सँभाल न सका और आंटी को भींच फूट-फूटकर रो पड़ा। आवेग थमने पर अपनी बड़ी-बड़ी विस्फारित आँखों से ताकता रहा वह आंटी को। उन भावुक पलों में जैसे धरती-आकाश सबके ऊपर छा गई थी अम्मा। ईश्वर से बड़ी हो गई थी अम्मा।

"चिन्ता नको (चिन्ता नहीं)", आंटी के ओंठ फिर हिले—"कुछ नई हुआ। वे हैं पर उनसे मिलने तुमे पारतुल जाना होगा। टाइम खोटी न कर चले जावो।"

"वे ठीक तो हैं न?" आधा शान्त, आधा अशान्त अविनाश अपनी साँस पर भरसक काबू पाते हुए बुदबुदाया।

"ठीक ही होंगी! लगभग डेढ़ महीने हुए मेरे कूँ बोलीं 'मी जाते' (मैं जा रही हूँ) और अपना अएड्रेस देकर पारतुल चली गईं।" इस बार आंटी के स्वर में कुछ शिकायती और कुछ तंज़ की बूँदें भी मिल गई थीं। वे जो बोलीं उससे ज़्यादा उनकी आँखें बोलीं—जलदी ही आठवण आई (जल्दी ही सुध ले ली अम्मा की)। फिर भी उन्हें उम्मीद थी कि तुम कबी उनसे मिलने ज़रूर आवोगे। इसीलिए अपना अएड्रेस दिया मुझे। पर भीतर तो चलो, अम्मा न सही मैं तो हूँ तुमारी आई की फिरेन्ड। बोत मानती थी मेरे कूँ।"

एक गहरी राहत मिलने से उसके जिस्म से ठंडा पसीना-सा छूटने लगा। काँपती-सी आवाज़ निकली—पारतुल?

"ज़्यादा दूर नई है। कुछ खा-पी लो, फिर देवगिरि एक्सप्रेस से पारतुल के लिए रवाना हो जाओ। महाराष्ट्र के मराठवाड़ा के जालना जिले में पड़ता है। मी देती अब्बी पूरा अएड्रेस।"

"अम्मा ने कोई मोबाइल नम्बर या कोई सम्पर्क नम्बर तो दिया होगा न?" उसके शब्द जैसे गले में फँसते जा रहे थे।

"हम लोगों के पास किधर रहता है मोबाइल। कोई खास जरूरत भी नई पड़ती। लाइन वाले फोन से काम चल जाता।"

"पर डेढ़ महीने से अम्मा तो लाइन वाला फोन भी नहीं उठा रही।"

"अम्मा यहाँ नई थी। पिछले तीन महीने से तो वह बाहर ही बाहर ज़्यादा रई। एकाध दिन के लिए आती और फिर बाहर।"

फिर ख़ामोशी।

एक साथ होने का भाव आंटी की ख़ामोशी में बसा हुआ था।

एक उज्ज्वल गंगा में डूबी ख़ामोशी!

निराशा होती है। चेहरे पर रात उतर आती है पर थोड़ी राहत भी मिलती है। अम्मा सकुशल है जैसी चारों दिशाओं से एक ही आवाज़ गूँजती है—उसकी माँ ठीक है, जीवित है। आह और वाह के बीच मसखरी भी फूटती है—वाह गुरु! जवाब नहीं तेरा भी। माँ के वतन, माँ के घर से तो मिलाया पर माँ से नहीं। अच्छे कंजूस हो, रुक-रुककर देते हो क़िस्तों में।

विचारों की कड़ी को फिर जोड़ते हुए सोचता है वह—फ़ोन पर अन्तिम बात 02.10.2010 को हुई थी अम्मा से। आज है 22.11.2010 तो तब तक तो अम्मा का प्रोग्राम बन ही गया होगा। फिर अम्मा ने उसे बताया क्यों नहीं? पर उसने भी कब अपनी ज़िन्दगी का सारा लेखा-जोखा खोला माँ के सामने? कई दशक घूम गए, ख़ाली आँखों में। हर बार झूठी तसल्ली ही देता रहा—इस साल आ रहा हूँ, अगली साल पक्का, बस स्नेहा का एडमिशन हो जाए, अरे माँ बस एक बार यहाँ की नागरिकता मिल जाए...ज़िन्दाबाद ज़िन्दगी के गोरखधंधे...ज़िन्दाबाद और-और की लालसा जो इतनी बलवान निकली कि तुमसे मिलने की दुर्बल लालसा हर बार दुबक गई। हालाँकि स्नेहा के जन्म के समय मेरी दिली ख़्वाइश थी कि तुम सदा के लिये यहाँ आ जाओ। कितनी मनुहार की तुम्हारी, पर तुम्हारा एक ही जवाब रहा 'यहाँ ज़िन्दगी को मेरी ज़रूरत है'। शायद तुम अपने इस नालायक पुत्र को माफ़ नहीं कर सकीं जिसने वहाँ जाकर तुम्हारी सुध ही नहीं ली या अनजान देश में अपनी स्वाधीनता खो देने की तुम्हारी अपनी आशंकाएँ! मैं तो सिर्फ़ अनुमान भर ही लगा सकता हूँ अम्मा!

आंटी ने घर की चाबी थमा दी और साथ में थाली भर खाना कि अविनाश खाने के बाद आराम कर ले। जीयो मेरी आंटी! पड़ोस इसे कहते हैं! वहाँ रहते-रहते वह तो भूल ही गया था क्या होता है पड़ोसी का सुख! बीस साल बाद देखा ऐसा सम्पूर्ण खाना! सब्ज़ी फुल्कों के साथ ही दाल, भात, चटनी, रायता और लड्डू भी! ये तीनों ही चीज़ उसने सालों बाद देखी थीं, हालाँकि टिटलिस में उसने कई बार भारतीय

खाना खाया था, पर पुदीने की चटनी, बूँदी का रायता और नारियल के लड्डू वहाँ दुर्लभ थे। जीओ मेरी आंटी!

रिश्ते और औरत ही जीवन को ख़ूबसूरत बनाते हैं।

किर्र-किर्र की आवाज़ के साथ खुला बन्द घर का दरवाज़ा। ऊँघता बासी अँधेरा। भीतर यूँ पाँव धरा उसने जैसे वह जीवित हाड़-मांस का बना घर हो, चला भी ऐसे कि कहीं चोट न लग जाए उसे।

घर के खुलते ही एक सोया हुआ युग अपने रूप, रंग, गन्ध और स्पर्श के साथ मौजूद था। सोई हुई अनेक कहानियाँ जैसे जाग गई थीं। वही घर जहाँ बना था वह और जहाँ बसी थी उसके स्वप्नों की ख़ुशबू। जहाँ से उड़ान भरी थी उसके स्वप्नों ने। जहाँ आज भी थोड़ा-सा छूटा हुआ रह गया था वह! वही बोलता-बतियाता गुलज़ार घर आज कितना बदला हुआ था। कितना ख़ामोश था। आज सब कुछ था उसके पास पर वो स्वप्नों वाला घर नहीं था जिसकी ख़ातिर उसने सब कुछ छोड़ा। बिन अम्मा के कैसा घर?

अम्मा की ग़ैरहाज़िरी अब हर जगह हाज़िर थी। देखता रहा ग़ैरहाज़िर अम्मा को, महसूसता रहा उदास हवा सी अम्मा को साथ चलते-चलते। शाम की आवाज़ अम्मा के लौटते पैरों की आवाज़-सी प्रतीत हुई। बाहर मेघ बरस रहा था और भीतर यादें मेघ बन पूरे घर में भर गई थीं। बरसने दिया उसने यादों के इन भरे-भरे बादलों को। जाने कितनी बार इस घर को देखा था स्वप्नों में। जब भी आँख मूँदता, उसे न अपनी बच्ची स्नेहा का चेहरा दिखता न यूरोप में देखा सौन्दर्य। उसे दिखाई देता तो बस यही घर और घड़ा, कौआ और कंकड़ की कहानी सुनाती उसकी अम्मा। लेकिन आज जब वह इस घर के अन्दर है तो मन भारी है। अम्मा की उपस्थिति जैसे पूरे घर में, कोने-कोने में पंखुरियों की तरह बिखरी पड़ी है। एक जगह अम्मा का चश्मा रखा हुआ है। दीवार के बीचोबीच दो तस्वीरें काटकर चिपकाई गई हैं। एक तरफ़ बुद्ध, दूसरी तरफ़ विवेकानन्द। दोनों के बीच एक महिला की तस्वीर थी जिसके नीचे लिखा था—सावित्री बाई फुले। तस्वीर के ठीक ऊपर एच.एम.टी. की छोटी-सी दीवार घड़ी थी। अरे यह तो वही घड़ी है, आँखों में जुगनू से चमके और ओंठों पर चिड़िया-सी फुदकी हँसी।

फिर उड़े यादों के कुछ परिन्दे, रहा होगा वह चौदह-पन्द्रह साल का। अम्मा उसे शाम आठ बजे के बाद बाहर नहीं निकलने देती थी और वह ज़िद्द कर रहा था, दोस्त नवीन के घर जाने के लिए। अम्मा लेटी थी, एकाएक उसे एक तरकीब

सूझी, उसने घड़ी को घंटा भर पीछे कर दिया—अम्मा जाने दो, मैं आठ बजे तक तो लौट जाऊँगा। कितना बजा है? अभी तो सात भी पूरे नहीं बजे, चार मिनट देरी है। ठीक है, पर ज़रूर से आठ बजे तक आ जाना। वह यह जा वह जा। यह तो बाद में किसी काम से आई आशा आंटी तो भंडा फूटा उसका। अम्मा को आया गुस्सा, झूठ-मूठ वाला गुस्सा!

4

लोककथा से वे जादुई दिन।

अतीत के झरोखे से फिर झाँक गई अम्मा।

"लेटे हुए खाना नहीं खाना चाहिए।"

"क्यों?"

"लेटे हुए खाते हैं तो खाना गधे के पेट में जाता है।"

"नहीं खाऊँगा, पर पहले बताओ, मेरा नाम अविनाश क्यों रखा?"

"मैंने नहीं रखा तुम्हारे आजोबा (दादा) ने रखा।"

"आजोबा तो कितने अजीब हैं।"

"वो कैसे?"

"मैं चलता हूँ तो कहते हैं पैर पटक-पटककर मत चलो, धरती को कष्ट होगा। धरती में भी कोई जान होती है क्या?"

"हाँ, होती है।"

"मुझे अविनाश नाम पसन्द नहीं। यह भी कोई नाम है?"

"मैं तो तुम्हारा नाम बुद्ध रखना चाहती थी। पर आजोबा नहीं माने।"

"बुद्ध क्यों?"

"बहुत पसन्द था यह नाम मुझे, मन में यह भी था कि एक दिन तुम बुद्ध की तरह सोचो।"

"बुद्ध कैसे सोचते थे?"

"बुद्ध कहते थे कि ज़रूरत से ज़्यादा हर चीज़ ज़हर है।"

"ज़हर क्या होता है?"

"जिसको खाकर तबीयत ख़राब हो जाती है।"

"मेरे पास तो कुछ भी ज़रूरत से ज़्यादा नहीं है।"

"है तो!"

"क्या है?"

"तुम्हारे पास दो रेसिंग कार हैं ना!"

"तो?"

"एक अपने दोस्त को दे दो, उसके पास तो एक भी नहीं है।"

"बुद्ध तुमको बुद्धू बना रहे हैं। मैं नहीं देता अपनी रेसिंग कार।"

मुस्कुराता और स्मृतियों को सूँघता हुआ वह चौके में घुसा। अम्मा थी तो कैसे महकता था चौका। गन्धों का पूरा संसार स्मृति में महका—कभी दाल में हींग के बघार की गन्ध, फूलते फुल्कों की गन्ध, सर्दी में नीबू के अचार की गन्ध, लहसुन-प्याज की गन्ध, त्योहारों पर लौंग-इलायची की गन्ध। ज़माना हो गया वैसी गन्ध को जीए। चौके में रखी पानी रखने की लाल मटकी को देख वह लगभग उछल ही पड़ा, मैं तो बोतल का पानी पीते-पीते भूल ही गया था कि पानी हमारे यहाँ मटकी में रखा जाता है। बड़े चाव से उसने मटकी की टोंटी खोली तो पानी नहीं निकला, मटकी ख़ाली थी। तीव्र इच्छा जागी मटकी का पानी पीने की। बाथरूम की खूँटी पर लाल-नीली चौकड़ी वाला गमछा और अम्मा की पहनी हुई सूती साड़ी लटक रही है। किसी कोने में इस्तेमाल किया हुआ लाइफबॉय साबुन रखा हुआ है, जिसे देख एकाएक टीवी का विज्ञापन कौंध गया, 'लाइफबॉय है जहाँ तन्दुरुस्ती है वहाँ'। साड़ी के पल्लू से चश्मे का काँच पोंछती अम्मा, पहनी हुई साड़ी के आधे भाग को ही ओढ़ने की तरह इस्तेमाल करती अम्मा, रसोई की खिड़की पर साड़ी का बना पर्दा। बड़े प्रेम से पर्दे और चश्मे पर हाथ फेरा। मुँह से अनायास फिर निकला, हिश्श अम्मा! तुम्हारी गृहस्थी देख अपनी गृहस्थी याद आ गई अम्मा, सच हम जीए कम, जीने का सामान अधिक बटोरा हमने।

एक कोने में पड़े सन्दूक को खोला तो भीतर दुबका बीता हुआ समय बिजली सा चमक उठा। कुछ किताब, पुरानी पत्रिका और दोस्तों के साथ लिया ग्रुप फोटो। उसके नीचे जैसे ख़ज़ाना निकला जिसे देख उसकी एक आँख चमकी तो दूसरी ग़मगीन हुई। फिनाइल की गोलियों में लिपटा गहरे नीले रंग का अम्मा के हाथों का बुना स्वेटर जिसे अम्मा ने उसके जाने के समय बुना था उसके लिए—ठंडे देश

के लिए। जाते वक़्त जगह नहीं बची थी इसलिए अम्मा को आश्वस्त कर दिया था कि अगली बार आएगा तो ले जाएगा। मन भर आया, हिश्श अम्मा, वह अगली बार कितना लम्बा तना। प्यार से हाथ फेरा उस स्वेटर पर। उफ़! कितना इन्तज़ार भरा था इस सन्दूक में। मन ग़मगीन हुआ—काश तुम कम अच्छी अम्मा होतीं! काश! दुनिया की वह हर प्यारी चीज़ जिसे हम प्यार करते हैं, इस प्रकार हाथों से नहीं फिसलती।

अम्मा की टेबल बदली हुई थी। टेबल की काँच के नीचे उसके कई पुराने पत्र सहेज कर रखे हुए थे। क्या बात है अम्मा! इस नालायक बेटे के पत्रों को भी कितना सहेज कर रखा है तुमने। कितना कहा तुम्हें कि ई-मेल करना सीख लो पर नहीं, तुम्हारा एक ही जवाब रहता 'तुम्हारे पत्रों और तुम्हारी लिखावट से तुम्हारी मन:स्थिति झलकती है। तुम्हारे हाथ की लिखावट मुझे तुमसे मिलवा देती है, काश सीख लिया होता तुमने, तो यह नौबत नहीं आती। पत्रों से निगाह सरकी तो एक कोने पर अटकी। सुन्दर अक्षरों में लिखा दमक रहा था—बसेरा उजड़ जाने पर भी क्या परिन्दे गाना गुनगुनाना बन्द कर देते हैं? क्यों लिखा ऐसा? शायद ठीक ही लिखा। सचमुच मेरे जाने के बाद एक तरह से तो अम्मा उजड़ ही गई थी। आँखें फिर नम हुईं कि तभी दूसरे कोने पर निगाह अटकी, लिखा था—तुम्हारा होना यदि मेरे होने के बाहर होना है तो यही सही, जहाँ भी यह होना रहे, आबाद रहे क्योंकि दुनिया में मेरा घर है पर मेरा घर-परिवार ही मेरी दुनिया नहीं है। पढ़कर मन उदास हुआ अविनाश का। सही में अम्मा तुम सिर्फ़ एक घर की सेवा के लिए नहीं थीं, इसीलिए मेरे लाख कहने पर भी मेरे यहाँ नहीं आईं तुम। तुम्हें शायद डर था कि मेरे यहाँ आकर तुम बँध जाओगी पर हवा को कोई बाँध सकता है क्या?

साथ-साथ गुज़र रहा है ख़यालों का कारवाँ। नज़र पड़ी एक छोटे-से रैक पर जहाँ अख़बार बिछा हुआ था। जिसके मुख्यपृष्ठ पर ही गुटके का बड़ा सा विज्ञापन छपा हुआ था जिसे देख उसका मुँह बिगड़ गया था पर दूसरे ही पल एकाएक उछल गया वह। उस अख़बार के कोने पर उसका बाजा (माउथ ऑर्गन)रखा हुआ था जो उसके पिता द्वारा उसे दिया हुआ अन्तिम उपहार था। उसके छह महीने बाद ही उसके पिता जब वह मात्र दस वर्ष का था, गुज़र गए थे। सालों तक सँभाल कर रखा था उसने। विदेश जाते वक़्त उसने सिर्फ़ ज़रूरत भर का सामान साथ में लिया था, सोचा था वापस आएगा माँ को लेने तो बाक़ी सामान भी ले जाएगा, उस बाक़ी सामान में ही था यह बाजा। मन में फिर कसक सी उठी। मैं चाहे भूल

गया पर घर भुला न पाया मुझे। आज कुछ भी बाक़ी नहीं बचा। घर में माँ आज की बदली माँ थी पर अविनाश हर जगह बीस वर्ष पूर्व का अविनाश था (बीस वर्ष पूर्व के अविनाश की तस्वीर टँगी हुई थी) उससे मिलना अविनाश में इतना गहन अपराधबोध जगा रहा था कि वह उसी शाम बाहर निकल गया। देखती रही आंटी उसका जाना। मन के बहाव में बहती बोली भी—"दीया-बाती बाद चले जाना।"

"नहीं आंटी, लगता नहीं कि अम्मा यहाँ रहती है। कुछ भी सुख-सुविधा का सामान नहीं। घर में एसी तक नहीं, वही ओरिएंट का पचीस वर्ष पुराना मरियल पंखा, वही 1990 के मॉडल का बीस साल पुराना ब्लैक एंड वाइट टीवी जिसे जाते-जाते लगवा गया था मैं। ढंग का पलंग तक नहीं, वही पुराना चूं-चूं करता पलंग। मैं नवम्बर के महीने में दो घंटे में यहाँ की उमस से परेशान हो गया। कैसे रहती होगी अम्मा यहाँ मई-जून के महीनों में? लगता है जैसे वे रह नहीं रही थीं वरन् ज़िन्दगी और मुझसे बदला ले रही थीं। उफ़ बड़ी भूल हुई मुझसे!"

"सही कहा तुमने। पर वे इहाँ रहती कहाँ थीं, यहाँ तो ताई का इन्तज़ार रहता था। ताई तो बस यहाँ लौटती थीं फिर-फिर निकलने के लिए...।" बोलते-बोलते लबालब भरे पोखर-सी भरी-भरी आँखों को साड़ी के आँचल से पोंछा उन्होंने।

वह मुड़ा, फिर लौटा। आंटी के पाँव छुए और चल पड़ा अँधेरी स्टेशन की ओर। चलते-चलते अपने भीतर चलने लगा वह—तुम सही कहती थीं अम्मा कि विदेश में तम्बू का कोई-न-कोई कोना उखड़ा ही रहता है, पर क्या स्वदेश में नहीं होता ऐसा? यह अलग बात है कि स्वदेश में आदमी उस प्रकार अकेला और असहाय नहीं पड़ता जैसे विदेश में। आज का वह मुबारक दिन भी क्या आता यदि दोस्त की माँ के साथ वह अनहोनी न हुई होती?

सामने से गुज़री कोई अधेड़-सी युवती। बिजली सा कुछ कौंधा—क्या यह सुहानी है? इसी गली में तो रहती थी। ग़ज़ल-सी मोहक वह लड़की। बस देखा-देखी ही होती थी। वे मदभरी, कजरारी, बोलती निगाहें जब टकराती थीं उसकी निगाहों से तो बिन बादल बिजली गिरती थी। जिस दिन नहीं दिखती थी वह, दिन गर्मी की लम्बी दोपहरी-सा कितना सूना-सूना लगता था। सहमी चिड़िया-सी, छोटी-छोटी उड़ान भरनेवाली बचपन की वह मुहब्बत ख़ामोशी में ही पल-पल बढ़ रही थी, जाने कैसा संकोच भरा था उसके अन्दर कि मोहब्बत का इज़हार तो वह कर ही न सका।

वह करता भी क्या, उन दिनों किसी अनजान लड़की से प्रेम का इज़हार करना उतना ही साहसपूर्ण काम था जितना बिना हैलमेट के गावस्कर का वेस्टइंडीज के

गेंदबाजों के सामने कवर ड्राइव लगाना। अफ़सोस! वह गावस्कर नहीं बन सका। जिस दिन बाजल के लिए टैक्सी में बैठ रहा था तब भी भरपूर नज़रों से देखती रही थीं वे दो जोड़ी आँखें। दुपट्टे के नियंत्रण से बाहर होते वक्षों पर उसने नीला दुपट्टा क्या डाला, मन आसमानी हो गया था उसका। बदली सी लहराई थी उलाहना देती उसकी पनीली आँखों में। जिसके जवाब में 'फिर लौट कर आऊँगा' वाला भाव उमड़ा था अविनाश की भी आँखों में।

शुरुआती दिनों में बाजल में भी जब-तब उड़ते बादलों-सा ख़याल आता उस खरगोश लड़की का और उसे उदास कर जाता था, पर धीरे-धीरे कब भूल गया वह उसे पता नहीं। उन बीते हुए पलों को ढूँढ़ने की इतनी तीव्र इच्छा जागी उसमें कि एकाएक वह तेज़-तेज़ चलने लगा कि किसी प्रकार देख सके वह लड़की का चेहरा भर, देख सके कि आज भी वह उसी प्रकार पत्ती-सी सिहरती है उसे देख या ज़िन्दगी ने उसे भी दाल-रोटी का बना चपटा कर डाला है। पर क्या वह उसे पहचान पाएगी? क्या वह ख़ुद पहचान पाएगा उसे? सोचते-सोचते लम्बे-लम्बे डग वह भरने लगा। अरे भोंदू, ज़रा पीछे मुड़कर देख तो सही। अरे...वह तो बायीं तरफ़ मुड़ गई। बहुत दिनों बाद किसी चेहरे को देखने की इतनी बेताबी महसूसी थी उसने। मायूस हुआ मन। सुहानी के चेहरे के छिपते ही ख़यालों के झुटपुटे में एक और चेहरा उभरा, वो भी इसी गली में रहता था, तरह-तरह की हँसी हँसनेवाला और कान हिलानेवाला उसका दोस्त चिंटु...काश! एक झलक दिख जाए उसकी। पर क्या वह पहचान पाएगा उसे? और वह कबीर! कैसे बात-बात पर 'विद्या कसम' खाता और सबकी नक़ल उतार-उतारकर हँसा-हँसाकर बेहाल कर देता था। खरे सिक्के-सी खन-खन करती उसकी हँसी आज भी कानों में गूँजती है। काश! दिख जाए! काश! मिल जाए अपना वह खोया हुआ शहर!

जीवन तो सचमुच वही था। उसी बिन्दु पर अटका हुआ।

वह मुस्कुरा दिया। एक गहरी उदास मुस्कान!

चलते-चलते चाय की तलब हुई। टपरी पर चाय पी तो चाय के स्वाद और गन्ध ने फिर से उसे बीस साल पहले के खोये हुए समय की स्मृतियों में धकेल दिया। उफ़! यहाँ तो शहर की गलियाँ ही नहीं, खोए हुए लोग ही नहीं, खोया हुआ स्वाद तक स्मृतियाँ जगा रहा है।

सामने पेशाबघर के सामने लगी लम्बी लाइन के बाद फिर एक दृश्य! जिसे

देख मन उदास हुआ और पाँव ठिठक कर रह गए। बाप रे! किफ़ायतों का कैसा देश! एक दुकान के ठीक बीचोबीच हॉरिजॉन्टल पार्टिशन, ऊपर पान की दुकान, नीचे आधी रोशनी आधे अँधेरे से भरी चाय की दुकान। बीच में लकड़ी का पट्टा। इंच-इंच जगह का इस्तेमाल। वाह अम्मा, जवाब नहीं तुम्हारा, क्या-क्या दिखाया। हैरान हो मन को फिर उँड़ेला उसने नैंसी के सामने—कई बार लगता है, मैं नहीं मेरा कोई दूसरा घूम रहा है यहाँ। याद है नैंसी तुम्हें ऑस्कर वाइल्ड की वह प्रसिद्ध कहानी 'हैपी प्रिंस', जिसमें एक बेजान सा बुत शहर के चौराहे पर खड़ा होता है। पर हर रात कोई चिड़िया उसके कन्धे पर आ कर बैठ जाती है और उस चिड़िया के बैठते ही वह वापस इनसान बन जाता है और लोगों के दुखों को देख शोक और करुणा से भर जाता है। अम्मा मेरे लिए वही चिड़िया बन मेरे कन्धों पर बैठ गई है।

ओह नो!

जेब में हाथ डाले हुए अविनाश अब चला पारतुल, अम्मा की ज़िन्दगी के बन्द पन्ने खोलने। साथ-साथ चल रहा है घर, उससे लिपटा हुआ। सामना हो रहा है अपने-आपसे, साथ ही चोंच मार रही हैं स्मृतियाँ—उसके निकलने के थोड़ा पहले लालकृष्ण आडवाणी के नेतृत्व में साम्प्रदायिक ताक़तें सर उघाड़े देश के राजनीतिक गलियारे में धूम मचाने लगी थीं, राम रथ यात्रा की घोषणा हो चुकी थी। प्रभु श्री राम के सहारे चुनाव जीतने की तैयारियाँ हो रही थीं। मंडल का जवाब कमंडल से दिया जाने लगा था। जिनका बचपन साथ-साथ हँसते-खेलते गुज़रा था, वे अब धर्म और जाति के नाम पर एक-दूसरे के कट्टर दुश्मन हो गए थे। जो देश कुछ समय पहले तक दूसरे मुद्दों पर उलझ रहा था वह अब घर की आग बुझाने में लगा था।

उन दिनों वह अपनी अम्मा को यह जताने का कोई भी मौक़ा नहीं चूकता था कि सही समय पर निकलकर उसने किस प्रकार अपने भविष्य को बचा लिया। अम्मा को शायद तभी शंका हो गई थी कि उससे पहले कि मेरी महत्त्वाकांक्षाएँ मुझे जनहित से एकदम दूर उड़ाकर ले जाएँ मैं कम-से-कम शादी भारत में ही करूँ जिससे जड़ों से जुड़ा रहूँ। मैं ख़ुद भी चाहता यही था। पर क्या बताऊँ अम्मा—भूख-प्यास के बाद अकेलापन दुनिया की सबसे अधिक जानलेवा बीमारी है। मेरे एक तरफ़ थी स्विटज़रलैंड की चकाचौंध रईसी, अद्भुत सौन्दर्य, हर तरह की अन्तहीन आज़ादी, जीने और भागने की उद्दाम आकांक्षा, यौवन की पुकार और नव जीवन के

झिलमिलाते स्वप्न। दूसरी तरफ़ थी कड़ुए नीम-सी भारत की ज़िन्दगी, ख़ूनख़राबा, दंगे, कमरतोड़ खटनी, कबूतरों के दड़बे जैसे घर, धूल-गर्द, पसीना, रूखा-सूखा खाना, बदबू, धक्का-मुक्की और ढेरों बन्दिशें। मैं यहाँ के मायाजाल में इस क़दर सम्मोहित था कि किसी भी क़ीमत पर यहाँ कुछ समय के लिए टिकना भर चाहता था। पर इस विनयशील शहर के सन्नाटे, एक-दूसरे के प्रति एक ठंडी तटस्थता और दमघोंटू अकेलेपन की तुम कल्पना भी नहीं कर सकतीं, विशेषकर उन भारतियों के लिए जो मुम्बई जैसे दिन-रात चलते, चीखते-चिल्लाते महानगर से यहाँ आए हों। भारत में तो मौत में भी लोगों का जमावड़ा, रोना-धोना मौत को सन्नाटे में नहीं बदलता। ऐसे भारतीयों को निगल लेती है यहाँ की ख़ामोशी। बेरोज़गारी के बाद जो चीज़ यहाँ सबसे ज़्यादा हिट करती है वो है यहाँ की ठंडी ख़ामोशी और दिल को दहला देनेवाला अकेलापन। कान को बहरा और आत्मा को सुन्न कर देता है यहाँ का सन्नाटा। शाम ढलते ही यहाँ पेड़ों से पत्ते नहीं ख़ामोशियाँ गिरने लगती हैं। इनसान तो क्या घरों में कुत्ते तक भौंकना बन्द कर देते हैं। अकेलेपन से घबड़ाकर सड़क पर निकलता तो वहाँ भी वही सड़कों पर पसरा निल बटे सन्नाटा, लगता जैसे सदियों से यहाँ कोई बोला ही नहीं है। खिड़की से झाँकता तो भी दूर-दूर तक इनसान नहीं दिखते, दिखते सिर्फ़ पेड़, फूल, सुन्दर-सुन्दर पार्क और बादलों से घिरा आसमान। साँय-साँय करता घर, साँय-साँय करता आसमान, बाहर सन्नाटा, भीतर सन्नाटा। साँय-साँय करती हवा। इन सबसे आख़िर कब तक बतियाता? यहाँ का अद्भुत सौन्दर्य भी धीरे-धीरे अब मेरी उदासी बढ़ाने लगा था। मैं ओंठ हिलाने को तरस जाता। गहराती शाम के साथ सन्नाटा मुझे दहलाने लगता।

मेरी मकान मालकिन ने इस नसतोड़ एकाकीपन से घबड़ाकर दो बिल्लियाँ पाल रखी थीं। एक बार सन्नाटे से घबड़ाकर मैंने टीवी ज़ोर से चला दिया तो फ़ौरन पड़ोसी ने मेरी शिकायत करवा दी। पुलिस ने चेतावनी देकर छोड़ दिया। अपनी चेतना को कुंद करने के लिए मैं मीलों पैदल चलता कि बिस्तर पर गिरते ही नींद मुझे अपने आग़ोश में ले ले, पर थका-मांदा मेरा जीव ठंडे ठहरे घर के ठिठके ताले को खोलते ही बुझ जाता। एक बार तुमने लिखा था शायद अपने लिए कि 'शाम टूटे हुए दिलवालों के घर ढूँढ़ती है।' तुम्हें क्या पता अम्मा कि उस शाम ने दो घर ढूँढ़ लिए थे। फ़र्क़ इतना भर था कि तुम पर यह टूटना मेरे चलते था और मेरे पर यह टूटना मेरा अपना चुनाव था। माँ उन लमहों में मुझे शिद्दत से याद आता, मेरा उतावला होकर घंटी पर घंटी बजाना और तुम्हारा दौड़कर आकर दरवाज़ा खोलना।

यहाँ तो बन्द घर के आगे खड़े होकर घंटी बजाना भी एक नियामत थी जो हरेक को नसीब नहीं होती थी।

ऐसे में सहकर्मी नैंसी का मेरे जीवन में आना!

जैसे साँसों का लौट आना!

विशेषकर यौवन के उस मुक़ाम पर जब औरत एक जादू होती है।

मैं नैंसी पर इस क़दर भावात्मक रूप से निर्भर हो गया कि कब हम लिव इन रिलेशनशिप में आ गए, मुझे पता ही न चला। दरअसल अम्मा प्यार से बढ़कर वे परिस्थितियाँ होती हैं जो प्यार को सम्भव बनाती हैं। मेरी परिस्थितियाँ मुझे मारनेवाली थीं इसलिए किसी भी क़ीमत पर उस अजनबी, अनजान और बेरहम चुप्पे शहर में मैं उसे खोना नहीं चाहता था। अपनी आटा गूँथनेवाली अम्मा को खोने का तो कोई भी डर दूर-दूर तक मेरे अन्दर न था, पर उस मखमली नैंसी को खोने का डर मेरी आत्मा में इस क़दर धँसा हुआ था कि मैं हर पल उससे चिपका रहता था। बुरे दिनों ने मुझे एक अच्छा प्रेमी बना डाला था। मेरी यह भावनात्मक निर्भरता उसके अहं को भी उन दिनों सहला रही थी। एक नए-नवेले सुखवाद की हवा मेरे रेगिस्तानी जीवन में बह रही थी। अकेली वह भी थी पर वह अभ्यस्त थी। लेकिन उन्हीं दिनों अपने एक बॉयफ्रेंड से धोखा खाए उसके अहं और उसकी आत्मा ने मुझ में एक नया और विश्वसनीय बॉयफ्रेंड पाया। जीने और भोगने की अदम्य आदिम लालसा जो भारत जैसे देशों से आए नवयुवक में बहुत दिनों तक दबी स्प्रिंग की तरह इस क़दर उछाल मारती है कि अपने बस में कुछ नहीं रहता। मुझसे पाँच साल बड़ी नैंसी अपने वजूद और टूटे विश्वास की लड़ाई लड़ रही थी और मैं अपने अस्तित्व की। मेरे कानों में वह बुदबुदाती 'मेरा प्यार चाहता है तो पहले फिर से मुझे औरत बना' और मैं जुट जाता। रोमांस के चरम के बीतने के बाद मुझे अहसास हुआ कि जिसे मैं प्रेम समझ रहा था वह सिर्फ़ एक वक़्ती आवेग था। हार्मोन्स का उबाल था। और जिसे मैं घर समझ रहा था वह तो कभी बना ही नहीं। घर बनता है जब कोई आपका इन्तज़ार कर रहा हो, जब कोई आपके इन्तज़ार में भूखा बैठा हो।

नैंसी ने मेरे साथ कोई अन्याय नहीं किया। उसे उसके देश की भोगवादी संस्कृति ने गढ़ा था जैसे मुझे मेरे संघर्षों ने। मुझ पर सही अर्थों में अन्याय किया मेरी अन्तहीन लालसाओं ने और एक भिन्न संस्कृति ने। यह सच्चाई भी तब सामने आई जब नैंसी गर्भवती हुई और उसने गर्भ धारण से इनकार कर दिया। तब समझा

अम्मा, मैं एक दूसरे देश में ही नहीं वरन् दूसरी संस्कृति में भी हूँ। हमारे यहाँ जब कोई लड़की गर्भवती होती है तो डॉक्टर मुबारकबाद देता है परन्तु डॉक्टर उससे पूछ रहा था 'क्या तुम बच्चे को जन्म देना चाहोगी?' नैंसी ने मेरा मन जाने बिना, मुझसे सलाह-मश्वरा किए बिना ही डॉक्टर से कहा—'नो-नो-नो!' वह 'नो' मेरे सीने में कटार-सी घुसी और मैं आह तक नहीं कर सका। पहली बार महसूसा मैंने कि बिल्ली पंजा मार चुकी है मेरे रोमांस पर।

कि मेरे अधमरे 'मैं' के भीतर बैल उग आया है।

क्योंकि मेरे लिए उस क्षण का एक ही सत्य था—मैं और एक नन्ही कोंपल जो हमारे बीच एक कोमल-सा अहसास लेकर आ रही थी। पर ऐसा नहीं हो सका क्योंकि हमारी गृहस्थी न किसी रिश्ते-नाते से बँधी थी, न किसी नियम-क़ायदे से। हमारी उस गृहस्थी का एक ही क़ायदा था—अन्तहीन आज़ादी और बेशुमार भोग। भोग! भोग! जितना भोग सकते हो तुम! जीवन यहाँ जाम का एक प्याला था जिसकी अन्तिम बूँद तक हर स्विस भोग लेना चाहता था।

तभी यह अहसास भी हुआ कि हम दो साथ रहते हुए भी रहते हैं दो अलग-अलग समय और देश में। हम दोनों ही अपने आस-पास को चाहे कितनी भी खुली आँखों से क्यों न देख रहे हों लेकिन उसमें से लेते हम दोनों ही अपने-अपने संस्कारों के हिसाब से ही थे। मेरे भीतर अभी भी मेरा भारत बचा हुआ था, इसलिए मैं उस पहले गर्भपात से दुखी था। जबकि वह एकदम सामान्य थी क्योंकि उनके यहाँ पति-पत्नी जैसे साथ और हमबिस्तर रहनेवालों के बीच भी सहज विश्वास नहीं होता, इसलिए स्त्री तब तक माँ बनना टालती रहती है जब तक उसे विश्वास न हो जाए कि उसका पार्टनर एक अच्छा पिता बन सकता है। फिर नैंसी तो ख़ुद अपने पहले प्यार में धोखा खाई हुई थी। मैंने नैंसी से कोई नाराज़गी ज़ाहिर नहीं की। जानता था कि हमारा दाम्पत्य काँच के घर में रहता था, हल्की-सी चिंगारी भी लपट बन सकती थी। और मेरे अकेले कच्चे मन को एक कवच की ज़रूरत थी।

बहलहाल अम्मा कोई भी भावना चाहे कितनी भी बलवती क्यों न हो बस कुछ दिनों की ही मेहमान होती है और उसके बाद जीवन होता है बस एक सपाट सड़क। पर जब तक इस सत्य से आत्मबोध हुआ, नदियाँ सूख चुकी थीं, सूरज डूब चुका था। भारत से भागकर यहाँ आया था, यहाँ से भागने के रास्ते बन्द हो चुके थे। स्विट्ज़रलैंड जो कभी मुझे दुनिया के गाल पर चुम्बन की तरह मोहक

लगा था वह अब दिन पर दिन मुझे 'पिंजरे वाला मुन्ना' बनाता जा रहा था। जीवन एक ऐसा सवाल बनता जा रहा था जिसकी दरी के नीचे ज़िन्दगी के दूसरे सवाल खिसकते जा रहे थे।

फिर कहूँगा अम्मा कि नैंसी ने मुझे तुम्हारे पास आने से कभी नहीं अटकाया। यह तो समय ही था जो मेरे साथ 'स्टेचू स्टेचू 'खेल रहा था। जो मुझे अच्छे बेटे की बजाय एक अच्छा प्रोफ़ेशनल बना रहा था।

जब तक समय ने 'गो' नहीं कहा, क्या मजाल कि मैं हिल जाता।

आज यह अहसास हुआ अम्मा कि प्रेम एक मोड़ है ख़ूबसूरत लेकिन वहाँ जीवन ठहर नहीं सकता। आगे चलना होता है। मेरी भूल अम्मा कि मैंने उसे मंज़िल समझ आगे बढ़ने से इनकार कर दिया। मैंने अपने 'स्व' को बिसराकर अपने को वहाँ की संस्कृति के माप के अनुसार काटना-छाँटना शुरू कर दिया। परिणाम? न यहाँ को भुला पाया न वहाँ का हो पाया। आज समझ पाया अम्मा कि अपनी मूल सत्ता के विरुद्ध जाकर जीवन जिया नहीं जा सकता है, काटा भले ही जाए।

उच्च जीवन इनसान को बाँधता नहीं उसे मुक्त करता है।

5

भीड़-भाड़ और धक्का-मुक्की से दो-चार होते हुए आख़िर ट्रेन तक पहुँच ही गया अविनाश। फिर याद आया बाजल। ट्रेन, मेट्रो, बसें, ट्राम—सब एक-दूसरे की पूरक। हर स्टेशन के बाहर ही बस स्टॉप, आपके स्वागत में। एक ही टिकट या पास सबमें चलता है। बार-बार लेने की झंझट नहीं। न भीड़-भाड़, न कोई धक्का-मुक्का। सबमें बैठने की सीट आसानी से मिल जाती है। पूरे स्विट्ज़रलैंड में पब्लिक ट्रांसपोर्ट से कहीं भी आना-जाना बेहद आसान और वह सब समय चाक-चौबन्द।

और यहाँ, अपने समय से तीन घंटे लेट चल रही छुक-छुक गाड़ी लेकिन लोग शान्त हैं, परम शान्त। कहीं कोई बेचैनी नहीं। किसी को कोई जल्दीबाजी नहीं। सारी बेचैनी उसी के पल्ले पड़ी है। जितनी जल्दी मिलना चाह रहा है अम्मा से, उतनी ही हो रही है देर। डाँवाँडोल मन:स्थिति अविनाश की। नज़रें बाहर, मन भीतर। वनफूल-सी फिर महकी एक स्मृति—अब नहीं है चीखती, कोयला, धूल और गर्द

उड़ाती ट्रेन। न सामानों के लम्बे-चौड़े जख़ीरे। पैंट्री कार के साथ फ़ास्ट ट्रेन स्मृति के किसी स्टेशन पर फिर रुकी ट्रेन—बचपन में अम्मा के साथ जाता था तो फर्स्ट क्लास, सेकंड क्लास और थर्ड क्लास होता था। तब एसी कोच नहीं होते थे। अम्मा साथ में पतला-सा बिस्तर ले जाती थी होल्डाल में। एक बार भीषण गर्मी में थर्ड क्लास में सफ़र कर रहा था वह। गर्म हवा और पसीने से परेशान। तभी किसी यांत्रिक गड़बड़ी से ट्रेन एक स्टेशन पर काफ़ी देर तक रुकी रही। सामने ही खुले नल से बह रहा था पानी। अम्मा ने झट से गिलास निकाला और उसे प्लेटफार्म पर ही फटाफट नहलाकर तरोताज़ा कर दिया। नहाते-नहलाते भी दोनों का दिल चिड़िया के दिल की तरह धड़कता रहा कि कहीं रेल चल न दे। नहाकर जब वे लौटे अपने डिब्बे में तो ऐसे जैसे कितनी बड़ी फ़तह कर ली हो। अम्मा की देखादेखी और भी एक-दो लोगों ने वहीं नहाना-धोना शुरू कर दिया था।

झटके से फिर रुकी ट्रेन। भीतर से बाहर निकला वह। कुछ क्षणों के बाद फिर रेंगना शुरू किया ट्रेन ने। वह फिर बड़बड़ाया—ट्रेन चलती कम रेंगती ज़्यादा है। चूना भट्टी रेलवे स्टेशन से गुज़र रही है ट्रेन। मद्धिम-मद्धिम गति। नज़र एकाएक सामने के दृश्य पर अटकी। झटका लगा उसे। शहर का मेकअप जैसे पूरी तरह से ही उतर गया था। गन्दगी से बजबजाती नीले पॉलीथिन से ढकी ख़ोलियों और झुग्गियों की एक लम्बी क़तार। सामने बहते खुले नाले। पटरी पर पॉटी करते लोगों को देख उसे अचानक उसी ट्रेन में नाक के नीचे तक पर्दे में बैठी औरत का ध्यान आया...यहाँ शर्म और बेशर्मी साथ-साथ चलती है...मन-ही-मन सोचा उसने।

दृश्य फिर बदला। पुराने टीन और कबाड़ को जोड़-जाड़कर बनाया गई खोखानुमा चाय की दुकान। तेरा भी जवाब नहीं मेरे देश! एक तरफ़ न्यूक्लिअर पावर बनता मेरा देश, एक तरफ़ पटरी पर पॉटी करता मेरा देश!

विचारों का कारवाँ भी गुज़र रहा है। साथ-साथ।

छुक-छुक गाड़ी!

बम्बई का कोई उपनगर!

फिर रुकी ट्रेन। क्या हुआ? एक विशाल रैली। समुद्र की छाती पर तटीय मार्ग निर्मित होने की घोषणा के विरोध में मछुआरों की बड़ी-सी भीड़ अपने झंडे और तख़्तियाँ लिये ट्रेन रोककर विरोध कर रही है, इनमें कुछ आदिवासी भी थे जिनकी झुग्गियाँ किसी राजमार्ग के निर्माण के लिये उजाड़ दी जाएँगी।

कैसे मरजीवड़े? कड़क धूप में भी डटे हैं। बाजल में दुर्लभ हैं जनजीवन के ऐसे दृश्य! ऐसा जनजीवन! कहाँ जाएँगे ये? क्या होगा इनका? सोच रहा है अविनाश! खोता जा रहा है वह इस जन सैलाब को देख-देखकर! जब से आँख खोली है उसने, बम्बई को बदलते ही देखा है। बीस वर्ष पूर्व जब निकला था यहाँ से तो पहाड़ों से ज़मीन छीनी जा रही थी, आज समुद्र से छीनी जा रही रही है। हर सभ्यता क्या इसी प्रकार छीन-छीनकर आगे बढ़ती है?

"कब से हो रहा यह आन्दोलन?" उसने सहयात्री से पूछा।

"अरे मत पूछिए, इनकी ज़मीन की भूख मरती ही नहीं, कभी समुद्र पी रहे हैं तो कभी जंगल निगल रहे हैं। ये सोच ही नहीं सकते कि जिन जंगलों को काट रहे हैं, वे ऑक्सीजन कितना दे रहे हैं। इनकी निगाह में सिर्फ़ यह रहता है कि ज़मीन नोट कितने पैदा कर रही है, दूसरे साँस ले सके इसकी इन्हें परवाह कहाँ है, हालत यह है कि आजकल तेंदुए आदमियों की बस्ती में आ रहे हैं, आहार की खोज में।"

"आहार की खोज में?"

"हाँ, और नहीं तो क्या, जंगल लगातार सिकुड़ते जा रहे हैं, उन्हें खाने के लिए जानवर नहीं मिलते तो अक्सर वे पास की ही आदिवासियों की बस्ती में आ जाते हैं, कई बच्चों को उठा ले गए।"

"आपको कैसे पता?"

"मैं वहीं तो रहता हूँ। कई दिनों तक उबलती रही थी आरे कॉलोनी, जब तेंदुआ खींचकर ले गया था चार साल की हेमा को। पेशाब के लिए निकली थी, पिता साथ में थे। दत्तु (पिता) चिल्लाया, लड़की चिल्लाई। जब तक हम लोग पहुँचे, लड़की की अधखायी लाश छोड़कर भाग गया था वह। कई बार तो अँधेरा घिरते ही दिखने लगते हैं तेंदुए, बाघ।"

"तेंदुआ? बस्ती? क्या बाड़ नहीं है?" एक सवाल!

"अरे 56 गाँव हैं, कहाँ-कहाँ लगाएँगे बाड़? हमारी तो माँग ही यह है कि हमारे आदिवासी गाँवों को नेशनल पार्क से थोड़ा अलग कर दिया जाए। हालत यह है कि कितनी भी उमस हो, घुटन हो बाघ और तेंदुए के आतंक से कोई बाहर तक नहीं निकलता। पेशाब भी चैन से नहीं कर पाते हैं। देखिए, जानवर पहले भी थे, हम भी पहले भी थे लेकिन अब संजय गांधी नेशनल पार्क के लिए बाहर से तेंदुए और बाघ लाकर छोड़े गए हैं। ये ही करते हैं हमले। पहले वाले हमारे बगल से गुज़र जाते थे, हमला नहीं करते थे। पहचानते थे हमें। साला, हम आदिवासियों

की ज़मीन पर ही बना संजय गांधी नेशनल पार्क और हमारी ही ज़िन्दगी हराम।

याद आया, अम्मा ने भी बताया था उसे, तेंदुए वाली घटना के बारे में। तब कुछ समझा, कुछ अनसमझा रह गया था। अब धीरे-धीरे समझ रहा है वह अम्मा के दर्द को। जगमग मुम्बई और पिछवाड़े ही इतना अँधेर! पर मैं अम्मा की तलाश में हूँ या उपकथाओं की? गर्दन को झटका दे वह फिर अम्मा से होनेवाली मुलाक़ात के बारे में सोचने लगता है।

ट्रेन ने रफ़्तार पकड़ ली थी।

दिन ढल गया था। आकाश बादलों से भर गया था। उसे ताज्जुब हुआ, यहाँ दिन कितनी जल्दी ढल जाता है। सात बजते ही अँधेरा घिर आया। बाजल में तो साढ़े नौ बजे होता है ऐसा अँधेरा। यहाँ रातें लम्बी जो होती हैं। नहीं लम्बी नहीं, यहाँ रात रात जैसी होती है, वहाँ रात में भी दिन होता है। अविनाश एकाएक बेहद उदास हो गया था। सब कुछ भूल गया वह! यहाँ के रात-दिन तक। आसमान में उड़ते परिन्दे घरों को लौट रहे थे। कहाँ था उसके पास लौटने के लिए घर? घर माँ से था और माँ का अता-पता ही न था। आँखों की तितलियाँ फड़फड़ाईं। नम हुईं। दिल ने फिर हौसला बढ़ाया—सब्र कर बच्चू। आंटी ने तो कहा था न कि अम्मा यहाँ आई हुई है, फिर नो नेगेटिव थॉट। बस एक बार मिल जाए अम्मा तो अपने नेह के मेघ से भिगो देगा वह अम्मा को।

भोर! अम्मा सी भोर की हवा! पेड़ों और पत्तियों से होकर गुज़रती भोर की हवा! हवाओं में उड़ते उसके बाल! उड़ते विचार!

अम्मा यहाँ क्यों आई होगी? अम्मा प्राय: कहती थी—जहाँ रहो, उसके गली-मोहल्ले से सरोकार रखो, पर ये तो अम्मा के गली-मोहल्ले नहीं?

इन्तज़ार के बादल बस छँटने ही वाले हैं। कितनी अचम्भित होगी अम्मा उसे यहाँ देखकर। याद आया, उसे विदा करते हुए अम्मा की आँखें कैसी तो हो गई थीं, जिबह के लिए ले जाई जाती गाय की तरह। मन की उदासी को सँभालने के लिए उसने डायरी निकाली। उसे जाना है बाबुलतारा गाँव, पारतुल से 10 किलोमीटर दूर। गोविन्द गिरी के घर, जो आधारबड संस्था के संस्थापक सदस्यों में से एक हैं। अम्मा वहीं मिलेगी। अम्मा से मिलने में अभी भी घंटा भर की देर। वह एकाएक अधीर हो उठा। काश अम्मा ने गोविन्द जी के फ़ोन नम्बर भी दे दिए होते। पर इन छोटे-छोटे गाँवों में अधिक दिक़्क़त नहीं होगी गोविन्द ज़ी को खोजने में।

पारतुल पर रुकी ट्रेन। बहती हवाएँ! मिट्टी की गन्ध और धूप की छोटी-छोटी तितलियाँ! सालों बाद देखा उसने सोना रंग सूरज के साथ किसी कस्बेनुमा गाँव को जागते हुए, खुलते हुए, धीमे-धीमे। पत्तों पर चमकती ओस की बूँदों को देख सुकून महसूसा उसने। चलते-चलते उसके जूतों के नीचे एक अधमरा उल्टा पड़ा तिलचट्टा आते-आते बचा, उसने एक काग़ज़ पर उसे उठाया और सड़क किनारे किसी सुरक्षित स्थान पर रख दिया।

ज़माने बाद बैठा है वह ऑटो रिक्शा में। गाँव की पहली महक। मन में फिर कुछ पिघलने लगा। मेरा देश। दूर-दूर तक फैले खेत। बीच-बीच में चलती हवा के बीच झूमती फ़सलें। बीच-बीच में जले हुए पत्ते, जली हुई घास। पेड़ों की टहनियाँ। विम बार, गुटका और लक्स साबुन के रैपर्स। एक कोने में आराम फ़रमाती गाय। यहाँ हिन्दुस्तान लीवर के सामान ख़ूब बिकते हैं, मन-ही-मन सोचा उसने। थोड़ा आगे बढ़ा तो कई कुएँ देखे उसने। कुएँ की मुंडेर पर काँव-काँव करते ढेरों कौए। प्यार से देखा उन कौओं को। मेरे देश के कौए। हँसी आ गई उसे। आँखें फिर घूम गईं पीछे। अम्मा होती तो कहती कौआ काँव-काँव कर रहा है, देखना आज आएगा कोई पाहुना। तभी निगाह पड़ी एक साँवली-सी स्त्री पर जो हैंडपम्प के पास बैठकर बर्तन धो रही थी, सूखी छातियाँ ढीले ब्लाउज के नीचे लटक रही थीं, वह उनसे बेख़बर बर्तन चमका रही थी। क्या यहाँ स्त्रियाँ ब्रा नहीं पहनतीं? ग़रीबी के चलते? मन फिर उदास हुआ, यहाँ तो ग़रीबी चलती-फिरती, उठती-बैठती दिखाई देती है।

"कितनी दूर और है बाबुलतारा?"

"बस आ गया"—हँसकर जवाब देता है ऑटोवाला।

"तुम जानते हो गोविन्दगिरी को?"

"कौन नहीं जानता उन्हें इस गाँव में।"

"कौन हैं वे? क्या करते हैं?"

"बड़े किसान हैं, छोटे किसानों के लिए काम करते हैं।"

उसे थोड़ी-सी असुविधा हो रही थी मराठी मिश्रित भाषा समझने में। एक लम्बे समय तक दूर रहो तो अम्मा की तरह भाषा भी रूठ जाती है...उसने सोचा।

क्या बात है! नज़रें फिर आस-पास के नज़ारों पर टिक जाती हैं। गुनगुनी-सी धूप। समय की गति से थोड़ा दूर छिटका उजड़ा-उखड़ा उनींदा-सा गाँव। धूल उड़ातीं

पगडंडियाँ। छोटी-छोटी दुकानें। गन्दी-गन्दी सड़कें। जगह-जगह गड्ढे, नालियाँ, पुराने फटे टायर और कचरे के ढेर। ढेर में मुँह मारती गौ माता, भैंस। साइकिल पर चलते लोग। मुँह में उँगली डाले उकड़ूँ बैठ कोयले से दाँत माँजती एक बूढ़ी। आँगन में झाड़ू लगाती औरतें। मूंज की खाट पर बैठा आसमान की ओर दार्शनिक अन्दाज़ में ताक़ता कोई बूढ़ा। छोटा-सा सैलून। सैलून के बाहर उकताया बैठा मोची।

नैंसी या स्नेहा देख लेती इस क़दर खुली गाय, मुर्गी, बिल्ली और कुत्ते तो भौचक रह जाती। पर उसे ताज्जुब नहीं हुआ। वैसा ही है मेरा देश जैसा छोड़कर गया था वह। एक साथ आधुनिक और प्राचीन।

एक घर के बाहर बैठी दो बूढ़ी औरतें, दोनों की ही गोद में दो नौनिहाल। यहाँ बच्चे कितनी आसानी से पल जाते हैं, शायद संयुक्त परिवार की वजह से, ख़ुद उसका बचपन भी तो बकौल अम्मा 'गोदी से नीचे ही नहीं उतरा, कभी दादी, कभी बुआ, कभी नानी तो कभी पड़ोसन ही ले जाती उसे...' उड़ता-सा ख़याल फिर आया उसे।

छोटी-छोटी रहस्यमयी गलियों से होते हुए वे पहुँचे एक छोटे-से पक्के मकान के सामने कि ऑटोवाले ने कहा—"लो जी आ गया गोविन्द दादा का घर!"

अन्तर की आतुरता सँभाले नहीं सँभल रही। मैं पहचानूँगा कैसे गोविन्द जी को?

घर के बाहर खुला आँगन। एक बच्चा मूँज की खटिया पर बैठ दूध पीता हुआ। ऑटोवाले ने बच्चे को कहा—"दादा से मिलने आए हैं, ज़रा बुलाना।" अम्मा कहाँ-कहाँ जाती थी, उसे आज तक पता नहीं चला, शायद समय ने हमें माँ-बेटा रहने ही कहाँ दिया, हमें दो ऐसे मित्रों में तब्दील कर दिया जिनकी मित्रता का मूल मंत्र था कि एक-दूसरे के निजी जीवन को न छुएँगे। पहली बार उसने ज़िन्दगी और माँ के बारे में इतनी फ़ुर्सत से सोचा।

थोड़ी देर में ही अधेड़ उम्र के गोविन्द जी सामने। थकान के बादलों से घिरा चेहरा! पायजामा-कुरता। कबीरी सादगी।

जहेनसीब! चहक पड़ते हैं अविनाश—"मैं मुम्बई से अवित्ताश, अम्मा से मिलने आया हूँ। उन्हें बुला दीजिए।"

"अम्मा? क्या नाम है आपकी अम्मा का?"

"मानसी मांढेर!"

"ओह-ओह तो आप मानसी ताई के पुत्र हैं! अरे सतीश! बघा कौन आले (देखो कौन आया है)।"

सब देखने लगते हैं उसे जैसे पुरानी जान-पहचान हो उससे। झुँझला जाता है वह।

"अम्मा को बुलाइए न प्लीज!" पतलून की जेब में हाथ डालते हुए कहता है वह।

"वे तो क़रीब तीन महीने हुए निकल गईं यहाँ से।"

"क्या? निकल गई?" इन दो शब्दों में जैसे पूरी क़ायनात सिमट गई उसकी। शब्द छेदते हुए धँसे भीतर। आती-आती ख़ुशी फिर मैदान छोड़ भाग खड़ी हुई।

"ताई जब भी आती हैं यहाँ, मुट्ठी भर ख़ुशियाँ बिखेर देती हैं।" उसे हल्का करने के लिए कहा गोविन्द जी ने।

"पर अम्मा हैं कहाँ?" झुँझलाते हुए फड़फड़ाता है वह—मुझे अम्मा की तारीफ़ नहीं, अम्मा चाहिए।

"वे तो पौने तीन महीने हुए निकल गईं।"

"क्या? कहाँ?" एक काली-सी छाया उसके चेहरे पर उतर गई। वह अधीर हुआ। बेलगाम घोड़ी की तरह निराशा ने फिर जकड़ लिया उसे। या ख़ुदा कैसी तक़दीर पाई! होते-होते सब गुड़ गोबर हो गया। ऐसी माँ मेरी ही तक़दीर में लिखी थी! धम्म से बैठ गया वह।

गोविन्द जी ने जवाब दिया, "वे पुणे की तरफ़ निकल गईं, कह रही थीं कि कुछ काम है।"

पुणे की तरफ़ क्या काम हो सकता है अम्मा का? ओंठों को गोल-गोल करते हुए सोचा उसने। पहली बार यह भी अहसास हुआ कि वह और अम्मा दो विपरीत ध्रुवों के लोग हैं।

लेकिन वो यहाँ आई क्यों थी?

"आपको नहीं पता? यहाँ...मेरा मतलब यहाँ से थोड़ी ही दूर बलखडे गाँव है, वहीं उनकी मुलगी (बेटी) रहती है।" दांत खोदते हुए कहते हैं गोविन्द जी।

"मुलगी? क्या मज़ाक कर रहे हैं आप भी? मैं उनका पुत्र, उनकी कोई मुलगी नहीं है।"

"मेरा मतलब है उन्होंने उसे गोद लिया था।"

"क्या? गोद लिया था?" जोगिया उदासीनता ने लपेट लिया उसे। इतनी बड़ी बात का भी ज़िक्र अम्मा ने नहीं किया मुझसे! ये अम्मा हैं या कोई बन्द किला जिसके दरवाज़े एक-एक कर खुलते ही जा रहे हैं अब। शायद बुढ़ापे की असुरक्षा

ने परिवार की चाहत बढ़ा दी हो। विचारों के परिन्दे फिर चोंच मारने लगे—क्या मिलूँ अम्मा की बिटिया से? पर क्या अम्मा से मिलने में देर नहीं हो जाएगी?

उसने पूछा, "क्या अम्मा से बात हो सकती है? कांटेक्ट नम्बर तो दिया ही होगा अम्मा ने?"

छोटी-सी हँसी हँसते हुए बोलते हैं गोविन्द जी, "ताई अपने सम्पर्क नम्बर नहीं देती है। बीच-बीच में ख़ुद ही फ़ोन कर लेती है।"

"क्या मैं मिल सकता हूँ अम्मा की बिटिया से?"

"हाँ-हाँ मिल सकते हो ताई की बिटिया शोभा से।"

"पर क्या मुझे देर नहीं हो जाएगी अम्मा से मिलने में?"

"नहीं, देर नहीं होगी। वैसे भी पुणे के लिए ट्रेन रात तक मिलेगी। पर उससे मिलने आपको गाँव बलखडे जाना होगा, ज़्यादा दूर नहीं बस 10 किलोमीटर दूर होगा। पर उससे पहले कुछ पेट-पूजा हो जाए।"

रिश्तों की चाँदनी खिल उठी। आनन-फानन गोविन्द जी का घर गुड़ मखाना हो गया। रसोई गमक उठी। भाप उठने लगी। कुछ घर में पका, कुछ आस-पास के घरों से आ गया। कहीं से सब्ज़ी आई, कहीं से भात, कहीं से फुल्के, कहीं से मिठाई। लोगों की आवभगत देख गदगद हो गया वह!

बातें! बातें और बातें!

कल्लू किसान से लेकर प्रधानमंत्री के घर तक की बातें!

उसकी भी बतकही फिर चल पड़ी नैंसी से—क्या जीवन इसी प्रकार क्षति पूर्ति के सिद्धान्त पर काम करता है नैंसी? एक घर नहीं अम्मा का तो कई घर अपने लिए बनवा लिए अम्मा ने। मैंने कई जगह यह भी देखा कि जिनके जीवन में कोई रंग नहीं होते वे बढ़-चढ़कर रंगीन कपड़े पहनते हैं। शायद इसी प्रकार जीवन के अधूरेपन को भरते हैं। यहाँ आकर मेरा मानसिक मौसम भी बदल रहा है। शायद मैं अपनी मूल सत्ता में लौट रहा हूँ धीमे-धीमे। पहली बार एक ख़ूबी नज़र आ रही है मुझे यहाँ। स्विस जल्दी से दूसरों से घुलते-मिलते नहीं। बाहर घूमने भी निकलते हैं तो इस तरह कि दूसरों को दिखे नहीं कि दूसरों की निजता में खलल न हो। चीज़ों को शेयर करना तो स्विस जानते ही नहीं। घर में भी किसी को बहुत ही कम आमंत्रित करते हैं, पहली मुलाक़ात में तो हर्गिज़ नहीं, पर यहाँ? माना सम्बन्धों के ग्लेशियर यहाँ भी पिघल रहे हैं (मुझे ही देखो न!) फिर भी यहाँ अभी भी बचे हुए

हैं सम्बन्ध और आपसदारी। मिल-जुलकर रहना, खाना-खिलाना, चीज़ों को शेयर करना...यहाँ की सामूहिकता को तुम देखतीं तो घबड़ा जाती नैंसी!

'तेरे घर के द्वार बहुत हैं, किससे होकर आऊँ मैं?'

अब वह घोड़े पर सवार था। एक साथ वर्तमान और भविष्य दोनों में विचरण करने लगा। अम्मा मिलेगी तो उसकी पोटली में भी कुछ ऐसा रहेगा कि अम्मा ख़ुश हो जाए। वह कहेगा—अम्मा देखो तुम्हारा नालायक बेटा तुम्हारी लायक बेटी से मिल आया।

6

किसान का चेहरा वह आईना है जिसमें सभ्यता का चेहरा झलकता है

गाँव बलखडे!

आवभगत की बालासाहब ने जो गोविन्द जी के मित्र थे और बलखडे में रहते थे। तीन पक्के कमरे। एक खपरैल में बैल। बाहर के खुले आँगन में फुदकती मुर्गियाँ। खेत के पास बना हुआ घर। खेत के दूसरी तरफ़ ढेरों काजू और रामफल के पेड़। बाहर सूखे पत्तों और सूखी लकड़ियों की बनी बाड़, जिससे भीतर के पौधों को कोई जानवर खा न सके। रास्ते में जो भी मिलता गोविन्द जी उसका परिचय करवाते—मानसी ताईचा मुलगा (मानसी ताई का बेटा)! खैनी-तम्बाकू की दे-ले के बाद हर कोई उससे उसका हाल पूछता!

हाल पूछ-पूछकर बेहाल करनेवाला देश है यह!

पहली बार झल्लाया वह, इस देश और अपनी अम्मा पर!

वाह अम्मा! ज़माना हो गया था ज़माना देखे हुए, तुमने अच्छा ज़माना दिखाया! गाँव दिख़ाया!

उत्तरी भारत के किसी भी गाँव जैसा गाँव, दरिद्रता और गन्दगी की विज्ञापनबाजी करता! सड़क पर गिरे कुछ पत्थर। जगह-जगह कचरे के ढेर, ढेर में मुँह मारते कुत्ते। रुनझुन करती बैलों की जोड़ी। मीलों तक फैले सूखे हुए कंपास के खेत...

बीच-बीच में कहीं खेतों में बिखरा प्याज तो कहीं ज्वार के खेत।

थोड़ा और आगे बढ़े तो गन्ने के खेत। फिर मकई के खेत। सामने दुधना नदी। वह इलाक़े के भूगोल में रमा था। बालासाहब अपने खेत दिखाने में। पहली बार अविनाश किसी किसान से मिल रहा था। उसने पूछा, "कैसे होती है किसानी?" मौक़ा मिला गोविन्दगिरी को। चालू हो गए वे—"बहुत मेहनत का काम है किसानी। पहले धरती पर हल चलाते हैं। फिर धड़कते दिल से बारिश का इन्तज़ार। फिर हल चलाकर धरती को नम करते हैं जिससे धरती बीज पकड़ सके। फिर बीज डालते हैं। फिर बारिश का इन्तज़ार। बीज डालने के सात दिन के भीतर यदि बारिश नहीं हुई तो फिर बीज का दुबारा ख़र्चा। कई बार चार-चार बार तक बीज डालना पड़ जाता है। पन्द्रह दिन बाद बीज अंकुरित हो जाते हैं। फिर अनावश्यक घास को हटाने का काम...फिर कीटनाशक। काम-ही-काम। फिर खाद। फिर चार महीने इन्तज़ार। फिर महिलाएँ खुरपी से आस-पास की घास काटती हैं। फिर फ़सल पकने तक स्प्रे मारती हैं कि कहीं कीड़े न लग जाएँ। जून महीने में बीज डालते हैं, सितम्बर महीने में फ़सल तैयार हो जाती है...।" वे बोलते जा रहे थे और उसकी नज़र गड़ी थी दो बैलों पर जो ख़रामा-ख़रामा उनके आगे-आगे शाही अन्दाज़ में चल रहे थे। बैलों की रुनझुन एक अलग तरह का संगीत रच रही थी। ये बैल किसके हैं? यूँ अकेले सड़क पर? क्या काम आते हैं? हँसते हुए जबाब देते हैं गोविन्द जी—"ये खेत जुताने के काम आते हैं। बैलों को रास्ता पता होता है, देखिएगा ये ठीक अपने मालिक के पास पहुँच जाएँगे।"

अन्तरिक्ष में यान भेजनेवाले देश में अभी भी बैलों से खेती? जवाब नहीं मेरे देश का भी! वह मुस्कुराता है। मन फिर मुड़ता है नैंसी की तरफ़—तुम्हें ताज्जुब होगा नैंसी कि गौ पूजक इस धार्मिक देश में भगवान्, इनसान और गाय-बैल साथ-साथ रहते हैं एक ही घर में, पर चरने के लिए यहाँ के मरियल गाय-बैलों को सड़कों पर छोड़ दिया जाता है। घास के साथ कचरा, कूड़ा और प्लास्टिक खाने के लिए। हमारी तरह यहाँ शहरों से दूर अलग से गाय के चरने के लिए ऐसी कोई हरियाली और स्वच्छ भूमि ही नहीं है जहाँ गाय मस्ती में टहल सके। इसीलिए इनसानों की तरह यहाँ के गायों की सेहत भी चिन्ताजनक है।

बैल मालिक के यहाँ पहुँचे या नहीं, नहीं पता पर शीघ्र ही वे पहुँच गए दिलीप उद्रराव काले के घर। नौ बाई दस की छोटी-सी कोठरी। उनके पहुँचते ही मानसी जी की दत्तक पुत्री शोभा परम आनन्दावस्था में आ गई थी। चुस्त कमांडो की सी

फुर्ती से घर में दरी बिछा दी गई। बिना खिड़की की छोटी-सी झोंपड़ी में ढेर सारा अँधेरा। उसे चेहरा भी नहीं दिख रहा था। अविनाश ने मोबाइल की टॉर्च को जला दिया। मानसी ताई के बेटे के आने की सुनकर ही आस-पास के कई लोग कोठी के बाहर खड़े हो गए थे।

अब वह था और उसके सामने थी शोभा और उसकी उजड़ी-उखड़ी दुनिया जिसमें शोभा के वृद्ध श्वपुर और दो बेटियाँ थीं। हर्षित लेकिन सिमटी-सकुचाती दूज के फीके चाँद सी शोभा को देख उसने थोड़ा असहज महसूस किया जैसे कोई पत्ता खड़का...अम्मा ने गोद लिया भी तो किसे? और कहाँ जाकर? क्या बन पाएगी यह अम्मा का सहारा? आख़िर पूछ ही बैठता है।

"आप अम्मा से कब मिलीं?"

जवाब देते हैं बालासाहब, "पहली मुलाक़ात हुई थी क़रीब डेढ़ साल पूर्व, जब इनके पति दिलीप उद्रराव ने आत्महत्या कर ली थी, फिर..."

बात को बीच में ही काट पूछता है अविनाश, "क्या? आत्महत्या? क्या कह रहे हैं?"

"हाँ! सही कह रहा हूँ। यही हुआ था।"

"पर क्यों?"

एकाएक आँखें पीछे घूम जाती हैं बालासाहब की। पतझड़ के झड़ते पत्तों की तरह झरने लगते हैं पीले-पीले शब्द—"पाँच एकड़ ज़मीन थी दिलीप उद्रराव जी के पास। रोते-झींकते ही सही उस पाँच एकड़ ज़मीन पर सोयाबीन और कपास की खेती के सहारे ज़िन्दगी के पहाड़ पर चढ़ते रहे वे, किसी प्रकार साँसें लेते रहे कि एक दिन सब ख़त्म हो गया। वे हार गए। अपने हालात के मारे उन्होंने हारकर अन्तिम उपाय के रूप में मौत को चुन लिया और ख़ामोश हो गए। मेहनत पर भरोसा था पर वह भी काम ना आई। दिलीप जी के पिता राजमिस्त्री थे और ख़ुद शोभा दो बच्चियों को सँभालते हुए भी खेत में सिंचाई और कटाई में पति को भरपूर सहायता दे रही थी।"

"पर ऐसी स्थिति आई कैसे?"

दोनों के संवाद सुनती शोभा की नम आँखों में कुछ हलचल-सी हुई। एक पूरी दुनिया उसके भीतर हाहाकार मचा रही थी। उसके ओंठ फड़फड़ाए भर कि तभी पुराने भोजपत्र से चेहरे वाले सरपंच काशीनाथ नारायण जी बतलाने लगे—"साढ़े चार लाख का क़र्ज़ा हो गया था...मेधा बैंक प्राइवेट लिमिटेड से लिया था क़र्ज़ा।

तेरह प्रतिशत ब्याज पर। बैंक के लोन से ट्रैक्टर ख़रीदा था। क़र्ज़ दिलीप जी के पिता के नाम पर था। उम्मीद थी कि धीरे-धीरे क़िस्त भर देंगे पर दो साल से लगातार घाटा हो रहा था, इसी बात को लेकर बाप-बेटे में रोज़ घमासान होने लगा था।"

सस्ती छींट के ब्लाउज और नायलोन की हरी साड़ी में लिपटी दुबली-पतली खुलते रंग की शोभा सिर झुकाए सुन रही थी सारी बातचीत कि तभी उसकी छोटी बेटी उसकी गोद में आकर बैठ गई। उदासी पुता चेहरा। गोबर पुता आँगन। पलस्तर उखड़ी दीवारें। चहुँओर रसोई का सामान। मसालों से भरी शीशियाँ लकड़ी की खुली आलमारी में सजाई हुईं। कहीं स्टील के कुछ बर्तन, एल्युमिनियम के डब्बे, एक छोटा-सा कुकर, चाय छन्नी और प्लास्टिक की बाल्टी...सभी एक रैक में। बीच में भगवान् गणेश-लक्ष्मी जी का आलय। कोने में सिलाई मशीन। मशीन की टेबल पर रखी बच्ची की स्लेट। दीवार से सट कर टँगी मूंज की रस्सी पर सूखते कुछ मैले, कुछ धुले कपड़े। दरवाज़े पर बँधी दो बकरियाँ।

एक ही कमरे में कितनी सारी दुनिया! एक कमरे की कथा में कितनी सारी उपकथाएँ! यही है विश्व शक्ति का स्वप्न देखनेवाले भारत के किसान की तस्वीर! पर भारत ही क्यों, इस धरती पर किसान शायद दुनिया में कहीं भी प्रसन्न नहीं हैं। पूरी दुनिया में मरती हुई प्रजाति का नाम है किसान। सोचने लगा अविनाश—तो अम्मा इनका सहारा बनने आई होंगी? लेकिन अम्मा ने इनके बारे में जाना कैसे होगा? क्या अम्मा का यहाँ जाना-आना रहता था? इनकी सहायता के लिए पैसे कहाँ से आते होंगे अम्मा के पास? एक-दो बार उसने अम्मा को पैसे भेजने की कोशिश भी की थी पर अम्मा ने मना कर दिया था। जिस बेटे को पिछले बीस साल में देखा तक नहीं उसके दिए पैसों को भी क्या देखना?

वह समझकर भी नहीं समझ पाया अम्मा के दुख को!

सवाल दर सवाल!

नज़रें फिर टकराईं शोभा से। उसके चेहरे पर उगने लगता है बीता भयावह वक़्त। उसकी नज़र एकाएक टकराती है बीच दीवार पर माला पहने दिलीप जी की तस्वीर पर।

जाने क्या सोचते हुए पूछ डालता है वह—"क्या आपको अन्देशा था कि दिलीप जी ऐसा कोई क़दम उठा सकते हैं?"

भारी पलकें झपकती हैं शोभा की।

आँखें ऊपर उठती हैं।

पूरी ऊपर।

"नहीं, सब कुछ अचानक़ हुआ...दीपावली का दिन था..." वह बोल रही थी कि तभी अचानक बत्ती आ गई। छोटा-सा मरियल लट्टू चुपके से जल उठा।

"फिर क्या हुआ?"

दुखों का थान खुलने लगता है धीरे-धीरे, आवाज़ से टपकता लहू, "मैं अपने माहेर (मैके) में थी। यहाँ से गई थी तब वे थोड़े परेशान ज़रूर थे, ख़राब फ़सल की वजह से कपास बहुत कम उतरा था। लेकिन शादी के सात साल बाद से मैंने उन्हें हमेशा काम करते, पाई-पाई का हिसाब रखते, पसीना पोंछते, झल्लाते और परेशान रहते ही देखा था। हर रात कभी क़र्ज़ तो कभी सूखा की चिन्ता, सुबह उठते तो फिर वही चिन्ता 'क्या होगा?' खेत, पानी और क़र्ज़ के अलावा कभी कोई बात ही नहीं। हमेशा ये ही सब बातें करना जैसे बात करने भर से टल जाएगा सूखे का ख़तरा। कभी खुलकर न हँसते देखा न जीते। उन्हें हँसते हुए देखने की इच्छा ही रह गई। जब भी देखा, खेत में कुदाल चलाते या चिन्ता करते, इसलिए मुझे कोई शक ही नहीं हुआ। मैं जिस दिन गई थी उसी दिन बैंक की नोटिस आ गई थी। नोटिस क्या मौत का फ़रमान थी वह।" एक गहरी साँस ले रुक-रुककर भीगे गले से बोलती जा रही है शोभा—"उस नोटिस ने बहुत डरा दिया था उन्हें। लगा रही-सही इज़्ज़त भी अब गई, बची-खुची ज़मीन भी गई क्योंकि ज़मीन बैंक के पास गिरवी रखी थी। उस दिन वे मुझसे बहुत कम बोले थे, खाना भी नहीं खाया था। पर रोज़ की अपेक्षा शान्त थे। मैंने पूछा भी था क्या मैं जाऊँ तो सर हिला कर धीरे से बोले भी थे—निघून जा (चली जा)। बहुत दिनों बाद उन्होंने छोटी मुलगी को गोद में उठाया और भरी आँखों से जाने कितनी देर तक चिपकाए रखा उसे। दोनों मुलगी के लिए पहली बार लेमनचूस लाए, तब भी मुझे शक नहीं हुआ। अब समझ में आता है कि वे जाने के पहले का अन्तिम प्यार कर रहे थे। मैं घर से निकल रही थी तो फिर आवाज़ देकर बुलाया। बोले कुछ नहीं बस देखते रहे। मुझे लगा जाते न जाते कहीं रोक न दें। इसलिए बिना बात आगे बढ़ाए निकल गई झट से। उफ़ बड़ी भूल हुई मुझसे। सारे संकेत उनके जाने के मिल रहे थे, नोटिस फिर लेमनचूस। मुझे ज़रा भी शक होता तो हरगिज़ नहीं जाती लेकिन बेटियाँ ज़िद्द कर रही थीं। मैंने भी सोचा कि बेटियाँ ख़ुश हो जाएँगी। यहाँ के माहौल में बाप-बेटे के झगड़ों को देख-देख वे भी घुट रही थीं। मैं चली गई।

दीवाली के ही दो दिन पहले। वैसे भी इन दिनों क्या दीवाली क्या होली? हर वक़्त बाप-बेटे के बीच झमेला चलता रहता था। दूसरे दिन खेत में ही चूहे मारने की दवा पी ली थी...कापुस (कपास) ही मौत का फंदा बन गया...।" बोलते-बोलते आँखें छलछला गई थीं उसकी।

कुछ मूक बोझिल थरथराते पल...कँपकँपाते ओंठ...।

अपनी आत्मा के अंश-अंश से निःशब्द रो रही थी अब वह।

लेकिन आँखों से आँसू नहीं भाप उड़ रही थी।

चले गए थे वे पर पत्नी की यादों में रह-रहकर झलक रहे थे।

एक मन के भीतर छिपे रहते हैं कितने मन। चौबीस घंटे साथ रहनेवाली पत्नी तक को उनके मन की थाह नहीं मिल सकी कि मौत उनके सिरहाने खड़ी है। कुछ ऐसा था जो सामने दिखते हुए समय के पार घट रहा था जिसे शोभा देख नहीं पाई और आज तक पॉलीथिन-सी वे यादें जो न गलीं, न जलीं, न मिटीं उसे अपने एकान्त पलों में झुलसा रही थीं। विचारों की कोंपलें उगने लगी थीं अविनाश के भीतर। तभी दिमाग़ में कौंधा, अम्मा ने एक बार महाराष्ट्र में किसानों की आत्महत्या का ज़िक्र किया था पर यह कभी नहीं बताया कि वह ख़ुद भी वहाँ जाती-आती रहती थीं। क्यों नहीं बताया अम्मा ने? पर मैंने भी कहाँ पूछा था? शायद इसीलिए नहीं बताया होगा कि अम्मा को विश्वास नहीं था कि मेरी अम्मा की दिनचर्या में कोई दिलचस्पी बची है। फिर लिखा क्यों? शायद इस उम्मीद में लिखा हो कि मैं कुछ दिलचस्पी दिखाऊँ तो वे उनके लिए कुछ आर्थिक मदद का प्रस्ताव रख सकें। उफ़, मेरी स्वाभिमानी अम्मा! अपने ही सवालों-जवाबों में उलझा रहा अविनाश कि बाहर खड़े लोगों में से किसी ने अविनाश को पानी का गिलास पकड़ाया। भीतर की उलझन से बाहर निकल पूछा उसने।

"सरकार से कुछ मिला?"

जबाब गोविन्द जी की तरफ़ से आया। भीगी बिल्ली की तरह अभी तक दुबका बैठा उनका आक्रोश फड़फड़ाया—"अभी तक तो नहीं मिला। उम्मीद तो है लेकिन मिलना मुश्किल लगता है। क्या कहा जाए इस बेरहम सरकार को जो मरे हुए किसान की भी मिट्टी पलीद करने पर तुली है। सारा गाँव जानता है, सरपंच जानते हैं कि इस घर में 'सुसाइड' हुई है लेकिन फिर भी उन्हें प्रमाण चाहिए, क्योंकि ज़मीन और क़र्ज़ा दिलीप जी के पिता के नाम था, जबकि आत्महत्या पुत्र ने की। हमारे ही बाबुलतारा गाँव में पिछले साल आनन्द कामड़े ने की थी 'सुसाइड' लेकिन

सरकार ने कुछ भी नहीं दिया क्योंकि उसने ज़मीन पर कोई क़र्ज़ा नहीं लिया हुआ था। अब बताओ क़र्ज़ा तो क़र्ज़ा है और मौत तो मौत ही है लेकिन सरकार इसमें भी पात्र-कुपात्र खोजती है।"

सरपंच काशीनाथ नारायण जो अभी तक चुप थे पहली बार फनफनाए—"सरकार को तो नहीं देने का बहाना चाहिए जी...ऐसे कई केस हैं जहाँ आत्महत्या हुई लेकिन कुछ नहीं मिला। यहाँ मराठवाड़ा के अनंतपुर ज़िले में एक महिला किसान थी सुधा मणि। उसने आत्महत्या की, लेकिन उसकी बेटी को आज तक कोई मुआवजा नहीं मिला। क्योंकि वह एक औरत थी इसलिए कोई उसे किसान ही नहीं मानता। एक औरत किसान की पत्नी हो सकती है ख़ुद किसान नहीं।"

बातें और बातें कि तभी आसमान में उड़ते ढेर सारे कौओं की संयुक्त काँव-काँव ने ध्यान खींचा अविनाश का। ऊपर की ओर देखने लगा वह कि तभी सरपंच के साथ आए किसी मसखरे ने तंज़ मारा—"राष्ट्रीय शर्म में डूबे ये कौए भी इन किसानों की आत्महत्या पर शोक प्रकट कर रहे हैं।" उन बोझिल पलों में भी सबके चेहरे पर मुस्कान तैर गई।

7

वह जो आपकी क़मीज़ है
किसी खेत में खिला
एक कपास का फूल है।

दुख की भट्टी में एक हो चुके हरेक किसान की अपनी एक कहानी! सोचते हुए पूछता है वह, "गुज़ारा कैसे होता है दिलीप जी के परिवार वालों का?"

"मानसी जी ने ही आधारबड वालों से सम्पर्क कर उसे एक सिलाई मशीन और दो बकरियाँ दिलवा दी हैं। कपड़ों को सीकर और बकरियों का दूध बेचकर फ़िलहाल पेट का गड्ढा भर जाता है। बच्ची के लिए आपकी आई (आपकी माँ) उसके नाम कुछ फिक्स्ड डिपाजिट कर गई है।"

"अम्मा ने?"

"हाँ! ताई कभी कुछ बोलती नहीं थी, बस सूखे में बादल ले आती थी। जब यहाँ आई और शोभा से मिली तब भी कुछ नहीं कहा, बस देखती रही फिर मुम्बई लौट गई। फिर आई और सारा इन्तज़ाम किया।"

जाते-जाते अविनाश ने उसकी पाँच वर्षीय बच्ची को चॉकलेट दिखाई। इस उम्मीद में कि वह हाथ आगे बढ़ाएगी, पर वह ताज़ा निकले चूजे की तरह अपनी माँ से ही चिपकी उसे टुकुर-टुकुर ताक़ती रही। शायद उसकी मासूमियत और बचपने पर भी चीलें मँडरा रही थीं। दरवाज़े से बाहर निकलते वक़्त असंख्य झुर्रियों से भरे धनुष की तरह झुकी पीठवाले, कई छेदों वाली बनियाइन पहने एक काँपते चेहरे ने हाथ जोड़े।

"कौन हैं ये?" पूछा अविनाश ने?

"दिलीप जी के पिता हैं।" गोविन्द जी ने धीमे से जवाब दिया।

बाहर निकलते हुए कई महिलाओं को देखा उसने। लगभग सभी उम्र की। शान्त, सौम्य, सुन्दर। किसी चलचित्र-सी चलती रहीं वे छवियाँ। सोचता रहा वह—युवा उम्र। सुन्दर चेहरा पर कोई साज-शृंगार तक नहीं। एकाएक आँखों के आगे घूम गई स्विट्ज़रलैंड की बूढ़ियाँ—बिखरे मन को नहीं सँवार पातीं तो क्या, बिखरे तन को तो ख़ूब-ख़ूब सँवार लेती थीं वे। पेट में आंत नहीं, मुँह में दांत नहीं...पार्टनर (पति तो वहाँ बहुत कम को नसीब होते हैं) भी दीवार पर टँग गया हो पर एकदम टनाटन मेकअप, फरर, फरर करती ड्रेस। शुरू में तो वह झुर्रियों से भरी थैले सी लटकी उनकी गोरी गर्दन पर मोतियों की माला को देख चमत्कृत होता रहता था। कहाँ से आती है इतनी ऊर्जा? लेकिन एक बार जब अस्सी वर्षीया उसकी मकान मालकिन ने सुबह-सुबह ही फ़ोन कर बेहद सकुचाते हुए उससे कहा कि उसकी बड़ी बहन गिर पड़ी है, उठ नहीं पा रही है, उसने एम्बुलेंस को तो फ़ोन कर दिया है लेकिन बहन को उठा नहीं पा रही है, वह कृपा कर ऊपर आकर उसकी मदद करे तो उसे असलियत का पता लगा। कितनी दयनीय और लाचार थीं वे दोनों अकेली बुढ़ियाँ लेकिन जब वे ही बाहर निकलती थीं तो लगता था जैसे वे दुनिया की सबसे शानदार और अपने जीवन से बेहद ख़ुश कड़क बुढ़ियाँ हों। वैसे ही कई बार सूटेड-बूटेड लेकिन कँपकँपाते हाथों से स्टीयरिंग सँभालते बूढ़ों को देखते करुणा से भर जाता था वह। क्या तालमेल था इस बाहरी साज-शृंगार का भीतर की भाव तरंग के साथ? शायद इनसान जो है वह दिखना नहीं चाहता।

बुढ़ापा दयनीय दिखना नहीं चाहता इसलिए टनाटन दिखता है। सच्चाई यह कि वहाँ अकेलापन सोख रहा है सबके उल्लास और उमंग को और यहाँ भुखमरी। लेकिन वह बार-बार स्विट्ज़रलैंड से तुलना क्यों करने लगा है? उसने गर्दन को एक ज़ोरदार झटका दिया।

मन ने फिर पूछा मन से—क्यों मौत को गले लगाता है किसान? कब लगाता है? शायद तभी जब उम्मीद से भी उम्मीद नहीं रह जाती होगी। जब मन-प्राण-आत्मा, ईश्वर-प्रार्थना, वर्तमान-भविष्य और सारी अन्त:शक्तियाँ साथ छोड़ देती होंगी, जब उबलती भूख एकदम से घर के अन्दर घुस जाती होगी, बच्चों को जकड़ लेती होगी, बस तभी हथियार डाल देता होगा वह। तभी बिल्ली पंजा मार देती होगी। तभी काया के चोले से भी रिश्ता टूट जाता होगा।

कानों में फिर गूँजता है 'कापुस ही मौत का फंदा बन गया था'। बालासाहब से पूछता है अविनाश—"क्या कोई सुसाइड नोट छोड़ा था उसने?"

शायद उसे नहीं पूछना था! भूल से ट्रिगर दब गया था।

बेबस निगाह से घूरा बालासाहब ने, फिर एक गहरी साँस ले तिड़तिड़ाए—"वह क्या पढ़ा-लिखा था? फिर दलदल में धँसा किसान क्या एक दिन मरता है? मौसम क्या एक दिन में बिगड़ता है? हर दिन वह थोड़ा-थोड़ा मरता है। उसकी ज़मीन उसका कवच कुंडल होती है, जिस दिन वह निकल गई हाथ से, समझो उलटी गिनती शुरू हो गई। अरे आज किसान हिम्मत कर बैंक के अन्दर तो घुसता है, नहीं तो एक समय ऐसा था जब ये किसान अदना से अदना सरकारी परिन्दे और पुलिस को देखकर ही काँपने लगते थे। ख़ुद मुझे बड़े बैंक में घुसते ही असुरक्षा की भावना घेर लेती थी। ऐसे में यदि सरकारी नोटिस आ जाए तो सोचिये उनकी दिमाग़ी हालत क्या होती है। दरअसल ये सारा सिस्टम ही छोटे लोगों को आदमी नहीं समझता है, उन्हें विश्वास में नहीं ले पाता है। उन्हें मूर्ख और जाहिल समझता है। इसलिए किसान इस सिस्टम के साथ सहज नहीं रह पाते हैं। उन्हें लगता है वे कुछ नहीं जानते हैं। असफलता से किसान नहीं डरता है, वह हिम्मत हार जाता है जब वह अपनी क्षमता पर विश्वास खो देता है। जब उसे लगता है कि अब वह किसी काम का नहीं रह गया है। हमारा यह सिस्टम किसान को लगातार यही अहसास करवा रहा है।

"पास के गाँव में एक शेतकरी (किसान) था...नाम था काशी विश्वेश्वर राव। उसकी 'सुसाइड' ने पूरे ज़िले को हिलाकर रख दिया। इज़्ज़त ढाँपने के लिए

चारखाने की जो लुंगी पहनता था उसी से लगा ली उसने फाँसी। क्या आप सोच सकते हैं कि उस बन्दे को 'प्रोग्रेसिव फार्मर ऑफ़ दी इयर' का अवार्ड मिला था। हर वक़्त खुरपी-कुदाल उसके हाथों में रहती थी, अपने खेत की मेंड़ पर खड़ा इंच-इंच ज़मीन को तराशता रहता था वह। उसे देख लगता जैसे माँ के पेट से वह खुरपी और कुदाल के साथ ही पैदा हुआ था। वह अपने दोस्तों को कहता था, मर्द हो मुक़ाबला करो, रोने-धोने और मरने से क्या हालत बदल जाएँगे। शेती (खेती) हमारे ख़ून में है। यह हमारे लिए धंधा नहीं, हमारी जीवन-शैली है। हमें आत्महत्या नहीं जीवन के लिए सोचना चाहिए। उस पर बैंक का लोन था, कुछ सोसाइटी का भी क़र्ज़ा था। बड़ा जीवट वाला बन्दा था। उसने भी एक दिन अचानक कर ली आत्महत्या। मर्द था इसलिए रोया नहीं बस मर गया। उसकी मौत के बाद तो यक़ीन उठ गया ज़िन्दगी से। क्यों की? कैसे टूट गया वह सख़्त पर्वत? किसने तोड़ी उसकी हिम्मत?

"बाहर के सूखे ने भीतर के पानी को भी सोख लिया होगा। ...और कर दिए होंगे जीने के सारे रास्ते बन्द।" मन-ही-मन अनुमान लगाता है वह कि एक गहरी साँस छोड़ धीमे से बोलते हैं गोविन्द जी—"चुपचाप आती है आत्महत्या और सबको दहाड़ें मारता छोड़ जाती है। सारे सवाल उसी के साथ दफ़न हो जाते हैं। जब उस जैसी सोच का बन्दा भी कर सकता है आत्महत्या तो फिर ये लोग तो उसके आगे कहीं नहीं ठहरते हैं। हर दिन दिल धड़कता है कि अब कौन मरा?"

गोविन्द जी अपने ही प्रवाह में बोलते जा रहे हैं। उनके चेहरे के नीचे लटके बड़े से मस्से पर नज़रें अटक जाती हैं अविनाश की और उसके आगे घूम जाती है अपने ही देश स्विट्ज़रलैंड की तस्वीर जहाँ उसने देखे थे इसी प्रकार प्रेयसी की तरह मौत को गले लगाते लोग।

नैंसी के सामने फिर खोलता है वह अपना मन—देखी आज राइज़ होते इंडिया में अस्त होते भारत की काली तस्वीर! तुम कल्पना भी नहीं कर सकतीं नैंसी कि कैसी बदरंग कहानियाँ बुन रही है यहाँ की ग़रीबी। बच्चे हैं बचपना ग़ायब है। पारतुल में देखा था कि रिश्तों की चाँदनी खिली हुई थी। लेकिन आज देखा, लोग हैं लेकिन लगाव ग़ायब है क्योंकि ग़रीबी ने सभी मानवीय भावनाओं पर पोंछा लगा दिया है। नहीं तो कैसे मुमकिन है कि कोई पत्नी और दो-दो बच्चियों के रहते अपनी जान दे दे। अभी-अभी उस परिवार से मिलकर आया हूँ जहाँ एक किसान ने भूख से लड़ते-लड़ते मौत को गले लगा लिया लेकिन उसकी पत्नी अभी भी डटी हुई

है मोर्चे पर अपनी दोनों मासूम बच्चियों के साथ। अजीब है ये देश जहाँ अन्धकार और प्रकाश साथ-साथ बह रहे हैं। इस परिवार की कहानी ने मुझे हिला कर रख दिया है। मैंने देखा, उसके घर में एक रैक था जिसमें रोज़मर्रा की पहनी जानेवाली रबड़ की सस्ती, पहनी हुई चप्पल तक सहेजकर पॉलीथिन बैग में रखी हुई थी, जैसे कोई क़ीमती चीज़ हो। दुनिया के सबसे धनी देश में इतने सालों में रहते हुए मैं तो जैसे भूल ही गया था कि धरती का अधिकांश भाग आज भी भुखमरी, ज़िल्लत और ग़रीबी से जूझ रहा है। मैं तो जैसे भूल ही गया था कि मैं ख़ुद इसी भुखमरी, ग़रीबी और बेकारी से घबड़ाकर भागा था। नैंसी, हवाओं में उड़ते इस अविनाश को बाबुलतारा और बलखडे गाँव ने फिर धरती पर ला पटका है। मैं सोचता था कि मैंने आधी से ज़्यादा दुनिया घूम ली है पर यहाँ आकर एक परिवार को थोड़ा निकट से देखने पर पहली बार अहसास हुआ कि उफ़ कितना कम देखा है मैंने दुनिया को! कितना कम जाना है दुनिया को और अपनी माँ को भी! स्विट्ज़रलैंड में पहली बार मैंने देखे थे नीले फूल और सूँघा था उन्हें। यहाँ आज पहली बार मिली वह गन्ध जिसे कहते हैं—माटी और मानुष की गन्ध!

मौत बल्कि आत्महत्या तो अपने यहाँ भी है। बल्कि दुनिया का इकलौता देश है अपना देश स्विट्ज़रलैंड जहाँ आत्महत्या सबसे ज़्यादा होती है। जो आत्महत्या के लिए शानदार जगह है। पर वहाँ और यहाँ की आत्महत्याओं में एक बुनियादी अन्तर है। याद है इंका के पिता की आत्महत्या? उनकी आत्महत्या का कारण जीवन के जानलेवा अभाव नहीं थे बल्कि जीवन के अत्यधिक रंगों के कारण बदरंग हुआ जीवन था! जीवन के अन्तिम पहर में अपनी उदासी और जानलेवा अकेलेपन से निजात पाने के लिए उन्होंने कुछ दिनों तक टॉमी (कुत्ता) को भी पाला (जैसा की हमारे यहाँ अधिकांश अकेले बूढ़े करते हैं कुत्ता या बिल्ली पाल लेते हैं)। याद है किस प्रकार दिन-भर यू ट्यूब में उसके खान-पान को ही पढ़ते रहते थे वे। बिना चूके सारे वेक्सिनेशन उसे दिलवाए। हर शाम पिंजरे में ले जाते उसे घुमाने कि कहीं उसे संक्रमण नहीं हो जाए। हर सप्ताह उसका वजन चेक करते कि कहीं ओवरवेट नहीं हो जाए। लेकिन कितने दिन टॉमी के भरोसे जी पाए वे? महज साल भर फिर उखड़ गए। कुछ भी ऐसा न था जो जीने का हौसला पैदा कर सकता उनमें और एक मनहूस सुबह वे भी...यही नियति है सामाजिक मूल्य बोध से रहित एक आत्मकेन्द्रित समाज के बाशिन्दों की। वहाँ मौत का कारण था ज़िन्दगी के दर्द से रिश्ता ना जुड़ना। ज़रूरत से ज़्यादा सब कुछ का होना। मैंने ध्यान से देखा

शोभा और उसके जीवन को, कितना संघर्ष, भुखमरी, कितना दर्द है। ज़िन्दगी की चादर छेदों से भरी है उसकी, लेकिन हार नहीं मान रही, जी रही है वह क्योंकि जीना है उसे अपनी दो दो बेटियों के लिए। ऐसा कोई मक़सद इंका के पिता के सामने होता तो वे भी शायद आज जी रहे होते! मैं तो यह जानकर आसमान से गिरा था जब मेरे भारतीय दोस्त दिव्य कुमार ने मुझे बताया कि दुनिया का पहला देश है स्विट्ज़रलैंड जहाँ आत्महत्याओं की दर सबसे ज़्यादा है, जहाँ युथेनेशिया (मर्सी किलिंग) वैधानिक है। कई लोग विदेश से यहाँ आते हैं सिर्फ़ इसलिए कि युथेनेशिया से मर सकें। युथेनेशिया के यहाँ बाक़ायदा क्लिनिक खुले हुए हैं, जहाँ कोर्ट से ऑर्डर लेकर आप दाखिला ले सकते हैं।

सोचो नैंसी, स्विट्ज़रलैंड शायद दुनिया का इकलौता देश है जिसके गलियारे में ग़रीबी, बेकारी, अभाव, भुखमरी, बीमारी जैसे दुखों ने झाँका भी न होगा। पिछले 800 सालों के इतिहास में स्विट्ज़रलैंड में एक भी युद्ध नहीं हुआ। स्विस लोग नहीं जानते कि बत्ती गुल होना क्या होता है। शोभा के घर में बत्ती गुल नहीं होती तो क्या मुझे भी याद आती लोडशेडिंग? उसके पति की आत्महत्या ने ज़िन्दगी का नकाब उल्टा दिया। मैंने जाना पानी की, बिजली की कमी क्या होती है। सूखा क्या होता है, अकाल क्या होता है। महँगाई क्या होती है, भुखमरी क्या होती है।

हर वक़्त प्रेम और मांसलता में डूबे, भोग के अतिरेक में धँसे, सुख से ऊबे हमारे स्विस लोगों को मौत भी ज़िन्दगी की तरह लुभाती है क्योंकि हताशा के पलों से लड़ना, ज़िन्दगी की चुनौतियों का सामना करते हुए जीना इन्हें नहीं आता है। जिसने दुख नहीं देखा वह सबसे बड़ा दुखियारा। इसलिए जिस्म का जादू ढलने पर वह अकेला द्वीप हो जाता है। सबसे बड़ा दुखियारा हो जाता है। साँय-साँय करता सूना घर, आत्मा से दूर छिटकी देह और कच्चा बेकाबू मन...संसार के, ईश्वर के...सारे दरवाज़े बन्द। जीवन के प्रति न विशेष सम्मान, न कोई ज़िम्मेदारी, न कोई उद्देश्य, न कोई स्वप्न और न ही जीवन संघर्ष का माधुर्य...ऐसा कुछ नहीं जो दे 'कोई है' का आश्वासन। ऐसे में आत्महत्या उसे प्रेयसी की तरह लुभाती है। विशेषकर जब एक पार्टनर मर जाता है तो दूसरे का अवसाद भी इतना गाढ़ा हो जाता है कि वह आत्महत्या के उपाय की सोचता है, जीने के उपाय पर ध्यान नहीं जाता है उसका। देश हो या व्यक्ति या परिवार, ख़ुशहाली शायद तभी सम्भव है जब हम उन चीज़ों को आपस में बाँट लें जो हमारे पास ज़रूरत से ज़्यादा हैं। विचारों के प्रवाह में बहता जा रहा है अविनाश कि सामने दिखते हैं प्याज के फैले

खेत...वह कुछ प्याज उठाने को होता है कि बालासाहब रोक देते हैं—"ना-ना ये खाने के कांदा नहीं हैं इनके बीज निकले हुए हैं।"

साइकिल पर सवार कोई युवक। ऊपर उड़ते कुछ कबूतर। मन में फिर उड़ते कुछ सवाल। सवालों की नोक पर टँगा आदत से मजबूर वह करने लगता है विचारों की जुगाली...कहाँ स्विट्ज़रलैंड जहाँ निजता और मानवीय गरिमा एक मूल्य की तरह है। कुछ इस तरह कि दिन में भी कोई किसी के बेडरूम में नहीं घुसता है, सालों बाद मिलने पर भी यह तक नहीं पूछता कि पत्नी कैसी है क्योंकि इस बीच कहीं दोनों के बीच तलाक न हो गया हो। व्यक्ति स्वातंत्र्य तो इस चरम पर कि मुझे लगता है कि कभी आत्महत्या करने की मैं सोचूँ भी तो मेरे स्विस दोस्त शायद सोचें कि मुझे रोकें या नहीं, कि कहीं मेरे दुखों की मुक्ति के रास्तों में उनके द्वारा अवरोध न पैदा हो जाए। मेरे प्रति उदासीनता नहीं वरन् उनका जीवन दर्शन ही उन्हें ऐसा करने से रोकेगा।

और वहाँ की निजता के विपरीत यहाँ की सामूहिकता? इतिहास के किस कोने में खड़े यहाँ के किसान? उन की ज़िन्दगी, ज़िन्दगी की सुबह-शाम, तुम सोच भी नहीं सकतीं नैंसी कि यहाँ सब कुछ खुला और सार्वजनिक है। यहाँ निजता और गरिमा का कोई स्थान ही नहीं हैं, ज़िन्दगी का सारा नंगापन, सारा कंगलापन, सारा लेखा-जोखा सबके सामने है। सब खुले में नहा रहे हैं।

पर क्या फ़र्क़ है स्विट्ज़रलैंड की आत्महत्याओं में और यहाँ की आत्महत्याओं में? फ़र्क़ तो है। वहाँ रूह के मर जाने पर मौत रास्ता दिखाती है जबकि यहाँ अस्तित्व के ही मिट जाने की आशंका और चरम विवशता के पल या अस्तित्व के ही अर्थहीन हो जाने की चरम हताशा के पल मौत के रास्ते की ओर ले जाते हैं। वहाँ रंगीनियाँ शर्मिंदा हैं, यहाँ श्रम शर्मिंदा है। वहाँ आत्महत्या व्यक्ति का अपना वरण है। यहाँ यह व्यवस्था द्वारा दिया गया है। सोचते-सोचते अपने कारवाँ से थोड़ा पीछे छूट जाता है वह कि हॉर्न की तेज़ आवाज़ ध्यान खींचती है उसका।

ब्रेक! ब्रेक! ब्रेक!

रुक जाते हैं गोविन्द जी और बालासाहब। वह शरमा जाता है। "कहाँ खो गए?" चुहल करते हैं बालासाहब कि वह फिर पूछता है—"शोभा की घटना तो एक अपवाद ही होगी न?"

"हुँह...अपवाद?" यूँ भड़कते हैं बालासाहब जैसे तालिबानी बेपर्दा औरत को देखकर भी क्या भड़कते होंगे। गहरी साँस खींचते बालासाहब की आँखों की

बांबी से कुछ सर्प सरसराते हैं—"यहाँ आसमान से डर बरसता है और हर जगह फैल जाता है, फ़सल ख़राब होने की चिन्ता में कल ही नागपुर के उमेश को हार्ट अटैक आ गया था।" बोलते-बोलते ओंठ विद्रूप हो उठते हैं। मुँह में चारमीनार की सिगरेट ठूँसते हुए कहते हैं वे—"वो देखिए, वो खेत देख रहे हैं न?" अँगुली से दिखाते हैं बालासाहब, "वो देखिए, खेत के उस कोने में खड़े उस पेड़ के नीचे खाया था अरुणगिरि जी ने सल्फ़ास (ज़हर)। खेत के उस कोने में लिखी है आधे हिन्दुस्तान की कहानी।"

"क्या? एक और आत्महत्या? पर क्यों?"

बोलना जारी है बालासाहब का—"मत पूछिए, क्यों की उसने 'सुसाइड' और वह भी बायको (पत्नी), मुलगा (बेटा), मुलगी (बेटी) और चार भाइयों के रहते हुए। अकेले पड़ गए हैं किसान के आँसू। दरअसल इस जीवन की बहुत जटिलताएँ हैं। आज जो इतनी आत्महत्याएँ बढ़ रही हैं उसके पीछे एक मोटा कारण तो यही है कि पहले तो किसान को सब्जबाग दिखाकर ललचा दिया जाता है कि पैसे नहीं हैं तो कोई चिन्ता नहीं। अमुक फ़सल लगाओ बहुत लाभ होगा। अरे क़र्ज़ा हमसे ले लो, इन सालों में ज़मीन या सम्पत्ति रेहन रखकर क़र्ज़ा मिलना आसान भी हो गया है। भोला-भाला किसान अधिक लाभ के लालच में ज़मीन रेहन पर रखकर भी ले लेता है क़र्ज़ा। किसी कारण से वर्षा नहीं हुई या समय पर नहीं हुई तो किसान फँस जाता है, क़र्ज़ा चुका नहीं पाता है। इन मल्टीनेशनल्स ने, बैंकों ने गुंडे पाल रखे हैं किसानों से वसूली के लिए, इन गुंडों ने किसान की कमज़ोर कड़ी पकड़ ली है, वह है उनकी सामाजिक प्रतिष्ठा। बस उसी को तार-तार कर देते हैं ये। घर के बाहर नोटिस चिपका देना, खुले आम धमकाना इनके हथियार हैं। एक ने क़र्ज़ा लेकर ट्रैक्टर ख़रीदा, एक क़िस्त चुका नहीं पाया तो सबके सामने ट्रैक्टर उठा के ले गए। कैसे बचें इनसे? कोई एक दुश्मन हो तो? पहले दुश्मन, दुश्मन जैसा दिखता तो था, आज तो हज़ारों चेहरों और परतों के नीचे छिपा है दुश्मन। अरुणगिरी भी इसी प्रकार से फँसे थे इनके जाल में। उन की नाउम्मीदी, अवसाद और हताशा इस क़दर बढ़ गई थी कि एक सुबह अपने ही खेत में कीटनाशक पी लिया। वो देखिए उस पेड़ के नीचे खाया था उन्होंने ज़हर।"

अविनाश की आँख पीछा कर रही है उनसे लगभग 100 मीटर दूर खड़े उस मनहूस पेड़ का जिसकी छाया तले कीटनाशक पिया था अरुणगिरि जी ने। एक नज़र खेत पर डालता है जहाँ 'अधारवड फाउंडेशन' की तरफ़ से आज उनके

ख़ाली खेत पर ट्रैक्टर चलवाया जा रहा है, ज़मीन को नरम करने के लिए। ट्रैक्टर के पीछे छोटा-सा कपड़े का पोस्टर जिस पर लाल अक्षरों में लिखा हुआ था 'अधारवड फाउंडेशन' और नीचे नीले अक्षरों में लिखा हुआ था' 'MISSION SAVE FARMERS'. उसके नीचे थोड़े और छोटे लाल शब्दों में लिख हुआ था 'आत्महत्याग्रस्त शेतकरी कुतुम्बाना मदतीचा हात, चला करुया दुष्कालावर मात' (आइए आत्महत्याग्रस्त किसानों के परिवार की मदद करें)।

देखते हुए चल रहा है अविनाश कि तभी गोविन्द जी अरुणगिरि की विधवा, कड़ूबाई को देख अभिवादन करते हैं। एक उड़ती नज़र उस पर डालता है अविनाश—देह की ज़मीन जैसे रौंदी हुई फ़सल। ज़िन्दगी का विष पीते-पीते नीला होता चेहरा। आँखों के कोटर में इकट्ठा होती जागती रातों की कालिमा! गहरे पीले रंग की प्रिंटेड पोलिएस्टर की साड़ी के आँचल से ढका सर। बिन प्लास्टर की दीवार सा नमक उड़ा चेहरा। उम्र चालीस के आस-पास। खेत के किनारे ही छोटा-सा खपरैल की छत वाला घर जो एक झलक में ही भीतर के सारे रहस्य खोल देता है। छोटी-सी कोठरी के दरवाज़े से बँधी बकरी। घर के एक कोने में छोटी-सी चटाई पर सूखते प्याज। थोड़ी ही दूर पर तेल के दो-तीन कनस्तर। दरवाज़े के ऊपर लिखा हुआ 'जय भवानी', सामने के झोंपड़े की दीवार पर खड़िया से लिखा हुआ 'मेरा भारत महान'।

विचारों के परिन्दे फिर फड़फड़ाते हैं। वह पूछता है—"कितना क़र्ज़ था उस पर?"

"37 हज़ार का, स्टेट बैंक ऑफ़ हैदराबाद से क़र्ज़ा लिया था।" फनफनाते हैं गोविन्द जी।

"क्या? मात्र 37 हज़ार? क्या बोल रहे हैं?"

"हाँ, उसी क़र्ज़े के लिए नोटिस आ गया था। यूँ प्राइवेट क़र्ज़ा भी था, जिस पर पाँच टका ब्याज हर महीने चढ़ रहा था, पर बैंक के नोटिस ने उनको तोड़ दिया था। गाँव में बहुत बदनामी होगी...यही चिन्ता खाए जा रही होगी।"

"पाँच टका मतलब?"

"मतलब 100 रुपये पर पाँच रुपया हर महीने सूद। अरे यह तो कुछ नहीं, मैंने देखा है मात्र सौ रुपये पर 25 रुपया तक ब्याज जो सिर्फ़ चार-पाँच महीने के लिये लिया गया था...।" डूबते सूरज की ललछौंही रौशनी में मिल जाता है बालासाहब की टूटती आवाज़ का रंग...।

"क्या आत्महत्या के बाद माफ़ हुआ इनका क़र्ज़ा?"

"हाँ, 37 हज़ार जो सरकारी बैंक से लिया था वो तो माफ़ हो गया पर प्राइवेट क़र्ज़ा तो अभी भी है। दिक़्क़त यह है कि सरकार प्राइवेट क़र्ज़े की तो क़र्ज़े में गिनती ही नहीं करती है, जबकि ज़्यादातर किसान तो सूदखोरों से ही क़र्ज़ा लेते हैं।

"ज़्यादातर किसान?"

"बिलकुल। भोले-भाले किसान डरते हैं वहाँ के वातावरण को देखकर। कोई हिम्मत कर घुस भी गया इन सरकारी बैंकों में तो वहाँ की जटिल क़ानूनी प्रक्रिया से गुज़रना हरेक के बस का नहीं होता। फिर वहाँ क़र्ज़ा जितना चाहो उतना मिलता नहीं और जो मिलता है उस पर भी 'क्यों चाहिए?' की तलवार। तो आधे-अधूरे क़र्ज़ से काम बनता नहीं, सूदखोर के पास जब जाना ही है तो पूरा ही क्यों न उनसे ही लिया जाए? फिर सूदखोरों का व्यवहार आत्मीय होता है। वहाँ क़ानूनी प्रक्रिया बहुत आसान होती है।"

धूप की तेज़ी अब असह्य हो रही थी। बालासाहब के अनुरोध पर सब बरगद की छाँव के तले बैठ जाते हैं।

"क्या आपको अन्देशा था कि ऐसा कुछ हो सकता है...?" हिचकते हुए पूछता है अविनाश कडूबाई से।

बीता हुआ बहुत कुछ अभी भी साँसें ले रहा था उनके भीतर...।

उनकी पुतलियाँ हिलीं...

आँखें छलछलाईं...

अतीत की स्मृतियों के भार से ओंठों में हल्का-सा कम्पन हुआ। कुछ देर वे चुप रहीं शायद भीतर उठते आवेग को थामने के प्रयास में। फिर धीरे-धीरे गिरे कुछ शब्द जैसे पेड़ से गिरते हैं पत्ते पतझड़ में—"नहीं...सब कुछ अचानक हुआ। वैसे जब तक रहे, बादल देखना और पानी के बारे में सोचना ही काम रह गया था उनका। कभी सुकून से बैठते नहीं देखा। न बीड़ी, न तमाखू, न तीन पत्ता। न घर में कब्बी ग़ुस्सा, न मारपीट। जो भी पका दूँ, कब्बी ग़ुस्सा नईं। रात-दिन दौड़ते-खटते ही रहना। फिर भी पूरा नहीं पड़ता था तो क़र्ज़ा लेना पड़ गया। वह क़र्ज़ा ही गले का फंदा बन गया। पिछले दो साल से परेशानियाँ ज़्यादा बढ़ गई थीं। पिछले साल सूखा पड़ गया था तो परेशानी में रहे। दिन-भर खेत में पड़ी दरारें को ही देखते और आहें भरते रहे। इस साल आसमान ख़ूब बरसा इतना बरसा कि

बारिश ही बर्बादी बन गई। बारिश के चलते दो बार बीज डाले, दोनों बार भयंकर बारिश में बीज बह गए, फिर बारिश के थमने पर कुछ दिन शान्ति से गुज़रे, फ़सल तैयार हो रही थी कि फिर असमय बारिश जिसने बीज, उर्वरक, सिंचाई और कई महीने की मेहनत—सब पर पानी फेर दिया तो और क़र्ज़ा लेना पड़ गया। फिर भी जैसे-तैसे चल रहा था पर नोटिस आने से बहुत घबड़ा गए थे। भाइयों को भी कुछ नहीं बताया। अकेले ही जाने क्या-क्या सोचते रहे। किसी से कुछ भी नहीं बोले। रात को एक बार सोते में बड़बड़ाते सुना मैंने तो पूछा भी, क्या जी ठीक नहीं है? तो बोले कि जैसे हालात हैं मेरा क्या किसी का भी जी कैसे ठिकाने रहेगा? मैं शान्त हो गई कि जब सभी के हालात एक जैसे हैं तो जैसा सबके साथ होगा हो जाएगा। लेकिन दूसरे दिन जब अचानक मुझसे कहने लगे कि बैलों को बेच दूँ, अब तो चारे का पैसा भी भारी लगने लगा है तो मैं रोने लगी। कलेजा फुँक गया मेरा। खेती कैसे होगी? कई बार भाड़े पर ट्रैक्टर नहीं मिलते हैं तो बैल ही काम आते हैं। फिर घर में बैल नहीं दिखेंगे तो बच्चों के सवाल का क्या जवाब दूँगी? छोटी मुलगी रानी तो दिन-भर खेलती है उसके साथ। ऐसे दिन भी देखने पड़ेंगे? लेकिन फिर भी मुझे भान तक नहीं हुआ कि हालात इतने ख़राब हो गए हैं। बेचने को घर में कुछ था भी नहीं। ले-देकर बैल थे उन्हें नहीं बेचा। सुबह-सुबह घर से निकल गए, हम समझे खेत पर गए होंगे काम से, जब बहुत देर तक नहीं लौटे, साढ़े ग्यारह बजने को आए, तब उनके छोटे भाई के साथ खेत में जब तक हम पहुँचे, वे खा चुके थे। शायद अन्तिम बार खेत को देखने के लिए गए होंगे। हमें देखा लेकिन बोल नहीं पाए कुछ...मुँह में झाग ही झाग...छटपटाती देह, पीड़ा से भरी अधमुन्दी आँखें...काँपते हुए हाथ जोड़ दिए हमें देख, जैसे कह रहे हों, माफ़ करना, जितना बना किया, अब चला...।" बोलते बोलते कडूबाई की आँखें फिर डबडबाईं। आवाज़ लड़खड़ाई—"नोटिस आते ही हमें समझ जाना था। उन्हें अकेला नहीं छोड़ना था, पर हालत सभी के एक जैसे...कौन किसको सँभाले। तुरन्त सब कोई मिलकर सरकारी अस्पताल में ले गए लेकिन शाम तक..." बोलते-बोलते शब्द बुदबुदाहट में सिमटकर रह गए।

कुछ ख़ामोश बोझिल पल!

"पत्नी, बच्चों के रहते कोई कैसे कर लेता है आत्महत्या?" बालासाहब से आँख मिलती है तो मुँह से निकल जाता है अविनाश के।

"क़र्ज़ा मन-आत्मा को बंजर बना देता है। क़र्ज़े के खूँटे से बँधी ज़िन्दगी को फिर न बायको दिखती है, न मुलगा दिखता है। सिर्फ़ दीवारों पर चिपका सरकारी नोटिस।" कालिख भरे नाखूनों वाली हथेली से माथे के बाल को पीछे धकेलते हुए कहते हैं बालासाहब।

"इतना सब हो रहा है और आपकी सरकार क्या कर रही है?"

"सरकार भाषण पिला रही है। आश्वासन खिला रही है। उसके लिए भूख से ऊपर धर्म है, इसलिए वह धर्म बेचने में लगी है...।" ओंठ विद्रूप हो उठते हैं गोविन्द जी के।

अविनाश फिर पूछता है, "क्या यहाँ की जलवायु कपास के अनुकूल है? अधिकांश किसान कपास ही क्यों उगाते हैं?"

"अविनाश, कपास हाई रिस्क और हाई प्रॉफिट वाली फ़सल है। इसमें फटाफट पैसा आता है इसलिए इसे ही अधिकांश शेतकरी (किसान) उगाते हैं। लेकिन अब कुछ लोग तूअर (अरहर) की दाल की तरफ़ बढ़ रहे हैं।"

सिर्फ़ कान से ही नहीं पूरी देह से सुनता है वह।

रस्सी बँधी रबड़ की टूटी चप्पल से हारा हुआ-सा घिसटती चाल से चल कर आ रहा था, अरुण जी का छोटा भाई वरुण। नीले खोखल में कौड़ियों सी चमकती आँखें। अव्यवस्थित दाढ़ी, सर पर लपेटा हुआ लाल रंग का गमछा। मैली-सी क़मीज़। पास आकर अपने पट्टी बँधे हाथों से गोविन्द जी का अभिवादन किया उसने—"काय भाऊ, कसे आहात (कैसे हैं भाई साहब)?"

"क्या हुआ हथेलियों को?"

"कुछ नहीं। घास काटते-काटते कट गई थी।"

"क्या? ऐसे कैसे कट गई? तो दुर्घटना यहाँ भी होती रहती है? मैं तो जानता था कि खदानों और कारखानों में ही होती है...।" भौचक अविनाश ने पूछा।

"भली कही।" ओंठ टेढ़े हो जाते हैं बालासाहब के। "अरुणगिरि जी का ही भतीजा था विनोद, खेत में ही साँप के काटने से मर गया। आधी रात गया था पानी चलाने। अँधेरा था, दिखा नहीं। ख़ुद मेरा हाथ कई बार फ़सल काटते हुए हँसिया से कट गया था।"

"अरे! तो फिर बहते ख़ून को खेत में कैसे रोका?" अविनाश ने हैरानी से पूछा।

"कुछ नहीं बस मिट्टी डाल देते हैं, बहता ख़ून रुक जाता है। इस माटी में बहुत ताक़त है। परसों ही पवन के पैर में गोड़ते हुए कुदाल लग गई थी। काफ़ी

ख़ून बह गया था। देखी हैं आपने किसी किसान के हाथों-पैरों की अँगुलियाँ? सब गली हुई मिलेंगी। लगातार कीटनाशक छिड़कते-छिड़कते चालीस तक आते-आते सबके फेफड़े ख़राब हो चुके रहते हैं।"

कुछ ख़ामोश पल!

"कब से शुरू हुआ है आत्महत्याओं का यह सिलसिला? इतनी आत्महत्याएँ हो रही हैं और नेशन हाइबरनेशन में है! कमाल है! मैं गया था तब तो हालात ऐसे नहीं थे?" जानना चाह रहा था अविनाश।

बीत चुके समय का नट बोल्ट खोलते हुए कहते हैं गोविन्द जी, "देखिए हालात ज़्यादा ख़राब पिछले बारह-तेरह सालों में हुए हैं। मैं तो यहीं जन्मा और बड़ा हुआ हूँ। पहले यह दुनिया फिर भी अपनी लगती थी। कोई भूखा नहीं मरता था। गाँव का प्रबन्धन ऐसा था कि सब एक-दूसरे से जुड़े थे और सबके पास काम था। गेहूँ की रोटी चाहे नसीब न होती हो, गिनकर चाहे रोटियाँ बनती हों पर जुआर की दो रोटी और कांदा सबको नसीब था। 90 के दशक के बाद से, आपका खुला बाज़ार क्या आया, बाज़ार का चरित्र ही बिगड़ गया, गाँव का ढाँचा ही चरमरा गया। वो ग्रामीण संस्कृति ही चौपट हो गई। इसी दशक ने किसान को इज़्ज़त से ज़िल्लत की दुनिया में पहुँचाया है, फिर भी 1998 तक सप्ताह में एक-आध शेतकरी (किसान) की 'सुसाइड' की ख़बर आती थी। 2002 के बाद यह हुआ कि हर दिन एक शेतकरी आत्महत्या कर रहा है। लेकिन अभी तो हाल यह है कि हर ज़िले से हर दिन तीन-तीन और कभी तो चार-चार आत्महत्याओं की ख़बर आ रही है।" गहरी निराशा से निकलते है उच्छ्वास..."अब तो मौत भी सरकार को हवा-पानी की तरह लगने लगी है!"

"क्या सूखा के चलते हो रही हैं इतनी आत्महत्याएँ?"

"सूखा तो जानलेवा है ही। पर असली समस्या है कि कपास की पूरी अर्थव्यवस्था ही दिन पर दिन ढहती जा रही है। कृषि और बाज़ार का पूरा चरित्र ही इन सालों में पूरी तरह बदल गया है। दिन पर दिन लागत बढ़ती जा रही है। ख़र्च बढ़ते जा रहे हैं लेकिन उत्पादन नहीं बढ़ रहा और कपास के दाम नहीं बढ़ रहे। मुनाफ़ा कुछ होता ही नहीं। बल्कि पिछले तीन साल से तो हालत यह है कि नुकसान झेल रहे हैं। हम तो शेती (किसानी) भी छोड़ दें, निकल जाएँ इस मृत जगह से, छोड़ दें पूर्वजों की ज़मीन का भी मोह पर कोई दूसरा काम तो मिले।" धूप की तेज़ी बढ़ती जा रही थी इसलिए हाथ के इशारे से भीतर चलने को कहते हैं बालासाहब।

भीतर उनकी माँ। पाँव छूते हैं गोविन्द जी। देखादेखी अविनाश भी झुकते हैं कि तभी झन्न से किसी बर्तन के गिरने की आवाज़ से चौंक जाता है अविनाश। “अरे रमुआ ने गिरा दिया है चारे का बर्तन, थोड़ा चारा और डाल दो।” जाने किस अदृश्य को कहते हैं बालासाहब। अविनाश के अचम्भित चेहरे को देख मुस्कुराते हैं वे—“अरे जब जन्मा था, तो माथा टकरा-टकरा के खेलता था और अब देखते ही सर हिला-हिला के सहलाने लिए बुलाता है। इतना बदमाश है कि खाने का अपना बर्तन तक गिरा देता है कि सुनकर हम उसके पास जाएँ।”

“कौन? आपका बेटा?”

“नहीं, हमारी गैया का बेटा।”

हो-हो! हँस पड़ते हैं सब।

थोड़ी देर में ही नीबू की शिकंजी लेकर आती है बालासाहब की पत्नी। संक्षिप्त से परिचय और थोड़ी इधर-उधर की गप्प के बाद फिर घूम-फिरकर बात किसान पर केन्द्रित हो जाती है। जब भी जमा हो जाते हैं तीन-चार लोग, किसान और आत्महत्या हॉट टॉपिक हो जाते हैं इन दिनों। अधपचे अन्न की तरह फिर खदबदाने लगते हैं गोविन्द जी—

“हमारे पुरखे खेती को उत्कृष्ट और चाकरी को निकृष्ट कर्म कहते थे, क्योंकि बीज बोना संसार का सबसे सुन्दर कर्म माना जाता था। बीज चाहे अन्न का हो चाहे विचारों का, चाहे जीवन मूल्यों का। पर वो ज़माना ख़त्म हुआ। आज बीज बोनेवाला सबसे अधिक उपेक्षित है। हम ख़ुद बीज बोना छोड़कर नौकरी करना चाहते हैं पर एक नया रोज़गार साला इन सा़लों में पैदा नहीं हुआ। पहले पब्लिक सेक्टर में फिर भी काम मिल जाता था, अब साला वह भी चरमरा रहा है। क्या करेगी युवा पीढ़ी? कई शेतकरी (किसान) मज़दूर बन गए। मज़दूरी मिलती भी है तो घर से दूर बहुत दूर, इतनी दूर कि घर से अठारह-अठारह घंटे बाहर रहना पड़े। करें तो करें क्या? अनपढ़ शेतकरी जाएँ तो जाएँ कहाँ? आप ही देखिए—प्रति एकड़ बीज का ख़र्चा है छह हज़ार रुपये। स्प्रे का ख़र्च आठ हज़ार रुपये। तीन हज़ार खाद का ख़र्चा। बैल से जुतवाने का प्रतिदिन का ख़र्च दो सौ रुपये। पन्द्रह दिन जुतवाते हैं तो टोटल ख़र्च हुआ तीन हज़ार रुपये।”

“लेकिन बैल से क्यों, आजकल तो ट्रैक्टर चलता है...?” नहीं चाहते हुए भी टोकना पड़ा उन्हें।

"जहाँ खेत बहुत छोटे होते हैं वहाँ अभी भी बैल से जुतवाना पड़ता है। कई बार ट्रैक्टर भाड़े पर नहीं मिलते तो भी...। अभी तो बैल और ट्रैक्टर दोनों ही चल रहे हैं। उसके बाद खुर्पनी से कटवाने के लिए तीन हज़ार का ख़र्च। दो बार खुरपवाते हैं। टोटल प्रति एकड़ कुल लागत आई—तेईस हज़ार रुपये, जबकि इस बार प्रॉफ़िट हुआ प्रति एकड़ अठारह या उन्नीस हज़ार। जेनेटिकली मॉडिफाइड कपास के बीज, महँगी खाद और कीटनाशक को इस्तेमाल करने के लिए भारी ब्याज पर क़र्ज़ा लेनेवाला शेतकरी व्यापारियों, महाजनों, कँपनियों और बैंकों के खुले जबड़ों में फँस जाता है जो बुआई के पहले से उनके सर पर खड़े रहते हैं और फ़सल कटाई के बाद उन पर टूट पड़ते हैं। व्यापारी अपने हिसाब से ख़रीदते हैं और क़र्ज़दार अपने हिसाब से, ऐसे में इन्द्रदेव ने साथ न दिया तो जी तोड़ मेहनत और हिम्मत पर गोबर पुत जाता है। फिर मौत के अलावा कोई रास्ता नहीं बचता...।" बोलते-बोलते उदासी के बादल घिर आते हैं गोविन्द जी के चेहरे पर।

"पानी समय पर मिल जाए तो शायद इतना नुकसान नहीं हो...?" फिर सवाल दागता है अविनाश।

"पानी अच्छा हो तो क्या बात है। भई सच्ची बात तो यही कि हम किसानों की आँखों में इन्तज़ार न पत्नी का रहता है न सन्तान का। हमारी आँखों में इन्तज़ार रहता है तो बस आसमान से बरसते पानी का। पानी मिला तो फ़सल बढ़ जाती है तो कुछ बच जाता है। पानी अच्छा हो तो प्रति एकड़ फ़सल छह क्विंटल तक हो जाती है। तो मुनाफ़ा उन्तीस हज़ार तक हो जाता है क्योंकि रवि की फ़सल वर्षा पर निर्भर करती है। यदि पानी का संग्रह अच्छा हो तो खरीफ की फ़सल भी उगा सकते हैं। साल में दो-तीन फ़सल हो तो काम बने, पर हालत यह है कि वर्षा अच्छी हो तो भी हमें खरीफ की फ़सल का फ़ायदा नहीं मिलता, बारिश का सारा पानी नदी, नालों से होकर खारे समुद्र में बह जाता है क्योंकि उसको संग्रह करने के लिए कोई इन्तज़ाम नहीं है। आप देखिए कि रालेगन सिद्धि गाँव के किसान साल में ऐसी ही वर्षा में भी तीन-तीन फ़सल उगा रहे हैं क्योंकि उनके पास जल संग्रह के लिए सब कुछ है, जबकि हम सिर्फ़ एक ही फ़सल ले रहे हैं। पिछले दो-तीन सालों से प्रति एकड़ 2 क्विंटल फ़सल हो रही है। न पानी न बिजली। आठ-आठ घंटे तक बिजली नहीं आती है। भाग्य से पानी मिल गया तो सिंचाई के लिए बिजली का टोटा। नहीं, पहले लागत इतनी नहीं आती थी। पहले खाद अलग से नहीं ख़रीदनी पड़ती थी क्योंकि धरती की ऊपरी लेयर दुरुस्त थी। अब पानी के बहाव में ऊपर

की लेयर बह जाती है। दुगना नुकसान हो रहा है। पहले बीज भी घर से ही निकाल लेते थे। मेरा अपना अनुभव है कि पम्परागत परखा हुआ अपने खेत का बीज कभी दगा नहीं देता लेकिन हम ही हैं कि ज़्यादा उत्पाद के लालच में बाज़ार से महँगे दाम में नई क़िस्म के नए बीज ख़रीद लेते हैं। अब लागत बहुत बढ़ गई है क्योंकि सब कुछ महंगे दामों पर ख़रीदना पड़ रहा है। पहले खाद के लिए गोबर, सूखे पत्ते और प्राकृतिक अपशिष्ट का प्रयोग होता था। अब धरती की कोख में रासायनिक खाद का ज़हर उतारा जा रहा है। इस रासायनिक खाद से मिटटी में रहनेवाले कीड़े, केंचुए और बैक्टीरिया भी मर जाते हैं जो फ़सल के लिए ज़रूरी होते हैं। क्या-क्या बताऊँ, यह जो ज़हरीला रसायन होता है वह जाकर भूजल में मिलकर पानी तक को दूषित कर देता है। लेकिन शेतकरी को यह विश्वास दिला दिया गया है कि धरती की उर्वर शक्ति को और उत्पादकता को बनाए रखने के लिए ज़रूरी हो गया है बढ़िया बीज और रासायनिक खाद। बीज, खाद और कीटनाशक बेचनेवाली कम्पनियों की चाँदी है। बाज़ार पर निर्भर यह व्यवस्था किसानों को लगातार पराश्रित और विकल्पविहीन बना रही है। हालत तो यह हो गई है कि कहीं-कहीं तो किसानों को गायों-बैलों के लिए भूसा तक बाज़ार से ख़रीदना पड़ रहा है क्योंकि गेहूँ काटने की मशीन सारा भूसा खेत में ही उड़ा देती है, जबकि पहले इतना भूसा निकलता था कि पूरा घर ओसारा, दुआर सब भूसा से भरा हुआ मिलता था।"

बातचीत कुछ समय के लिए फिर रुक जाती है। गोविन्द जी को जाना है वापस। पानी पीकर और अविनाश को बालासाहब के हवाले कर निकल जाते हैं वे—"आप निश्चिन्त रहिए, बालाजी बैठा देंगे आपको पुणे की ट्रेन में। कल मिल लीजिएगा अपनी आई (अम्मा) से।"

हिलते हाथों के ओझल होने के बाद, किसानी जीवन की इस इकोनॉमिक्स को समझने की चेष्टा करते हुए फिर छूटे सिरों को जोड़ते हुए पूछता है अविनाश, "लेकिन अब तो अधिकांश घरों में गाय-बैल होते नहीं होंगे?"

"सही कहा अविनाश, एक समय कृषि संस्कृति के केन्द्र में थे बैल। सारा बोझा उनके कन्धों पर रहता था। हमारी दादी कहती थी कि घर में गाय नहीं हो तो घर उजाड़ लगता है। हमारे पिता तो बैलों की दौड़ करवाते थे। जो सबसे आगे दौड़ता उस बैल के मालिक को चालीस मन घी मिलता था। लोग ख़ूब मेहनत करते थे बैलों पर, मेहनत के दिनों में उन्हें घी भी पिलाते थे। दोपहर को

पहले बैलों को चारा-पानी डालते, उन्हें आराम करने को छोड़ते फिर ख़ुद खाते। हट्टे-कट्टे होते थे वे और साथ भी ख़ूब निभाते थे हमारा, लेकिन आज उनको घर निकाला क्या देश निकाला मिल रहा है, जबकि पहले बूढ़े बैलों को भी घर निकाला नहीं मिलता था। आजकल तो उन्हें कसाई के हाथों बेच देते हैं। लेकिन मेरी बात याद रखना, जब तक बमभोले रहेंगे, बैल, बछड़े और साँड़ को कोई भूल नहीं सकेगा। ख़ैर कुछ-कुछ घरों में जैसे मेरे घर में अभी भी गाय-बैल दोनों ही हैं। इसलिए भूसे की ज़रूरत पड़ती है, पहले तो हम हर सीजन में हरे चारे को भूसे में मिलाकर गाय को खिलाते थे, इससे गाय का स्वास्थ्य भी अच्छा रहता था। आजकल तो ख़ालिस भूसा भी ख़रीदना पड़ता है, हरे चारे की कौन कहे। चलो, कुछ चाय-वाय हो जाए।"

हाथ के इशारे से मना कर देता है अविनाश। पुराने समय में घूमता, कुछ समझता कुछ ना समझता अविनाश बातचीत की दिशा को वापस कपास पर ले आता है, "आपको कपास के दाम अच्छे क्यों नहीं मिलते दादा?"

बालासाहब को चिन्ता है स्टेशन पहुँचने की, घड़ी की ओर देखते हुए वे कहते हैं, "चलिए अब निकलना चाहिए, स्टेशन के लिए, जीप में होती रहेंगी बाक़ी बातें।"

दो क़दम आगे बढ़ते हैं कि गोबर के उपलों के ढेर के पास इठलाता एक शानदार सा मकान। अचम्भित अविनाश, "अरे वाह! कहाँ बदरंग लाल ईंटों के कच्चे-पक्के कंकालनुमा मकान और कहाँ यह? किसका है? किसान का?

"पहले थे किसान। अब तो बूढ़े तरुण काका किसानी छोड़ काकी के साथ रहते हैं। उनके बेटे को दुबई में जॉब मिल गई है, पिछले आठ साल से वहीं रहता है। साल-दो साल में एक बार आता है यहाँ, पैसे भेजता रहता है, उसी पैसे से घर बना है।"

"तो बाहर का पैसा भी आ रहा है यहाँ?"

"थोड़ा-बहुत। देखिए अब जो नई पीढ़ी उग रही है न, उसे गोबर से बदबू आने लगी है, इसलिए वह हर जगह हाथ-पैर मार रही है। जिसको जहाँ मौक़ा मिल जाए। और यूँ देखा जाए तो रखा भी क्या है किसानी में? इन्हीं तरुण काका को ही देख लीजिए, दाने-दाने को मोहताज तो नहीं हैं। जिनके भी बच्चे गए बाहर, वे ख़ुद तो आबाद हुए ही, पीछे से अपने घर, माँ-बाप को भी खाने-कपड़े की चिन्ता से मुक्त कर गए।"

उदासियों ने फिर दबोच लिया अविनाश को। कहाँ तरुण काका का बेटा,

कहाँ वह? लेकिन इस बार वह भी अम्मा के लिए आरामदायक घर बनवाकर ही दम लेगा।

जीप में बैठते ही अधीर अविनाश फिर दोहराता है अपना सवाल, सोचते हुए कहते हैं बालासाहब, "देखो अविनाश, बिना कपास की इकोनॉमिक्स और कपास की पॉलिटिक्स समझे आप नहीं समझ पाएँगे कि दाम अच्छे क्यों नहीं मिलते। सरकार को किसान की बू असह्य हो गई है इसीलिए उसने नीति बना ली है—बाज़ार आबाद और किसान बर्बाद। इसलिए समुद्र का सारा पानी तो बड़ी-बड़ी मछलियाँ ही पी जाती हैं। हमें तो जो भाव मिले उसी पर पारतुल में मिल वालों को बेच देना पड़ता है कपास। नहीं बेचें तो उधारी कैसे चुकाएँ, खाएँ क्या और रखे कहाँ कपास को? बाहर अधिक दिन रख नहीं सकते, बारिश से भीगने का डर। इसलिए मिलवालों की दादागिरी चलती रहती है। आप देखिए सब चीज़ों के दाम बढ़ रहे हैं—सोना-चाँदी, ज़मीन-जायदाद सभी के दाम आसमान पर हैं...नहीं बढ़ रहे हैं तो हमारे उत्पाद के दाम। इसीलिए मौत की फ़सल लहलहा रही है क्योंकि अच्छी फ़सल का भी हमें लाभ नहीं मिलता। तब भी बस गुज़ारा भर जितना ही बन पाता है। अच्छी फ़सल का फ़ायदा मिले, कुछ बचे तो सूखे के चलते हुई ख़राब फ़सल का नुकसान भी हजम कर लें। हम तो साफ़ कहते हैं सरकार को कि हमें आपका दान, आपके पैकेज नहीं, मूल्य चाहिए।"

"क्या कोई उपाय नहीं कि लागत कम आए?"

"है क्यों नहीं। किसानों के हिस्से का पानी किसानों को मिले, चीनी मिल वालों और प्राइवेट फॉर्म हाउसों को हमारे हिस्से का मिलनेवाला पानी बन्द होना चाहिए। रासायनिक खेती बन्द कर देनी चाहिए, इसके लिए विकल्प तैयार करने होंगे, पर सोचता कौन है किसानों के लिए?"

"कोई विद्रोह या आन्दोलन नहीं हो रहा...?" हालत को कुछ कुछ समझता हुआ अविनाश पूछ बैठता है।

"आन्दोलन?" बोलते-बोलते गम्भीर हो जाते हैं बालासाहब। कुछ पल की बेचैन ख़ामोशी के बाद फिर बहने लगते हैं वे अपने ही भीतर—"क्या बताएँ मनुष्य का अस्तित्व ही उसकी चेतना का निर्धारण करता है। शुरुआती जवानी में हम किसान भी आग से भरे हुए थे। याद कीजिए 1967 की बसंत क्रान्ति का वह नारा 'ज़मीन उसकी हल जिसका'। यह नारा भी किसानों ने ही लगाया था लेकिन आज हमको

इतना निचोड़ दिया गया है कि आज ज़िन्दा रहने को ही हम सब अपनी उपलब्धि मान बैठे हैं। आज हम अकेले अपनी मेंड़ पर बैठे अपनी परेशनियों से जूझ रहे हैं। हमें भूख खा रही है और सरकार को यह चिन्ता खा रही है कि कॉर्पोरेट को उसकी लागत का कम-से-कम बीस-पचीस गुना ज़्यादा कैसे मिले। ग़रीबी पहले भी थी, पर वह संसाधनों की कमी से उपजी ग़रीबी थी, आज की ग़रीबी उन मुट्ठीभर धन कुबेरों की बल्ले-बल्ले की वजह से है जो सारा धन अपनी मुट्ठी में भर लेना चाहते हैं। यह देखिए...।" बालासाहब दो दिन पुराने अख़बार की कटिंग उन्हें दिखाते हैं—"पंजाब की किसी बेटी ने सुसाइड कर लिया था। उसके सुसाइड नोट में लिखा था—मेरे पापा पर पहले से ही बहुत क़र्ज़ा है। तीन साल से फ़सल पर घाटा लग रहा है। मेरी शादी के लिए पापा और क़र्ज़ा लेने की सोच रहे हैं।" अपनी लहर में बहते मायूस बालासाहब कहते हैं—"जब-जब नज़र पड़ती है ऐसी ख़बरों पर, जी जलकर कोयला हो जाता है। जाने क्यों लगता है मुझे कि यह संकट सिर्फ़ किसानों पर ही नहीं वरन् पूरी सभ्यता पर है। यह मरती हुई सभ्यता का आपातकाल है। देखना आज किसान गिर रहा है कल पूरा देश गिरेगा और इसका एक ही हल है कि धरती केवल किसानों की होनी चाहिए और खेती सम्बन्धित सारे निर्णय किसानों के हाथों में।" मायूस बालासाहब एक और ख़बर पर अँगुली धरते हुए कहते हैं—"ये देखिए आज का अख़बार—लुधियाना। 36 साल के किसान जसवन्त मोटरसाइकिल पर अपने पाँच वर्ष के बेटे को घुमाने के बहाने निकले। बेटे को अपनी छाती से बाँधा और नहर में कूद गए। उन पर 6 लाख का क़र्ज़ा था। उनकी फ़सल ख़राब हो चुकी थी। सुसाइड नोट में लिखा था उन्होंने—मैं जानता हूँ कि मेरा यह छह लाख का क़र्ज़ा मैं तो क्या मेरा बेटा भी जीवन-भर नहीं उतार पाएगा।"

एक गहरी साँस ले फिर अपनी लहर में बहने लगते हैं बालासाहब—"भारत का किसान एक ऊबड़-खाबड़ खुरदुरा पत्थर बनकर रह गया है जिसकी ज़िन्दगी में न राग है न रंग, न गीत न संगीत, न दीवाली, न न्यू ईयर। है तो सिर्फ़ तीन चीज़—क़र्ज़, क़र्ज़ और क़र्ज़। देखा आपने आज, ज़िन्दगी कपास पैदा करने में बीत जाती है इनकी, लेकिन इन किसान की पत्नियों की देह पर कपास से बनी सूती साड़ियाँ नहीं थीं, थीं सस्ती और टिकाऊ पोलिएस्टर की साड़ियाँ। वो भी कहीं-कहीं क़िस्तों में ख़रीदी हुई।"

आस-पास खुली नालियों और बहते नालों के पास कंचे खेलते बच्चों को देख बेचैनी और बढ़ जाती है उसकी। उमड़ता-घुमड़ता मन फिर मुड़ता है पीछे की

ओर। था उसका भी एक जापानी दोस्त, मिस्टर फूजी, किसानी उसका भी पैतृक धन्धा था पर उसके परिवार में उसके 65 वर्षीय दादा जोकि ख़ासे हट्टे-कट्टे थे, सिर्फ़ वे ही खेती सँभालते थे, न फूजी को कोई दिलचस्पी थी न उसके पिता को। शायद पूरी दुनिया में ही किसान अब शेष होती प्रजाति है, पर भारत की तरह वहाँ के किसान मुँह से झाग उगलने के लिए मजबूर नहीं। अमेरिका में किसान की औसत आयु 58 साल और यूरोप में 65 साल है। हर जगह किसान बूढ़ा हो रहा है। लेकिन वहाँ की सरकारें किसानों के साथ हैं और कुछ ऐसा कर रही हैं कि वे खेती के लिए प्रोत्साहित हों। वहाँ की सरकार उत्पादन की क़ीमत से भी ज़्यादा की सब्सिडी देती है।

"लीजिए, आ गया पारतुल", बालासाहब की मोटी आवाज़ उसे उसके ख़यालों से बाहर खींचती है।

8

पुणे जानेवाली ट्रेन आधा घंटा लेट है। फ़ोन कर पता लगाते हैं बालासाहब। चलते-चलते अविनाश की नज़र पड़ती है, सब्ज़ियों और फलों के लिए बने रिलायंस के शॉपिंग मॉल पर। अलग-अलग काउंटर पर प्राइस टैग लटकाए सजी-धजी सब्ज़ियाँ। सोचने लगा वह—इतनी बेरोज़गारी और ये? उसने पूछा बालाजी से—"ये चल गए तो ख़ुदरे सब्ज़ी और फल बेचनेवालों का क्या होगा?"

हँस दिए बालासाहब, "आप चिन्ता न करें। अपनी लकड़ी की चौपाया गाड़ी में सब्ज़ी रख हांक लगा-लगाकर बेचनेवाले ये फेरीवाले रिलायंस फ्रेश को भी मात दे देते हैं। वहाँ तो आप जब पहुँचेंगे तब पहुँचेंगे, ये तो सुबह हुई नहीं कि देश की इकॉनमी को बूस्ट करते आपके घर हाज़िर। लीजिए आ गया स्टेशन। आपके साथ दिन-भर कैसे निकल गया पता ही नहीं चला। चलिए पहले कुछ चाय-वाय हो जाए।" बालासाहब स्टेशन पर बनी चाय की दुकान के स्टॉल पर ले जाते हैं—"दूध वाली स्पेशल मसाला चाय देना।"

थोड़ी देर में अल्युमिनियम की चाय की केटली हाथ में लिए, फटी क़मीज़ पहने थका-सहमा एक नन्हा किशोर! उस बालक को देख उससे चाय पी न गई। मन-

ही-मन दुखी होते हुए पैसे देने को होता है वह तो रोक देते हैं बालासाहब—"बड़ों के सामने पर्स नहीं खोलते मुला (बेटा)! और यह लो खाने का पैकेट।"

"खाने का पैकेट?"

"हाँ! रात के खाने के लिए पूरणपोली है! गोविन्द जी ने कह दिया था।"

हँस देता है अविनाश—परिवारों का यह देश! यहाँ के लोगों को खिलाने-पिलाने की बड़ी चिन्ता रहती है। किसी बाहरी से मिलते हैं तो भी पहले यही पूछते हैं, खाना खाया?

धीमी चलती ट्रेन। रूमाल हिलाते हुए विदा ली उसने बालाजी से। सामने की चौड़ी दीवार पर मोटे-मोटे काले अक्षरों में लिखा हुआ विज्ञापन 'गुप्त रोगों के इलाज के लिए मिलें डॉ. गुप्ता से'। फिर एक और विज्ञापन 'केवल सात दिनों में मर्दाना कमज़ोरी दूर करें'। ओंठ विद्रूप हुए उसके, पोंगेपंथियों और नीम-हकीमों का यह देश। धीरे-धीरे ओझल हुआ पारतुल। खपरैल की छत वाले तिकोने घरों से होते हुए नज़रें एकाएक सूखे नज़ारे के बीच सर पर चारा ढोती एक युवती पर पड़ीं—लुनाई लिए चेहरा, तीखे नाक-नक्श! शरीर की गढ़न ऐसी जैसी रोम के म्यूजियम में रखी वीनस...मासूम, मोहक सुन्दरता!

फिर खुलता है मन—ऐसा क्यों लगता है नैंसी जैसे अम्मा को पाते-पाते मैं ख़ुद ही को पा रहा हूँ, अपनी गुज़री यादों के साथ, उन अनुभवों के साथ जिनसे इन बीस सालों में दूर हो गया था मैं। आज जब गोविन्द जी चाय में बिस्किट डुबो कर खा रहे थे तो जाने क्यों मैं बचपन की किन-किन यादों में डूब गया। मेरा वह ऑरेंज क्रीम बिस्कुट के लिए मचलना, चाय में डुबो-डुबोकर खाना, कैरम बोर्ड खेलना, क्वीन के कवर के समय स्ट्राइक मारते-मारते इतना टेंस हो जाना कि एकदम सरल गोटी भी खो देना। आज भी बिना वजह टेंस हो जाने की आदत से कहाँ मुक्त हो पाया हूँ मैं? बहुत मुश्किल है बचपन के इन कीटाणुओं से मुक्त हो पाना।

देखना जारी है, साथ ही सोचना भी। पीली सूखी घास के बीच इक्का-दुक्का हरी घास। कहीं-कहीं जली हुई घास, ज़मीन पर पड़े सूखे पत्तों के साथ जले हुए पत्ते। पेड़ की पत्तियों पर, डालियों पर रुई के फाहे लटके हुए। चौंकती हुई उसकी विदेशी आँखें...रुई का पेड़ ऐसा होता है? कंटीली झाड़ियाँ। रास्ते में एक कुआँ। एक मन्दिर। मन्दिर पर लहराता भगवा झंडा। सामने से आती एक बैलगाड़ी। बैलगाड़ी में पानी के कनस्तर। टीन की छत के नीचे बँधी गाय। पेड़ के नीचे आराम फ़रमाती भैंस!

दोनों ओर खेत। बीच-बीच में खपरैल की छत वाले झोंपड़ीनुमा घर के बाहर मिटटी के चूल्हे में लकड़ी की आग से बनता भोजन। एक घर के बाहर पतला सा पर्दा। खुले बजबजाते नाले। बुर्के में कुछ मुस्लिम युवतियाँ। घर के बाहर अकेला बैठा एक बच्चा जिसके थोड़ी ही दूर पर टहलते चार हड़ियल मरियल कुत्ते जिन्हें देख उसे बाजल के मोटे-तगड़े सजे-धजे कुत्ते याद आ गए। मन-ही-मन कहा उसने—ये कुत्ते भी यहाँ की इकॉनमी के थर्मामीटर हैं, जब लोगों के पास ही खाने को कुछ नहीं तो कुत्तों को क्या खिलाएँगे?

खेत अब ख़त्म हुए और सामने बाज़ार। प्रदीप आटा की चक्की। चौपहिया गाड़ीवाले ठेले पर शृंगार की ढेर सारी सामग्री बेचता एक तरुण—पाउडर, लिपस्टिक, क्लिप, नेल पॉलिश, सेफ़्टी पिन आदि। कचरे के ढेर पर मंडराते सूअर। पास में ही जूस सेंटर। हेयर कटिंग सैलून। पान महल। मोबाइल की दुकान। मंथन कम्प्यूटर। ब्यूटी पार्लर। फेयर एंड लवली और टाटा सॉल्ट के विज्ञापन।

ट्रेन ने गति पकड़ी, बीती रात।

अब पुणे! खुल जा सिमसिम का इन्तज़ार!

सूरज के उठने के साथ ही उठ गया वह। सोना बरसाते सूरज और हँसते-खिलखिलाते पेड़ों को देख मन आनन्दित हुआ उसका। क्या ये नीम के पेड़ हैं? या आम के? या इमली के? उफ़! कितना कम जानता है वह पेड़ों के बारे में। उसी समय एक और दृश्य देख लगभग उछल पड़ा वह। भैंस की पीठ पर शान से इठलाता बैठा एक बच्चा। आनन्द में तिर-तिर तिरता हुआ। बाप रे! डर नहीं लगता उसे? लेकिन सोच ने तुरन्त ही मारी पलटी, क्या मिलेगी अम्मा आज?

वन पाखी सा मन फिर उड़ा और पहुँच गया सामने पीपल के पेड़ की टहनी पर बैठी चिड़िया के पास जो गा रही थी भोर के गीत।

रेंगती ट्रेन प्लेटफार्म के अन्दर घुस रही थी। दो मैले-कुचैले बच्चों ने उसके डब्बे में सफ़ाई की और बख़्शीश की उम्मीद में अपनी मैली हथेलियाँ उसके सामने फैला दीं। कुछ देर पहले भाई-बहन की एक जोड़ी ने पत्थर बजा-बजा कुछ बेसुरे भजननुमा गाने सुना अपनी झोली फैला दी थी। कुछ फटेहाल बच्चे धीमी-धीमी चलती ट्रेन से कूद रहे थे, कुछ पटरी पर पड़े कचरे के ढेर से कुछ बीन रहे थे। क्षण भर पूर्व की उत्तेज़ना वितृष्णा में बदल रही थी। वह बुदबुदाया, वाह मालिक! एक अरसे बाद देश से परिचय करवाया तो भी किस रूप में! कहाँ तो सोचा था

कि इस बार अम्मा को लेकर भारत घूमेगा, हिमालय के दीदार करेगा, ताजमहल देखेगा, जैसलमेर के बालू के टीले भी। कहाँ यह मौत, भुखमरी, ग़रीबी और ज़िन्दगी का रोना-धोना!

हिश्श अम्मा, अच्छा घुमाया तुमने अपने राजा बेटे को! अच्छी पटकनी दी!

अच्छी मसखरी हो तुम भी अम्मा! बीस साल नहीं आने का लिया ऐसा बदला?

अच्छा हुआ जो नैंसी और स्नेहा को साथ नहीं लाया।

जीना हराम कर देतीं वे तो!

पर तुम्हारी खोज की इस यात्रा ने जाने कैसी तो प्यास भर दी है मेरी आत्मा में!

झल्लाकर गर्दन को फिर झटका दिया उसने! कैसे-कैसे विचार आने लगे हैं उसे भी! अब इसमें अम्मा का भी क्या दोष? अम्मा ने तो जब-जब बुलाया, वह नहीं आया। आज भी यदि वह अम्मा के देश में है तो अपने भीतरी डर के चलते! अपने अपराधबोध के चलते! पर क्या ऊटपटांग सोच रहा है वह भी, अम्मा का देश! जैसे यह उसका देश नहीं!

झल्लाहट को झाड़ा उसने।

इस बार स्टेशन की भीड़भाड़, शोरगुल, आपाधापी, गर्मी और विलम्बित ट्रेन से भी उसे अधिक परेशानी नहीं हुई। मैं धीरे-धीरे सोख रहा हूँ भारत को। मन-ही-मन हँसा वह।

पुणे!

भोर की निस्तब्धता! पृथ्वी पर सोई चाँदनी! पत्तों पर ठिठकी ओस की बूँदें। मन्द-मन्द बहती पुरवैया। उन वीतरागी लम्हों की हलकी-सी उत्तेज़ना महसूसी उसने! चन्द मिनटों के बाद वह रहेगा अम्मा के सामने और कहेगा अपनी अम्मा से—अम्मा दिन के उजाले में लालटेन लेकर नीत्शे ईश्वर को खोजता था, मैं तुम्हें खोज रहा हूँ। उसे ईश्वर नहीं मिला, पर देखो मुझे तुम मिल गईं।

पर अम्मा पुणे आई क्यों होंगी?

फिर वही सवाल!

दिमाग़ पर ज़्यादा ज़ोर डालने की ज़रूरत नहीं पड़ी। विस्मृतियों के धुँधलके में एकाएक कुछ चमका—अरे पुणे में तो रहते हैं उसके मामा! उसकी ख़ुशियों के रखवाले, उसके प्यारे-प्यारे मामा!

कोई खंजर सा गड़ा भीतर। हे भगवान् कैसे भूल गया वह अपने सुरेन्द्र मामा

को जिनके प्यार की पालकी में बैठे-बैठे जाने कितने सपने देखे थे उसने? क्या विदेशी भूमि सब कुछ भुला देती है? पानी में आग लगा देती है? या उसी की स्वार्थपरता है यह विस्मृति?

हट रही है धूल। कौंध रही है मन के आसमान पर रह-रहकर मामा की जानें कितनी छवियाँ—कभी शक्कर की बोरी की तरह उसे पीठ पर लादे मामा तो कभी घोड़ा बने तो कभी हाथी घोड़ा पालकी खेलते मामा! उफ़! कैसे भूल गया कि ये उसके मामा ही थे जिन्होंने उसे तैरना सिखाया और एक बार बचपन में उसे डूबने से भी बचाया?

कैसे भूल गया वह कि एक बार ज़िद्द कर वह नदी में थोड़ा आगे तक निकल गया था कि एकाएक पानी का बहाव तेज़ हो गया। वह ख़ुद को सँभाल नहीं पाया और बह गया। कुछ पलों तक सब कुछ पानी था...पानी ही पानी। साँस अटक गई थी। कैसी तो थी वह छटपटाहट कि तभी किसी ने उसे खींचकर कर बाहर किया। सामने देखा तो मामा! उसे सीने से चिपकाते हुए!

आज सालों बाद मिलेगा वह मामा से। बीच रास्ते में एक जगह दिखी छोटी-सी मूर्ति। नीचे लिखा था—ज्योतिबा फुले और सावित्री बाई फुले। ऑटोवाले को क्षण भर के लिए रुकने को कहा उसने। कहीं तो पढ़े थे उसने ये नाम। कहाँ? हे भगवान्, दिमाग़ से सब कुछ रिसता जा रहा है। हल्की मायूसी के साथ उसने पॉकेट से गोविन्द जी का हाथ से लिखा पर्चा निकाला। पता था : सुरेन्द्र गुहे, गाँव—कामथड़ी, तलुका : भोर, ज़िला : पुणे।

झल्ला गया वह। अब खोजो कामथड़ी गाँव। अच्छी ज्योग्राफी समझाई अम्मा! कहाँ-कहाँ जाती थीं तुम भी। फिर काम आया ऑटोवाला। हर तीन-चार किलोमीटर पर बदलते गाँव! शोर मचाता जंगल। हँसते पेड़। डरे हुए पेड़। उन जंगली रास्तों से गुज़रते-गुज़रते जैसे ख़ुद वह भी हो गया था कोई पेड़। भीतर फिर कुछ सरसराने लगा। खुलते एलबम की तरह खुलती जा रही हैं स्मृतियाँ!

पढ़ने में अच्छे थे मामा। घर से 20 किलोमीटर दूर था स्कूल। नदी पार कर जाना पड़ता था स्कूल। घर की आर्थिक स्थिति भी उतनी मजबूत नहीं थी इस कारण आठ क्लास के बाद ही पढ़ाई छुड़वाकर खेतीबारी में लगवा दिया था मामा को।

आ गया कामथड़ी। रास्ते चलते किसी से पूछा उसने सुरेन्द्र गुहे का घर। पैबन्द लगी पतलून की जेब में हाथ डाले-डाले वह साथ हो लिया—चलिए ले चलता हूँ।

वह अवाक्! कैसे लोग हैं! कितना समय है दूसरों के लिए भी।

याद आया एक बार इंटरलॉकेन (स्विट्ज़रलैंड) में ट्रेन में था वह। पास के सहयात्री से कहा कि फलां स्टॉप आने पर बता देना। उसने उदासीनता से उसे देखते हुए दरवाज़े के पास लगी 26 इंच की एलसीडी स्क्रीन की तरफ़ इशारा करते हुए कहा कि इसमें देखते रहो, पता चल जाएगा।

9

अधखिले फूल की तरह खिला कामथड़ी गाँव!

छोटी-छोटी दुकानें। बाइक पर सवार लोग। लांग वाली धोती पहने सिर पर मैला ढोती दो औरतें। सड़क पर टहलती गाय। सामने सूखी नदी, रेत से भरी हुई। एक हैंड पम्प के पास सिर पर फूस से बनी झूड़ी पर दो-दो पानी भरे घड़े ले जाती युवती। साथ में एक छोटी बच्ची, उसके सिर पर भी घड़ा। विस्मित हो देखता रहा वह युवती को। कैसे सधे हुए हाथों से उसने पहला घड़ा रखा, फिर दूसरा, दाहिना हाथ सिर पर रखे घड़ों को थामे हुए और बाएँ हाथ में फिर एक घड़ा। कैमरे से एक तस्वीर भी ली उसने। नैंसी को भेजेगा यह चित्र!

कुछ क़दम बाद फिर दृश्य परिवर्तन। मिलीजुली आवाज़ें परिन्दों की। घोंसले से निकलता पाखी, पंख फड़फड़ाता। उड़ान भरता। एक क़तार में रूठी बीबियों की तरह मुँह फुलाए पेड़। एक पेड़ से उसने तोड़ा एक फूल, सूँघा, जंगली-सी गन्ध। सामने से गुज़रा कोई ट्रक जिसके पीछे लिखा हुआ था—आईचा आशीर्वाद (माँ का आशीर्वाद)। तभी साथ वाले ने उसे दाहिने मोड़ते हुए कहा—वो देखिए ऊपर छोटी-सी पहाड़ी पर खेत दिख रहे हैं न, वहीं है सुरेन्द्र भाऊ का घर। वह अवाक्...यह घर है या खेत?

ऊपर चढ़ते हुए फिर पूछा उसने। किसी ने फिर अँगुली दिखाई। पहाड़ की ढलान पर बना मामा का घर। बाहर सूखे पत्ते। सूखी लकड़ियों की बनी बाड़ जिससे भीतर के पौधों को कोई जानवर न खा ले। खेत के भीतर बना हुआ घर। कुछ इस तरह बना हुआ घर कि पल भर के लिए भी घर की निगाह से ओझल न हो खेत! जिससे घर में रहते हुए खेत की रखवाली की जा सके।

सिर पर बड़ी-बड़ी टोकरियाँ ढोतीं कई महिलाएँ। खेत में कुदाल चलाता कोई किशोर। किसी घर के बाहर सिकुड़ा-सिमटा कोई अर्धनग्न बच्चा मिचमिची आँखों से दुनिया देखता हुआ। उन्हीं के बीच दूर से आता एक अधेड़। काँपता-डोलता। माथे पर भारी-भरकम जूट का बड़ा-सा बोरा। चप्पल से झाँकतीं कटी-फटी बिवाइयाँ। किसी ने फिर इशारा किया उस अधेड़ की ओर। क्या यही हैं उसके मामाजी? ग़ौर से देखा उसने। चकती लगी पतलून में आज के मामाजी। कभी परीकथा के राजा की तरह बादलों पर तैरनेवाले मामाजी उम्र के इस ढलान पर कितने कमज़ोर नज़र आ रहे थे। बीस वर्ष पहले के मामाजी का छायाचित्र जैसा कुछ! झुके कन्धे! असमय ही बुढ़ाया, थोड़ा झुर्रीदार चेहरा! जैसे ही मामाजी ने धीरे से ट्रक पर धरा जूट का बोरा और कन्धे पर रखे गमछे से पसीना पोंछा, वह क़रीब आया। उसे चुहल सूझी। उसने कहना चाहा—मैं हिन्दुस्तान लीवर का नया टोमैटो सॉस लेकर आया हूँ लेकिन बोल मुँह से फूटे भी न थे कि मामा की बुझी आँखें चमकीं—कुछ पल ध्यान से देखा और चहक उठे—"अरे गोलू तू!"

और फिर!

लहरों पर थिरकता एक उष्ण आत्मीय आलिंगन!

पंखुरियों-सा कोमल एक स्पर्श!

ओस की बूँद से पुतलियों में ठहरे ठिठके दो चमकते आँसू!

बोलने की कोशिश में गूँगे होते मामा!

कड़ुए तेल और पसीने की मिली-जुली गन्ध से थोड़ा असहज हो गया अविनाश! कितना प्यार! वह सचमुच अभ्यस्त नहीं था इतने प्यार का। सामना नहीं कर पा रहा था इस अपनत्व का। पुलकित मामा उसे रह-रहकर छू-छूकर देख रहे थे। मामा से मिलना उसे भी अच्छा लग रहा था लेकिन वह बस अच्छा था, उसमें ऐसी भाव विह्वलता कहाँ थी? मामा जैसा पुलक, उमंग और आनन्द तो उसे छू तक नहीं पा रहा था। नहीं था उसमें मामा का ऐसा उद्दाम आवेग। क्या सचमुच उसके भीतर प्रेम करने की सामर्थ्य शेष होती जा रही है? मामा की आत्मा अभी तक प्रेम रस में डूबी हुई थी। उसे पहली बार यह सोचकर डर लगा कि क्या सचमुच वह आत्मिक रूप से बंजर हो रहा है?

क्या अम्मा भी इतनी ही बुढ़ा गई होगी? पर अम्मा क्यों नहीं दिख रही?

अम्मा? मुँह से अस्फुट आवाज़ निकली।

अटके हुए आँसू बह निकले मामाजी के। बड़ी मुश्किल से बोल पाए—"अम्मा

तो पिछली गर्मी में सप्ताह भर के लिए आई थी तुम्हारी मामी की बीमारी पर।"

और तभी कौंधा—अरे हाँ मामी भी तो नहीं दिख रही। मामी...मामी कहाँ है? क्षण के क्षणांश में ही जाने कितनी छवियाँ घूम गईं मामी की—गरम मसाला कूटती मामी...गाल फुला-फुलाकर फूकनी से चूल्हे में हवा भरती मामी। सर्दी में उसके लिए चिप्स सुखाती मामी!

"क्या बाहर गई है मामी?"

डबडबाई आँखों से मामाजी ने आसमान की ओर इशारा किया—"वहाँ गई है!"

मन किया दीवार से माथा फोड़ ले वह अपना। ऐसी दुख की घड़ी में काश काम आ पाता वह मामाजी के तो आज अपनी ही नज़रों में इस प्रकार नहीं गिरता वह। कुछ तो ऋण चुका पाता वह मामाजी का। मामी क्या गई, बुझी भट्ठी में बदल गए मामा! लेकिन अम्मा?

"गोविन्द जी ने तो कहा था कि अम्मा यहाँ है। आप कह रहे हैं कि अम्मा यहाँ आई थी तो अब कहाँ है अम्मा...?" अटकती रही साँस।

पवित्र उदासी से घिरे मामा की आँखें फिर नम हुईं। डूबती आवाज़ निकली—"साँस तो ले लो फिर बताता हूँ आराम से।"

"नहीं, पहले बताओ अम्मा कहाँ है?" आकुल-व्याकुल हो पूछा उसने।

"फ़िलहाल ताई कन्याकुमारी में हैं। सात दिन पहले बोधगया से उन्होंने फ़ोन किया था और बताया था कि वे वहाँ से कन्याकुमारी जाएँगी।"

"ओह नो! इट्स इरिटेटिंग अम्मा!" वह झुँझलाया—"कन्याकुमारी? पर क्यों? क्या? यहाँ नहीं है?"

"नहीं, वे यहाँ नहीं हैं। उनकी इच्छा थी बोधगया को देखने की जहाँ बोधिवृक्ष के नीचे बैठकर बुद्ध को बोधिसत्व मिला था और कन्याकुमारी जाकर उस चट्टान को देखने की जिस पर बैठकर विवेकानन्द ध्यान करते थे। बहुत भरोसा था उन्हें विवेकानन्द पर। यहाँ तक कि मैं यहाँ कोई पूजा-पाठ भी करवाता तो हँस कर मुझे भी समझाती थीं कि विवेकानन्द ने कहा है कि अन्न ही ब्रह्म है, कि जब तक एक कुत्ता भी भूखा है उसे खिलाना ही धर्म है बाकि सब अधर्म!

टहनी-सी टूटी आशा। अम्मा है या तोप, हर बार उड़ा रही है। भीतर का डर फिर हुआ ताक़तवर। कब मिलेगी अम्मा? काश! बन पाता वह हवा का झोंका और मिल आता अम्मा से जहाँ भी हो वह!

लेकिन वह बड़बड़ाने के सिवाय कुछ भी न कर सका—अम्मा न हुई अमेरिका हो गई। हर ठिकाना ग़लत निकल रहा है। कोलम्बस बना दिया है मुझे! हर बार मिलते-मिलते रह जाता हूँ। तुमने एक बार मुझे लिखा था कि घर छोड़कर जानेवाले पीछे रह जानेवालों का भी घर छुड़वा देते हैं। आज समझा हूँ तुमने ऐसा क्यों लिखा था। लेकिन अम्मा जानेवाला भी उस छूटे घर को ही खोजता रहता है हर कहीं। कहीं पढ़ा था कि हिन्दुस्तानी जहाँ भी जाता है छोटा-मोटा हिन्दुस्तान बना लेता है अपने लिए, पर वह छोटा-मोटा हिन्दुस्तान तब बनता है जब साथ में कोई और हिन्दुस्तानी हो। मेरे साथ तो स्विस थी। इसलिए न हिन्दुस्तान वहाँ बन सका न यहाँ आ सका इसलिए मेरे भीतर की बेताबी को महसूसो और बन्द करो यह लुका-छिपी!

अब वह पूरी तरह झुँझलाहट भरी उदासी के घेरे में आ चुका था। ख़ामोश निगाहों से ताक़ता रहा मामा को कि सुना, बाँस के फट्टे पर बैठते हुए मामा कुछ कह रहे थे, "तुम्हारे जाने के बाद ताई में एक बदलाव देखा था। वे घर में रहतीं तो स्कूल से आते ही ट्यूशन पर बैठ जातीं, उनसे उकता जातीं तो घर से भागने का बहाना ढूँढ़ती थीं। मैं गिर गया था। पैरों पर प्लास्टर चढ़ा हुआ था। जैसे ही मैंने बताया कि मेरे पैरों पर प्लास्टर चढ़ा हुआ है वे शाम की ट्रेन पकड़कर ही तुरन्त आ गईं। सप्ताह भर के लिए यहीं रुक गई थीं।"

"कैसे गिर गए थे?" अविनाश ने बीच में टोका।

"ज्वारी का बोरा उठाते हुए गिर गया था।"

"कितना भारी था बोरा?"

"40-50 किलो का।"

"40-50 किलो का? मैं पहुँचा तब भी तो आप सर पर बोरा लादे चल रहे थे। क्या वह भी पचास किलो का था?"

"हाँ। पर अधिक दूर तक नहीं बस चार सौ मीटर तक उठाना पड़ता है। पहले तो तकलीफ़ होती नहीं थी अब भुजाओं में नहीं रहा वो ज़ोर तो गिर पड़ा।"

"पर आपको उठाना ही क्यों पड़ता है?"

"अरे भाई अपने माल को पुणे-मुम्बई की मंडियों तक भिजवाना पड़ता है तो ट्रक तक तो माल को सर पर ही ढो कर ले जाना पड़ता है न!"

"तो ट्रक क्या खेत तक नहीं आता है?"

दीवाल पर ठुंकी कील से गमछा उतारते हुए कहा मामू ने—“कच्चे रास्ते पर कैसे आएगा, माटी में ही धँस जाएगा। खेत से हाईवे तक चना, ज्वारी सब सिर पर ढोना पड़ता है क्योंकि हाईवे से गाँव को जोड़नेवाली कोई भी सड़क नहीं है। मैं तो फिर भी गिरा ही, शिवराज तो पाँव ही गवां बैठा। बारिश में पहाड़ी ढलान फिसलन से भर जाती है, ऐसे में सिर पर ढोना खतरनाक हो जाता है। ट्रक, ट्रैक्टर कोई भी तो भीतर कच्ची सड़क पर आ नहीं सकता था। एक बार आया तो नीचे तक धँस गया। भाई, सौ बातों की एक बात कि किसानों के लिए छोटी सड़कों को बनवाने में सरकार को कोई दिलचस्पी नहीं है। सरकार ने राजमार्ग तो बनवा दिए पर यह नहीं सोचा कि इनके बीच पड़नेवाले गाँवों का क्या होगा?

“ऐसा कैसे हो सकता है? क्या सरकार को हाईवे के बीच पड़नेवाले गाँवों की जानकारी नहीं थी?” सामने की पलस्तर उखड़ी दीवार पर टँगे गणेश जी के कैलेंडर को ध्यान से देखते हुए पूछता है अविनाश।

“जानकारी तब हो जब जवाबदेही हो, यहाँ तो सारी योजनाएँ, सारी नीतियाँ उन कुछ लोगों के हाथों में हैं जिन्हें इस देश के गाँवों की हक़ीक़त की कोई जानकारी ही नहीं है। ख़ैर, छोड़ो इन बातों को, इतनी दूर से आए हो, कुछ आराम कर लो।”

अविनाश के मन पर विषाद के बादल छा गए। क्या अम्मा भी इसी हालत में मिलेगी उसे? परेशानियों से घिरी। एकाएक उसे कौंधा, मामा ने कहा कि अम्मा घर से भागने का बहाना खोजती रहती थी। यदि ऐसा था तो बार-बार बुलाने पर भी उसके यहाँ क्यों नहीं आई? उसने पूछा मामा से—“अम्मा इतना बुलाने पर भी क्यों नहीं आई मेरे यहाँ?”

“तुम्हारे जाने के बाद ताई बुरी तरह बिखर गई थीं। पुत्र मोह की मारी वह रात-रात भर सो नहीं पाती थीं। वह तो पूरी तरह अवसाद में ही चली जातीं पर एक घटना ने उन्हें बचा लिया। उन दिनों मोबाइल तो होते नहीं थे, मैं रात को ट्रंक बुक करवाता था क्योंकि रात को पैसे बहुत कम लगते थे। मैंने ताई को कहा कि वह गणेश चतुर्थी को हमारे यहाँ आ जाएँ। ताई नहीं आईं लेकिन उस रात ताई ने मुझे चिट्ठी लिखी थी। पढ़ लो वह चिट्ठी तो शायद तुम समझ सको ताई को।

पुराने से सन्दूक में रखी हुई थी चिट्ठी। उसे पढ़कर सुनाया मामू ने।

प्रिय सुरु,

यह पहली गणेश चतुर्थी थी जिसे मैं अविनाश के बिना अकेले ही बिता रही थी। मैं बहुत ही मायूस थी। करने को कुछ नहीं था। किसके लिए लड्डू बनाती, किसके लिए घर सजाती, बाज़ार करती? शाम होते न होते मैंने रिक्शा पकड़ा और बाहर निकल गई। गणेश पूजा की रौशनी देखती रही और हो हंगामा सुनती रही। हीरों के हार की तरह जगमगाती मुम्बई को देखते-देखते मैं काफ़ी दूर निकल गई थी। मैंने रिक्शे को छोड़ दिया और यूँ ही टहलने लगी। थोड़ी दूर पर ही एक मन्दिर था, मैं उसी में घुस गई। वहाँ दीवार से टिकी मैं बैठी रही, जाने कैसे मेरी आँख लग गई। आँख खुली तो मैं शान्त थी। मैं पास ही बनी बस्ती में चली गई। वहाँ मैंने देखा एक स्त्री को, जिसे उसके दो छोटे-छोटे बच्चे घेरे हुए खड़े थे और वह फूट-फूटकर रो रही थी। मैंने कारण पूछा तो उसने बताया कि उसके बेटे को ब्राउन शुगर रखने के अपराध में दस साल की सजा हो गई है। घर में कमानेवाला इकलौता वही पुत्र था। ये दोनों बच्चे भूखे हैं।

मैं उस समय अपनी दुनिया, अपना ग़म, अकेलापन, अविनाश सब कुछ भूल गई थी, दिमाग़ में सिर्फ़ एक ही चेतना बची थी कि कैसे इन बच्चों को भूख से बचाऊँ? मैं गई और इन बच्चों के लिए बाज़ार से कुछ ले आई। उन पलों में उन बच्चों और उनकी अम्मा की आँख में जो चमक मैंने देखी उसने पहली बार मुझे अहसास करवाया कि ईश्वर ने मुझे कितना कुछ दिया है। मेरा पुत्र सुरक्षित है, भविष्य बनाने के लिए विदेश गया है। मुझे यह चिन्ता नहीं कि कल क्या खाऊँगी? जैसी भी है मेरे पास एक नौकरी है। उस दिन के बाद से मैंने अपने को दुखिया मानना बन्द किया—मैंने अपनी डायरी में लिखा—जीवन का एक तार टूट गया तो क्या बचे हुए तारों से ज़िन्दगी न गुज़ारी जाए? संयोग कि उसी शाम मैंने कहीं पढ़ा कि बुद्ध और महावीर भी यदि परिवार से ही चिपके रहते तो क्या बन पाते बुद्ध और महावीर? मुझे लगा कि बुद्ध को तो परिवार से ऊपर उठने के लिए, मोहमाया से ऊपर उठने के लिए परिवार छोड़ना पड़ा, जबकि

मुझे तो स्वयं ईश्वर ने यह मौक़ा दिया है तो फिर व्यर्थ का बोझ क्यों उठाया जाए?

"तो यह थी तुम्हारी आई, उस परिवार को उसने भुखमरी से कैसे बचाया वह एक अलग कहानी है। सच तो यह कि ताई के आँसू भी कभी ख़ुद के लिए बहे ही नहीं, उनके तो दर्द भी दूसरों के हैं और आँसू भी दूसरों के।"

"ये मेरे जाने का साइड इफ़ेक्ट रहा होगा। पर एक बात समझ नहीं पाता मामू, जो अम्मा दुनिया का इतना भला करती है, वही पुत्र के लिए इतनी निष्ठुर क्यों है?"

"नहीं गोलू, तुम्हारे जाने के बाद जिस प्रकार वे टूटी थीं और जिस प्रकार मुश्किल से उन्होंने ख़ुद को बिखरने से बचाया था, शायद उन्हें डर रहा होगा कि तुमसे दुबारा मिलकर वे कहीं वापस कमज़ोर न पड़ जाएँ, अपनी मानसिक स्थिरता कहीं खो न दें। इसीलिए उन्होंने कभी अपना दुख तुमसे साझा नहीं किया क्योंकि वे नहीं चाहती थीं कि तुम्हारे मार्ग में वे रुकावट बनें। तुम नहीं समझोगे गोलू कि एकाकी जीवन क्या होता है, वह भी वर्षों वर्ष तक। स्नेहा के जन्म के बाद तो उन्होंने पूरा मन बना लिया था कहानियों की पोटली के साथ वहाँ जाने का पर अन्त में बिदक गईं। पहला कारण तो यह था कि स्नेहा को कहानी उसकी भाषा में कैसे कह पाएँगी? मैंने भी बहुत कहा तो बोलीं 'मान लो स्नेहा से किसी प्रकार बात हो भी गई तो भी लौटना तो मुझे है ही अपने देश। अभी तक तो एक की याद का भार ही नहीं सँभाल पा रही हूँ, लौटकर तीन-तीन की यादों का भार कैसे सँभाल पाऊँगी?' तब मैंने कहा भी था कि कोई ज़रूरी है कि तुम वापस लौटो, क्या करोगी यहाँ अकेले रहकर, तो जानते हो क्या बोलीं। वह बोलीं कि अकेला कौन नहीं है इस दुनिया मैं? मैं तो इसी माटी की हूँ, यहीं मेरी ज़रूरत रहेगी और इसी माटी में मिल जाना है मुझे।"

अवाक् हो सुनता रहा और घूरता रहा वह मामू को। नेपथ्य में कई दृश्य, कई संवाद गड्डमड्ड होते रहे।

"अम्मा, आज जाने क्यों इंडिया बहुत याद आ रहा है। जानती हो क्यों?"

"बताओ, बिना बताए कैसे जानूँगी?"

"मैं किसी काम से साल्जबर्ग गया था। नहीं यह विएना में है। यहाँ मैं आइस केव्स देखकर बाहर निकला ही था और आस-पास के नज़ारों की तस्वीरें खींच

रहा था कि मेरे कैमरे का ढक्कन नीचे पहाड़ की झाड़ियों में गिर गया। ढक्कन मुझे दिख रहा था पर नीचे उतरने की हिम्मत मेरी नहीं हो रही थी। वहीं पर ही खड़े एक अधेड़नुमा आदमी ने कहा, मैं निकाल देता हूँ तुम्हारा ढक्कन। मेरे रोकने के बावजूद वह उतर गया और गिरा हुआ ढक्कन मुझे देते हुए हिन्दी में पूछा—क्या पक़िस्तान से हो?

"जब मैंने बताया कि मैं भारत से हूँ तो वह मुझसे लिपट गया और भोजपुरी मिश्रित हिन्दी में बतियाने लगा। वह सूरीनाम से था और आज से दो सौ साल पूर्व उसके बाप-दादाओं को जबरन जहाज़ में भरकर अंग्रेज़ काम करवाने के लिए बिहार से सूरीनाम ले गए थे। कई रास्तों में ही मर गए थे। कुछ कई सालों बाद लौट गए। उसे अफ़सोस है कि उसके पूर्वज क्यों वहीं के होकर रह गए? उसकी दिली तमन्ना है बिहार घूमने की। अपनी भाषा और संस्कृति से इतना प्यार कि वह आज भी भोजपुरी बोलता है और सारे त्योहार मनाता है। उसे डर है कि कहीं वह अपनी संस्कृति को भूल न जाए। उसने मुझसे पूछा—मैं किस मजबूरी में अपने वतन से दूर हूँ? मुझसे जब जवाब देते नहीं बना तो उसने बात बदलते हुए मुझसे पूछा कि मुझे लिट्टी चोखा और बैगन का भुर्ता कैसा लगता है? मैंने उसका मन रखने को कह दिया—मुझे बहुत पसन्द है। उसे शाहरुख खान और अमिताभ बच्चन बहुत अच्छे लगते हैं। उसने लालू यादव का भी नाम सुन रखा था। अम्मा देखना मैं भी कुछ वर्षों बाद लौट आऊँगा भारत।"

मेरी बात पर पहले तुमने एक गहरी साँस ली पर तुरन्त ही अपने पर आ गई थीं। तुम क्या उस दिन कुनैन से नहाई थीं? याद करो क्या कहा था तुमने अपने लाड़ले को? तुमने कहा था—यह ज़िन्दगी की विडम्बना है बाबू कि आदमी जो है उससे कभी संतुष्ट नहीं रह पाता है। सीता जब राम के साथ थी तो उसे सोने का मृग चाहिए था और वही सीता जब सोने की लंका में थी तो उसे राम चाहिए था।

तुम ने उस दिन भी मेरा मन नहीं रखा। क्यों? शायद मैं तुम्हारे मन से उतर चुका था। लेकिन आज समझ रहा हूँ कि तुमने मेरी हाँ में हाँ न मिलाकर अच्छा ही किया क्योंकि असल जीवन की शुरुआत विरोधों में ही होती है।

बेचैनी और अपराधबोध उसके भीतर जंगली जानवरों की तरह गुत्थमगुत्था हो गए, कुछ इस क़दर कि उसे ख़ुद को बार-बार समझाना पड़ा—पर मैं इतना दुखी क्यों हो रहा हूँ? इस उम्र में मामू काँपते-डोलते सर पर इतना बोझा ढोते हुए भी इतने दुखी नहीं हैं और मैं? बिना बात ही दुखी होने की आदत पड़ गई है मेरी। अरे

माँ नहीं आना चाहतीं मेरे घर तो मेरे जीवन में क्या फ़र्क़ पड़ता है इससे? उसने ख़ुद को शान्त करना चाहा पर कोई तर्क कोई सफ़ाई उसे बेचैन होने से रोक नहीं पाई। शान्ति पाने के लिए उसने फिर आँखें मूँद लीं।

कुछ ख़ामोश पल, सामने फिर मामाजी। हाथों में बड़ी-सी थाली। थाली में नारियल के लड्डू, भुने हुए पोहे और ढेर सारे काजू।

"खाओ-खाओ ये काजू अपने ही घर के पेड़ के हैं। आज तुम्हारी मामी होती तो इस ख़ुशी के मौक़े पर छप्पन भोग का खाना बनाती तेरे लिए।" दुख से भर्राई आवाज़ मामू की।

वातावरण की बोझिलता को काम करने के लिए काजू टूँगते हुए पूछा उसने—"काजू की खेती से तो आप को अच्छा मुनाफ़ा मिलता होगा मामू?"

हँस दिए मामू। "ये काजू मेरे दोस्त ने भेजे हैं। उसके पेड़ों के हैं। काजू की खेती नहीं होती है पेड़ लगते हैं। फ़सल बर्बाद हो जाती है तो काजू बेचकर थोड़ी आमदनी हो जाती है उनकी। उतनी मेहनत भी नहीं होती काजू में। हल चलाना नहीं पड़ता, बस दो साल तक पानी डालना पड़ता है। पर पानी की ही तो क़िल्लत है यहाँ। हम तो चाहकर भी नहीं उगा सकते काजू। हम तो बस ठंडी में ज्वार और चना और बारिश में मूँगफली भर उगा पाते हैं। मुनाफ़ा किसान को तो क्या मिलता है बस सौ रुपया किलो, पर वही काजू मुम्बई के बाज़ार में तेल निकालकर, छिलके उतारकर बिकता है हज़ार रुपया किलो। अब हम लोगों के पास कहाँ मशीनें हैं जो तेल निकाल लें कि छिलके उतार लें। यही तो हमारी बदनसीबी कि पैदा करता हैं गाँव पर मौज करता है शहर। हमें आलू का मिलता है पाँच टका किलो पर वही आलू चिप्स बनकर बिकता है चार सौ रुपया किलो। पर सोचता कौन है हमारे लिए? और तो और जब प्याज दो सौ रुपैया किलो बिकता है तब भी तो हम किसानों को कुछ नहीं मिलता है क्योंकि हमारे पास तो इतना भी साधन नहीं कि प्याज को उठवाकर मंडी तक पहुँचा सकें।"

"मामू, आपके गाँव से दो सौ मीटर की सड़क निकालना तो इतना मुश्किल काम नहीं, आप लोग चेष्टा क्यों नहीं करते?"

"अरे! दिन-रात और हम करते क्या हैं? कई बार ग्राम पंचायत से कहा, लिखकर भेजा। पर एक ही रट उसकी—पैसा नहीं है। कौन सोचता है हमारे लिए। कान से बीड़ी निकाल उसे माचिस से सुलगाते हुए कहा मामू ने।"

बातें! बातें और बातें!

"याद है मुन्ना गुढी पाड़वा के दिन तुम कैसे ज़िद्द करते थे कि रंगोली तुम बनाओगे?"

"हाँ यह भी याद है मामू कि अम्मा पहली रोटी गाय के लिए बनाती थी और अन्तिम रोटी कुत्ते के लिए। मैं हमेशा ज़िद्द करता था पहली रोटी के लिए तो अम्मा चिढ़ाती थी, "अरे जो पहली रोटी खाता है न उसे गाय सींग से मार देती है।" बोलते-बोलते तितली-सी फुदकी हँसी उसके ओंठों पर।

"हाँ गोलू, तब एक घर में कई घर पलते थे पर तो भी घर में कमी का अहसास नहीं होता था। पर आज तो मन इतना तंग हो गया है लोगों का कि घर में माँ-बाप के लिए भी जगह नहीं निकल पाती...।" बिल्ली की तरह भीतर दुबका दर्द आख़िर छलक ही गया मामा का।

क्या यह मामू का अपनी ताई के लिए उमड़ा दुख है? या बदलते ज़माने का दुख? सोच रहा है अविनाश कि तभी कौंधा कि चीकू कहाँ हैं? मामा का बेटा, वह भी तो उसी के बराबर था।

"अरे मामू चीकू कहाँ है?"

"चीकू?" हँस दिए मामू, धीरे-धीरे बोलने लगे जैसे फूल झड़ रहें हो महुआ के—"वह मुम्बई में कहीं सिक्योरिटी गार्ड की नौकरी कर रहा है। नए-नए मकान बन रहे हैं वहाँ, उन्हीं में से किसी मकान में मिल गई है नौकरी। दस-पन्द्रह दिन में आता है एक बार।" गहरी साँस खींच कहते हैं वे—"नए ज़माने का मुलगा ठहरा, शिवराज की दुर्घटना के बाद तो उसे चिढ़ ही हो गई खेतीबाड़ी से। कहता है क्या रखा है खेती में? खेतों की रेत में रेत हो रहा है जीवन। पूरी ज़िन्दगी अच्छी फ़सल, बुरी फ़सल के नाम। सूखा-डूब के नाम। बारिश अच्छी हो तो अच्छी धूप की चिन्ता और धूप अच्छी मिले तो रात-रात जाग-जागकर जंगली जिनावर से खेतों की रखवाली की चिन्ता, उससे निपटे तो क़र्ज़दारों से फ़सल बचाने की चिन्ता। पूरी ज़िन्दगी आसमान देखते हुए और तरह-तरह की चिन्ता में घुलते हुए ही कटे।"

"खुश है वह?"

"क्या पता? गया था तब तो काफ़ी उमगा हुआ था। वहाँ उसने चलती सीढ़ियाँ और जाने क्या-क्या देखा। पर अब तो मुरझाया हुआ आता है। वहाँ का साझा पाखाना इतनी बदबू मारता है कि जा नहीं पाता है। एक बार पेट ख़राब हो गया तो ज़िन्दगी साक्षात् नरक बन गई। बहुत दिनों तक डर के मारे उसने वड़ा पाव तक

नहीं खाया कि कहीं पेट ख़राब हो गया तो साझा पाखाना की बदबू मार डालेगी। एक छोटे-से कमरे में नौ लोग रहते हैं, फैलकर सो तक नहीं पाता, कोई एक करवट बदलता है तो सबको करवट बदलनी पड़ती है। यहाँ आता है तो दिन-भर सोता ही रहता है।"

"अम्मा के साथ क्यों नहीं रह लेता? दोनों को दोनों का सहारा हो जाएगा।"

"अरे ताई रहती है मुम्बई में और वह चाकरी करता है खारघर में जो नवी मुम्बई में है...आने-जाने में ही लग जाएँगे चार घंटे। लेकिन इतना तो है कि महीने की महीने पगार तो मिल ही जाती है। भूख और सूखे का डर तो नहीं सताता, भूखे सोने की नौबत तो कम-से-कम नहीं आएगी। शादी तो कम-से-कम हो जाएगी।"

"शादी हो जाएगी, क्या मतलब?"

"मतलब यह कि आजकल किसान को कोई मुलगी नहीं देना चाहता कि कहीं मुलगी विधवा न हो जाए क्योंकि आजकल किसान तेज़ी से आत्महत्या कर रहे हैं। हर दिन कोई किसान दफ़न हो रहा है और उसकी जगह कोई मज़दूर, कोई दरबान कोई सिक्योरिटी गार्ड उग रहा है। क्या बताएँ गोलू, जीवन इस माटी को दिया, जेठ की तपती दोपहरी में एड़ी से चोटी तक पसीना इस माटी के लिए बहाया लेकिन लगता है कि अब इस प्यासी धरती माँ में वह क़ूवत नहीं बची कि हमारा पेट भर दे। पिछले साल एक ही फ़सल से सन्तोष करना पड़ गया था। इस बार भी यदि बारिश नहीं हुई तो सूखे का सामना करना पड़ सकता है। निचोड़ डाला है हमने धरती माँ को। कई बार तो मेरे मन में भी पाप विचार आता है कि मसान हो चले इस गाँव से मैं भी निकल भागूँ। बेच दूँ पुरखों की यह आख़िरी निशानी तीन एकड़ ज़मीन भी और कर लूँ कहीं चौकीदारी, बन जाऊँ नौकर, सबसे सस्ता तो अब किसान का जीवन है रे..." बोलते-बोलते फफक पड़े मामू।

अवाक् अविनाश!

बोझिल पल!

फिर उलहाना दिया अम्मा को—तुम ख़ुश हो रही होगी अम्मा कि तुम्हारा यह विदेश पलट बेटा कैसे-कैसे नज़ारे देख रहा है!

होश में आने के बाद पहली बार शायद देख रहा था वह किसी पूर्ण पुरुष को इस प्रकार फफकते हुए।

समझ नहीं पाया वह, कैसे झेले इन पलों को? हाथ धोने के बहाने चौके में घुसा तो फिर अचम्भित हुआ। अस्त-व्यस्त चौका। मामा के चौके में जितने बर्तन

थे सब पानी से भरे हुए। यहाँ तक कि आधा लीटर का पीतल का छोटा-सा भगौना तक पानी से भरा हुआ। विस्मित हो पूछा उसने—"यह क्या मामा? सारे बर्तन पानी से भरे हुए।"

"क्या बताएँ, यहाँ पीने के पानी की बड़ी क़िल्लत है इसलिए बूँद-बूँद बचाकर रखना पड़ता है। कई बार तो जेठ की गर्मी तक में आदमी को पीने का पानी नसीब नहीं होता है। सप्ताह भर तक निकल जाता है बिना नहाए। इसीलिए यहाँ के लोगों के शरीर का पानी सूख जाता है, कई बार गुर्दे तक ख़राब हो जाते हैं।"

अविश्वास से सुनता रहा अविनाश और ताक़ता रहा मामू को। पपीता काट रहे थे मामू। इतने सधे हुए हाथों से कि मजाल छिलके के अलावा पपीता के पीले अंश का कोई कण भी छिलके के साथ बाहर निकल आए। इसे कहते हैं किफ़ायत। उदास हो मन-ही-मन सोचा उसने, यदि उसे या नैंसी को काटना पड़ता तो क्या वह काट पाता इस तरह? कटा हुआ पपीता कह रहा है काटनेवाले हाथों के अभावों की कहानी।

सोने के लिए जाते वक़्त जाने किस अन्त:प्रेरणा के वशीभूत हो पूछा मामू ने—"तुमने क्या बहुत आग्रह के साथ बुलाया था ताई को?" गीले-गीले भाप निकलते शब्द।

"कहा तो कई बार था पर पता नहीं क्या कमी थी हमारे ही आग्रह में कि वे हमेशा टालती रहीं। मुझे भी यही लगता रहा कि अम्मा वो माटी नहीं जो बाजल की माटी में घुल-मिल जाए इसलिए मेरी कुबुद्धि भी यही सोचती रही कि उनको वहाँ बुलाने की बजाय मैं ख़ुद ही फ़ुर्सत से पहुँचकर सारा इन्तज़ाम कर दूँ। बस इसी उधेड़बुन में निकल गए बीस साल लेकिन अब अम्मा की एक नहीं सुनूँगा। इस बार नहीं लौटूंगा अकेले।"

"मुझे नहीं लगता कि वे इस बार भी जाएँगी। अपने देश को महबूब की तरह प्यार करती हैं ताई। लम्बे समय तक देश से दूर वहाँ रहना ताई के स्वभाव के अनुकूल है ही नहीं, यह तो ऐसा ही है जैसे बर्फ़ से कहना कि वह आग बन जाए।" रैक पर पड़ी पीछे चलती घड़ी के काँटों को ठीक करते हुए कहा मामू ने।

"हूँ...।" एकाएक वह ऊई-ऊई करते ज़ोर से उछला। तिलचट्टा था जो उसकी पैंट के अन्दर घुस रहा था।

"क्या हुआ?" और अगले ही क्षण हँस पड़े मामू। "तिलचट्टे से भी इतना डर! क्या तुम्हारे यहाँ नहीं होते तिलचट्टे?"

क्या जवाब दे अविनाश कि होते होंगे पर यूँ खुलेआम नहीं टहलते हैं वहाँ।

दुख ने फिर करवट बदली। फीकी कामना-सी रात। वह सोया लेकिन जगा-जगा। आधी रात में मच्छर के काटने से नींद उचटी तो मच्छरमार ताली बजा-बजा उचटी नींद को रिझाने में लगा रहा, लेकिन सेहतमन्द मच्छर लगे रहे अपनी संगीत साधना में। आख़िर हार कर खिड़की के पास खड़ा हो गया वह। हवा उसे छूती रही लेकिन वह उन्नींदा हो सुनता रहा पेड़ से झरते पत्तों की आवाज़। चेतना के झुटपुटे में उभर रहा है एक चेहरा—कभी वह माँ का बन जाता है तो कभी बुद्ध का—ज़रूरत से ज़्यादा हर कुछ ज़हर है। उसके पास तो हर कुछ ज़रूरत से ज़्यादा है—ज़रूरत से ज़्यादा सुख, ज़रूरत से ज़्यादा पैसा, ज़रूरत से ज़्यादा सुरक्षा, ज़रूरत से ज़्यादा सजावट। क्या इसीलिए ज़िन्दगी में ज़हर है? क्या करे वह कि बस ज़रूरत भर का रह जाए उसके पास?

10

विदा कामथड़ी!

आते वक़्त मामा ने थोड़े काजू और खाने के पैकेट के साथ उसकी हथेली पर विदाई स्वरूप चाँदी का एक बेहद पुराना सिक्का 'परत भेंटुया' (फिर आना) के आशीष वचन के साथ रखा तो मामा की हथेलियों के खुरदरे स्पर्श से वह सजग हुआ। फैला कर देखा मामा की हथेलियों को तो मन पिघल गया—जगह-जगह गट्टे पड़ी घिसे नाखूनों वाली कटी-फटी सख़्त हथेलियों के बीच उभरा हुआ निशान! "यह निशान कैसा मामा?" "कुछ नहीं खेतों में उग आई फालतू घास को काट रहा था कि किसी ज़हरीले कीड़े ने काट खाया...।" निस्संग जवाब आया मामा का और वातावरण को हल्का करते हुए तुरन्त ही बात बदलते हुए कहा मामा ने—"पहले से पता होता तुम्हारे आने का तो रत्नगिरि के हापुस आम की बर्फ़ी ज़रूर खिलाता। बचपन में मचल जाते थे बर्फ़ी के लिए..." बोलते-बोलते हो-हो कर हँस दिए थे मामा।

बादलों-सा उड़ रहा है मन अविनाश का। विचार एक-दूसरे से उलझ रहे हैं। गहरा अपराधबोध भी पनप रहा है भीतर कहीं—मामा नहीं थे एजेंडे में पर तुमने

मिलवा दिया अम्मा, मिलकर लगा उनसे मिलना कितना ज़रूरी था। गूँज रहे हैं मामू के शब्द 'ताई आती हैं तो जेठ भी जेठ नहीं लगता'। मन फिर कसक गया...अब उससे भी मिलवा दे मालिक जिसके लिए आया हूँ। मन है कि बैठने लगा है अब। अम्मा मिलेगी न? सामने से फिर गुज़रा कोई ट्रक—पीछे लिखा था—जय मल्हार! पूछा ऑटो रिक्शावाले से उसने "यह जय मल्हार क्या बला है?"

"भेड़-बकरी चरानेवाले जय मल्हार बोलते हैं, धनगर जाति के लोगों के भगवान् हैं मल्हार।"

बाप रे, हर जाति के अलग भगवान्! इस देश को मैं शायद ही कभी समझ पाऊँगा नैंसी! यहाँ का यथार्थ जटिल है, थ्री डायमेंशनल है। अब यही देखो न, शहरों से गाँवों का जीवन एकदम अलग। जीवन यहाँ एकदम ढीला-ढाला है और जीवन के प्रति लोगों का एप्रोच भी एकदम अतार्किक और अप्रगतिशील है। जैसा चल रहा है वैसा ही चलने दे रहे हैं, सब कुछ राम भरोसे। नहीं तो क्या सम्भव है कि देश में इतने किसान आत्महत्या कर लें और सरकार बची रहे? ख़यालों में फिर खो जाता है वह। फिर बजता है उसका मोबाइल। स्क्रीन पर चमकता है एक नाम—मारिया। कमज़ोर सिग्नल की वजह से फ़ोन लग नहीं पाता पर नम्बर देख समझ जाता है वह कि फ़ोन महाराष्ट्र से है।

बादलों की तरह उमड़-घुमड़ रही हैं स्मृतियाँ।

मारिया उसकी मित्र। नहीं, मित्र नहीं महज़ एक परिचिता। नैंसी के ज़रिये ही मिला था वह मारिया से। वह भी सिर्फ़ दो-तीन बार। नैंसी ने कहा था, मिल लो उससे, भारतीय बहुत पसन्द हैं उसे। और भी कई बातें बताई थीं नैंसी ने उसके बारे में—अजीब लड़की है वह! जैसी देखने में अजीब, वैसी ही अजीब है उसकी कहानी!

आम स्विस की तरह न वह उतनी गोरी थी, न उतनी लम्बी-चौड़ी! एक महीन-सी उदासी हमेशा उसकी शख़्सियत में घुली रहती। और सबसे अजीब बात कि आम स्विस की तरह न वह बॉय फ्रेंड बनाती और न ही छुट्टियों में किसी नए देश की घुमक्कड़ी उसे लुभाती।

यूँ निकलती थी वह हर साल। पर कहाँ? क्यों? किसी को उसमें दिलचस्पी न थी।

फिर बजा मोबाइल। बस छोटी-सी आवाज़, स्विस भाषा में—अपना मेल चेक करो।

दिल से फिर निकली एक आह—काश अपनी माँ को वह भी मेल करना सिखा पाता। मोबाइल ख़रीदकर दे पाता। लेकिन नहीं कर सका। बस एक लैंडलाइन के पतले तार से अम्मा से जुड़ा रहा और अपनी ख़ुशियाँ इकट्ठी करता रहा। कभी सोचा ही नहीं कि माँ कभी नहीं भी हो सकती है। वह तो हरदम थी जैसे धूप, हवा और पानी। पर जब वह नहीं होती है तो कितनी ज़्यादा होती है।

आनन-फानन उसने खोला मेल। लिखा था—

डिअर अविनाश,

नैंसी से मालूम हुआ कि तुम फ़िलहाल महाराष्ट्र में कहीं अपनी माँ से मिलने आए हुए हो। कामना है कि तुम्हारी माँ से तुम्हारी मुलाक़ात हो गई हो। मैं भी मुम्बई में हूँ, अपनी माँ को खोजने आई हुई हूँ पर मेरी बायोलॉजिकल माँ मुझे आज तक नहीं मिली। पिछले पाँच सालों से मैं हर साल मुम्बई और नागपुर के आस-पास के गाँव में धक्के खाकर आती हूँ। तुमसे एक मदद चाहिए। तुम हिन्दी अच्छी बोल लेते हो, क्या दो दिन मेरी खोज में मेरी मदद करोगे? बस दो दिन।

—तुम्हारी मारिया

मेल पढ़कर उसे ताज्जुब हुआ। मारिया को लेकर उसने कुछ अटपटी बातें नैंसी से ही सुनी थीं—वह मिस्टर फर्नाडीज की अपनी बेटी नहीं थी। कहाँ लम्बे-चौड़े, गोरे-चिट्टे मिस्टर और मिसेज फर्नाडीज और कहाँ यह मारिया—काली, नाटी, काले बालों और काली आँखों वाली पिद्दी सी लड़की। एक बार मिस्टर फर्नाडीज के घर किसी काम से गया था वह तो मारिया के कमरे की एक झलक मिल गई थी उसे। यूँ वह नज़रअन्दाज़ कर देता पर उस झलक में कुछ ऐसा था कि उसका दिल जुड़ गया था। उसने मारिया के कमरे की टेबल पर सरस्वती देवी की छोटी-सी प्रतिमा के नीचे दीप जलता देखा था। मारिया उस समय घर में थी नहीं और मिस्टर फर्नाडीज से पूछना उसने उचित नहीं समझा था। पिछले अनुभवों ने समझा दिया था उसे कि उस सभ्य देश में ऐसे सवाल पूछना असभ्यता होती है। कुछ लम्हों के लिए दीप और सरस्वती की प्रतिमा कौंधती रही नज़रों के आगे। उस दिन मारिया उसे परीकथा की रहस्मयी जादूगरनी सरीखी लगी थी।

काश! थोड़ा असभ्य हो जाता वह और पूछ लेता तो कितना अच्छा होता! हर

साल भारत आनेवाली मारिया क्या उसकी माँ की खोज-ख़बर नहीं ले लेती? कितनी भूल हुई उससे। सच उसका जीवन ही भूलों का पिटारा भर रह गया है!

तो गुत्थी आज सुलझी—जिसे वह एशिया मूल की समझ रहा था वह तो उसके अपने ही मुल्क की हिन्दुस्तानी निकली।

एक गहरी आत्मीयता महसूसी उसने पहली बार उससे। तुरन्त दिया जवाब उसने।

प्रिय मारिया

तो तुम मेरे मुल्क की निकलीं। पर तुम वहाँ बाजल पहुँचीं कैसे? मैं अभी कन्याकुमारी के लिए निकल रहा हूँ। मेरी अम्मा वहीं गई हुई है। अम्मा को मुम्बई लेकर आने के बाद मिलता हूँ तुमसे।

—तुम्हारा अविनाश

वापस पुणे की ओर। सामने ढेर सारे महुआ के पेड़। टीन की छत की छोटी-छोटी दुकानें। सड़क के एक ओर बहतीं सार्वजनिक नल के नीचे सिकुड़ती-सिमटती दांत से पेटकोट की डोर सँभालती नहाती एक किशोरी। फुटपाथ पर चिथड़े में लिपटा हो-हो कर हँसता कोई परिवार...जिसे देख ठिठककर खड़ा हो गया वह...बाप रे! इतनी ग़रीबी और भुखमरी के बीच भी ऐसा उन्मुक्त ठहाका!...भीतर उगने लगे ढेरों सवाल। सरसराने लगी ढेरों बेचैनियाँ।

माँ! मामा, शोभा और मारिया! खोजने निकला अम्मा को मिल गई मारिया, मिल गई शोभा, मिल गए मामा। मन फिर उचट गया। कब मिलेगी अम्मा? हिश्श मेरी खड़ूस अम्मा! ले लो बदला गिन-गिनकर!

कैसे जाएगा पुणे से कन्याकुमारी, वह भी कम-से-कम समय में।

शायद जानती हो मारिया! अनमना-सा होकर खोला उसने लैपटॉप तो सामने बड़ा-सा ई-मेल मारिया का।

प्रिय अविनाश,

सोच नहीं पा रही कि कहाँ से शुरू करूँ वह कहानी जिसने मुझे मुम्बई से बाजल पहुँचाया और अब हर साल मुझे मुम्बई और नागपुर के बीच भटकाती रहती है। आज ज़ेहन में सबसे चमकती और दर्द

भरी याद जो उभरती है वह है—एक मटमैली शाम जब मैं बैडमिंटन क्लास से घर लौट रही थी। तभी मेरी सहेली मैरी ने मुझे बताया कि मैं मिस्टर फर्नांडीज की अडॉप्टेड डॉटर हूँ, कि वे मेरे असली माँ-बाप नहीं हैं। मुझे इतना ग़ुस्सा आया कि मैं अपना आपा खो बैठी। मैंने दनादन कई घूँसे जड़ दिए उसे और उस पर भी मुझे चैन नहीं पड़ा तो मैंने धक्का देकर ज़मीन पर गिरा दिया उसे। मैं सचमुच उन क्षणों में उखड़ चुकी थी। घर आकर मैंने अपने को अपने कमरे में बन्द कर लिया। मेरी मम्मा ने जब कई बार पूछा तो मैं फूट-फूटकर रो पड़ी। मैंने बिसूरते हुए उन्हें बताया और पूछा कि सच्चाई क्या है? पंखहीन पाखी की तरह फड़फड़ा रही थी मेरी जिज्ञासा कि कौन हूँ मैं? मेरी मम्मा ने तुरन्त मेरे पापा को फ़ोन कर घर बुलाया। पापा जल्दी ही घर आ गए थे, हाथ में बड़ा सा केक। आते ही 'माय स्वीट चाइल्ड' कहते हुए मुझे चूम लिया। पापा ने वाया ममी वही बताया जो हक़ीक़त थी। पापा बताते जा रहे थे और मैं अपनी ज़िन्दगी के सबसे दर्दनाक अल्फ़ाज़ सुन रही थी। इंच-इंच दरक रही थी। लय-ताल में बहती ज़िन्दगी एकाएक धुआँ-धुआँ हो गई थी।

अविनाश दुनिया का सबसे बड़ा धोखा शायद यही है कि एकाएक आपको पता लगे कि आप वह नहीं हैं जो आप हैं, कि आप उस नदी की धार नहीं हैं जो आपके सामने बह रही है। पतंग उड़ाने की उम्र और यह तूफ़ान! मैं हक़ीक़त को सह भी नहीं पा रही थी और रह भी नहीं पा रही थी। वह सच्चाई नहीं एक खंजर थी जो मेरे सीने में गड़ गई थी। बस कुछ पल और मेरा सब कुछ बदल गया था। जैसे बाढ़ आई हो और सब कुछ बह गया हो। मेरी सारी मासूमियत, मस्ती, सुकून, अल्हड़ता। न सिर्फ़ मेरी ख़ुशफ़हमियों का क़त्लेआम हुआ वरन् मौत के अँधेरे की तरह ज़िन्दगी भी एकाएक रहस्यमयी हो गई थी। अब किस अधिकार से मैं मम्मा से कोई चीज़ माँग सकूँगी? उन्होंने मुझ पर जो किया वह मेरा नैसर्गिक अधिकार नहीं वरन् मुझ पर कृपा थी, दया थी, तरस था। अब मुझे नई निगाह से दुनिया को देखना था। अपनी जड़ों को ढूँढ़ना था। मुझे मेरा बर्थ सर्टिफ़िकेट और मेरे बचपन की तस्वीर दिखाते हुए मम्मा और पापा

दोनों की आँखें डबडबा गई थीं। बर्थ सर्टिफ़िकेट पर लिखा माँ का नाम 'उषा' जैसे खंजर बन मेरे सीने में धँस गया था। आज भी याद है अविनाश कि उन दिनों हमारे घर के ड्राइंग रूम की दीवार पर बड़ी सी घड़ी होती थी टिक-टिक और मुझे एकाएक जाने क्या हुआ कि मैंने टेबल पर पड़ी काँच की गिलास उठाई और उस घड़ी पर ज़ोर से दे मारी। सबके प्रति मेरे भीतर एकाएक कड़ुवाहट भर गई थी। तब मेरे पापा ने मेरे सर पर हाथ फेरते बहुत अच्छी बात मुझसे कही—'नो मैटर वेयर आर यू कमिंग फ्रॉम, व्हाट मैटर्स इज़ वेयर यू रीच' (क्या फ़र्क़ पड़ता है कि तुम कहाँ से आए हो, देखना है कि आप पहुँचते कहाँ हो)।' ममा ने मेरी हालत देखी तो मुझे भींचते हुए कहा 'कुछ नहीं बदला है।' मैंने बिसूरते हुए कहा, 'सब कुछ बदल गया है, तुम और भी प्यारी ममा हो गई हो!' सच अविनाश क़यामत वाली उस रात बिस्तर की ठंडी कब्र में करवटें बदलती रही मैं, सुबह होते ही मम्मा ने मेरी सूजी आँखें देखीं तो मुझे नींद की गोली दे सुला दिया।

अविनाश, कुछ चीज़ें ख़ुद ही बोलने लगती हैं। सच्चाई में बड़ी ताक़त होती है। आप किसी को जड़ सहित उखाड़ कर कहीं ओर रोप सकते हैं, लेकिन आप किसी के जींस तो नहीं बदल सकते हैं न! मेरे माँ-पापा ने मुझे कभी कुछ नहीं बताया। लेकिन मेरा गेहुँआ रंग, काले बाल, ठिंगना कद, मेरी शक्ल-सूरत ही जैसे मेरी असलियत बयाँ करने लगी थी। मेरे मम्मा-पापा दोनों ही एकदम सफ़ेद, लम्बे-चौड़े और सुनहरे बालों वाले हैं। पाँच साल की होते न होते मुझसे स्कूल, प्ले ग्राउंड, और स्विमिंग क्लासेज में मेरे दोस्त, मेरी टीचर तक कई बार पूछ लेतीं, मारिया आर यू फ्रॉम पाकिस्तान? आर यू फ्रॉम बांग्लादेश? आर यू फ्रॉम इंडिया? मैं तब तक बांग्लादेश का नाम भी नहीं जानती थी, पाकिस्तान का नाम ज़रूर मैंने सुन रखा था। यानी मुझे लगने लग गया था कि लोग मुझमें दिलचस्पी लेते हैं, मैं कुछ अलग हूँ। पर यह अलग होना इतना पीड़ादायक होगा यह पता तब चला, जब मैं ज़िन्दगी के सबसे नाज़ुक दौर से गुज़र रही थी, जब समय मुझे गढ़ रहा था।

जब तक व्यस्त रहती सब कुछ ठीक रहता, जैसे ही ख़ाली होती भीतर घात लगाये बैठी माँ किसी अदृश्य स्कैनर की तरह बिप-बिप करने लगती। अपने डैने फैलाने लगती, मोमबत्ती की तरह मुझे कतरा-कतरा जलाने लगती—कौन थी वह? कैसी थी?कैसा था उनका जीवन? क्या मेरे बाद भी उनके बच्चे हुए? बहुत सालों तक तो मैं माँ से इतनी आक्रान्त रहती थी अविनाश कि माँ से सम्बन्धित न कोई पिक्चर देख पाती थी और न ही कोई कहानी ही पढ़ पाती थी। रात को नींद उचट जाती तो बादलों और तारों की छाँव में माँ की शक्ल की कल्पना करती। काश! मेरी माँ ने नर्सिंग होम के पिछवाड़े मुझे बास्केट में रख, मेरे बर्थ सर्टिफ़िकेट के साथ अपनी तस्वीर भी रख दी होती! कहीं पढ़ा था कि ईश्वर हर कहीं नहीं जा सकता इसलिए उसने माँ बनाई। दुनिया में वास्तविक रिश्ता एक ही होता है—माँ-बेटी का।

एक बार मेरी मम्मा मुझे डॉक्टर के ले गईं, मुझे साँस लेने में तकलीफ़ हो रही थी, डॉक्टर ने बस इतना सा पूछा, 'क्या यह रोग हेरेडिटेरी है? याद कीजिए, आपके परिवार में किसी को हुआ है क्या यह रोग?' परिवार शब्द मुझे बिच्छू की तरह काटने लगा। किस परिवार की हूँ मैं? कौन मेरे भाई-बहन? क्यों हुआ मेरे साथ ऐसा? डॉक्टर मुझे ठकठकाते रहे और मैं जाने कहाँ खो गई। तब मजबूरन मेरी मम्मा को सब कुछ बताना पड़ा। जब वे बता रही थीं तो मुझे लगा जैसे कोई बेरहमी से मेरे वजूद के एक-एक पंख को नोच रहा है। अपने पूर्वजों को जानना ज़रूरी होता है अविनाश, क्योंकि यह सवाल कहीं-न-कहीं हमारे वजूद से भी जुड़ा रहता है। इसके बिना ज़िन्दगी एक बेबुनियाद इमारत की तरह लगती है। मैं कई बार सोचती हूँ कि कौन ज़्यादा ताक़तवर है? वह वातावरण जिसमें आदमी पलता-बढ़ता है या उसके जींस जो उसे ख़ून के साथ मिलते हैं।

सत्य चाहे सुन्दर होता हो पर सत्य को जानना सुन्दर नहीं होता है। मैं नर्स हूँ, मैटर्निटी वार्ड में हर दिन मैं बच्चे जनवाती हूँ, ओह अद्भुत लगता है जब बच्चा माँ की कोख से धरती पर आता है। मुझे सब कुछ इतना दिव्य, इतना रोमांचक लगता है कि कह नहीं सकती।

मैं सोच-सोचकर पागल हो जाती हूँ कि ऐसे निष्कलंक ईश्वरीय अंश जैसे बच्चे को कोई कैसे फेंक सकता है? साली वो मेरी माँ थी या डाकिनी, ब्लडी बास्टर्ड! समझ गई मैं उसकी बेटी नहीं उसकी लज्जा थी। समझ गई महान संस्कृति वाले आपके उजले देश की मैं एक लाडली पुत्री नहीं वरन् एक छि: थी जिससे सब बचना चाहते थे। मैं जान गई हूँ कि भारतीय स्त्री भूख और मौत से भी ज़्यादा अपनी इज़्ज़त खोने के डर से डरती है। मैं शायद बिन ब्याही माँ की अनचाही बेटी थी। फिर भी जिसने मुझे यह रूप-रंग और काया दी उन्हें देखना चाहती हूँ बस एक बार। जानना चाहती हूँ कि क्या रही होगी उनकी मजबूरी जिसके चलते उन्हें मुझे फेंकना पड़ा, विशेषकर भारत जैसे देश में जहाँ माँ-बाप बच्चों के लिए ही जीते और मरते हैं, जहाँ बच्चे माँ के लिए मथुरा-वृंदावन होते हैं।

अब और नहीं लिखा जा रहा। शेष अगले पत्र में।

—तुम्हारी मारिया

पत्र पढ़कर आँखें डबडबा गईं अविनाश की—पनघट-पनघट प्यास भरी है! एक ही ग्लानि...चाहकर भी हिम्मत क्यों नहीं कर पाया वह उस दिन जब उसने जलता दीप और सरस्वती की मूर्ति देखी थी? कहाँ उसकी मारिया और कहाँ वह? माँ को देखा तक नहीं, माँ ने उसके लिए कुछ किया तक नहीं, तो भी कहाँ नहीं भटक रही है, किस-किस से नहीं मिल रही है। ज़िन्दगी ने जितने भी ख़ाली क्षण भरे हैं उसकी जेब में सब ख़र्च कर रही अपनी माँ पर। अपने भीतर पहली बार कुछ पिघलता-सा महसूसा उसने और उसकी आँच से फफक पड़ा वह!

खंड–2

11

त्रिवेन्द्रम एयरपोर्ट से कन्याकुमारी तक की रोड यात्रा।

इतिहास और वर्तमान में एक साथ खड़ा केरल।

देखते-देखते सोचना और सोचते-सोचते देखना जारी है उसका।

हर ललाट पर राख का टीका, पर नहीं जिसे वह चूल्हे की राख का टीका समझ रहा था वह दरअसल भभूत थी जिसे शिव भक्त सुबह की पूजा के बाद लगाते हैं। किसी-किसी के ललाट पर उसने सुनहरे रंग का टीका भी देखा था। क्या यह भी दूसरे रंग की भभूत है? नहीं यह चन्दन का टीका है जिसे विष्णु भक्त लगाते हैं—ड्राइवर मूर्ति उसे बताते हैं।

वाह! टीकों द्वारा भक्त की पहचान! ओंठों पर फुदकी छोटी-सी हँसी।

दूर होता त्रिवेन्द्रम। जंगलों के बीच से गुज़रती उसकी कार।

सघन सन्नाटा। कोई मानवीय आवाज़ तक नहीं।

एक जंगल भीतर एक बाहर। कभी मिल जाते दो। कभी अलग हो जाते।

एक तरफ़ रबड़ के पेड़ों की क़तारें, हर पेड़ के नीचे बँधी काली कटोरी शायद टपकते रबड़ को इकठ्ठा करने के लिए। दूसरी तरफ़ नारियल के पेड़ों की क़तारें। कहीं सोना रंग के नारियल तो कहीं हरे रंग के नारियल। बीच-बीच में कॉफ़ी के पेड़। पेड़ों, पौधों, पाखियों, जानवरों और हवाओं की एक अनूठी दुनिया खुलती हुई। जंगलों के बीच घर, गोबर-माटी के। छोटे-छोटे घर। बीच-बीच में दालचीनी के पेड़। बकरियों को चराता चरवाहा। नदी किनारे जाल सुखाते मछुआरे। कहीं उधड़े जाल की सिलाई करती मछुआरिनें। टूटी-फूटी नौकाएँ। लगा जैसे एक आदिम दुनिया में आ गया है वह।

थोड़ा आगे बढ़े तो दिखी एक छोटी-सी दवाई की दुकान जिसे देख जाने कब की आधी-अधूरी तस्वीर लहर की तरह फिर कौंध गई—एक बार अम्मा दवाई देना भूल गई थी उसे। बाद में याद आने पर जब अम्मा आई दवाई देने तो उसने

झूठमूठ कह दिया—"मैंने दवाई ले ली।" अम्मा की जासूस निगाहों ने ताड़ लिया, कुछ तो घोटाला हुआ है। चतुर अम्मा ने कहा—"देखो यदि तुमने मुझसे झूठ बोला तो शाम तक तुम्हारी नाक लम्बी हो जाएगी और मुझे पता चल जाएगा।" घंटे भर तक वह दर्पण लिए अपनी नाक ही देखता रहा, उसे सचमुच लगा कि बहुत धीरे-धीरे उसकी नाक लम्बी हो रही है। उसने झट से दवाई ले ली कि शाम तक कहीं उसकी नाक और लम्बी न हो जाए। आज इतने सालों बाद भी उस घटना को याद कर ओंठों पर फुदक गई हँसी।

और अब कन्याकुमारी! एक ख़ूबसूरत पेंटिंग-सी।

40 वर्ष पूर्व समुद्र के बीचोबीच बने विवेकानन्द रॉक मेमोरिअल को देखते-देखते वह जाने कब वर्तमान से कट विवेकानन्द युग में पहुँच गया। आँखें देख रही हैं अतीत का वह मंज़र जब 1892 में विवेकानन्द आए थे यहाँ और समुद्र के बीच बनी एक चट्टान पर बैठकर ध्यान लगाया था उन्होंने। इसी शिला पर बैठकर शायद उन्होंने अपने भीतर की उन तरंगों और लहरों को पहचाना था जिसके लिए आए थे वे इस धरती पर।

अम्मा यहाँ समुद्र का सौन्दर्य देखने आई होगी या तीन समुद्रों के त्रिवेणी संगम पर बने कन्याकुमारी के मन्दिर का दर्शन करने...सोचने लगा अविनाश।

शास्त्री जी से बात हुई—अम्मा कल सुबह तक पहुँचनेवाली है। बोधगया में ज़्यादा दिन लग गए थे। पूरा दिन है उसके पास।

सामने गरजते तीन रंगों के तीन समुद्र। अलमस्त बहती हवा। आसमान में भागते बादल। आँखमिचौनी खेलते सूरज के साथ। पिघलती चाँदनी, मचलती लहरें। पाल लगी दूर-दूर जाती नौकाएँ। जाल फेंकते मछुआरे। सामने विराट और समुद्र की मद्धिम लहरों पर उछलती सुबह की स्वर्णिम किरणें और उड़ान भरते समुद्री पाखी...सब जैसे एक रहस्यमय वातावरण का निर्माण कर रहे थे। वह अद्भुत रूप से शान्त था। समय और सृष्टि के परे था। वीतरागी था। मौन था। भीतर के जंगल में कहीं खोया हुआ था।

काफ़ी समय बीत जाने पर वह भीतर से बाहर लौटा। बदला हुआ, विराट से जुड़ा हुआ। मन फुसफुसाया, काश इन आवाज़ों और भोर की इस सात्विक पवित्रता का जंतर बना वह स्विट्ज़रलैंड के गले में पहना पाता तो वहाँ की शामों की मरघट सी ख़ामोशी कुछ तो टूट पाती!

वह उठा। किनारा छूती लहरों के बीच बनी एक छोटी-सी चट्टान पर बैठ गया। देखने लगा नज़ारे।

एक ख़ुशहाल पिता अपने कैमरे को हाथों में लिए लहरों के साथ अठखेलियाँ करते अपने दो किशोर पुत्रों की दनादन तस्वीर ले रहे थे। नज़ारा इतना जीवन्त था कि चन्द लम्हों के लिए वह भी अपनी बात भूल उधर ही देखने लगा। 'ऐसे नहीं लहरों को पीटते हुए, पानी से छपाछप करते हुए' वे बार-बार अपने लाड़लों को निर्देश देते जा रहे थे। हर तरफ़ बहते पानी का सौन्दर्य और छपाछप-छपाछप का जीवन्त नज़ारा। वेग से उठती लहरें और उसमें बहते उनके दोनों नौनिहाल और हर एक लम्हे को क़ैद में करते ऐसे प्रेमी पिता! और तभी हलकी-सी हलचल और हो हल्ला। जाने कहाँ से आई एक तगड़ी लहर और फोटोग्राफर पिता की किनारे पड़ी एक नीली चप्पल ले भागी। कैमरे को हाथ में लिए-लिए ही वे चप्पल के पीछे-पीछे। बस हाथ भर दूर चप्पल। ये आई वो आई। बच्चे भी चिल्लाए 'वो रही वो रही'। वे भी लहरों से हार मानने को जैसे तैयार नहीं थे। लहर-दर-लहर और डूबती-उतराती चप्पल। और तभी झटके से हाथ में आई चप्पल। लहरों को पराजित कर चप्पल वापस पाने की उत्तेजना में वे इस क़दर चप्पलमय हो गए और क़ायदे से ख़ुश भी नहीं हो पाए थे कि तभी पीछे से फिर हल्का-सा धक्का लगा लहरों और लहरों के साथ खिंचे आए लोगों का। वे सँभलते-सँभलते कि उसके पहले ही कैमरा उनके हाथ से छूट गया। इस बार लहरों का वेग ज़बरदस्त था और देखते-देखते कैमरा उनकी पकड़ से दूर, बहुत दूर। भौचक और अवाक् वे कैमरे को अपने से दूर जाते देखते रहे, जैसे वह कैमरा न हो उनके स्वप्न का कोई टुकड़ा हो। हँसी-ख़ुशी का जादुई माहौल एकाएक हलकी उदासी में बदल गया था। सब कुछ को घटने में मुश्किल से एक-डेढ़ मिनट लगा होगा, लेकिन वे एक-डेढ़ मिनट भी सबके दिमाग़ में घंटों तक फैले रहे। किसी ने कहा, 'कैसा मूर्ख था 50 रुपये की चप्पल की ख़ातिर 50 हज़ार के कैमरे को रिस्क में डाल दिया।' गीले किनारे बैठे एक और महाशय ने भी अपनी पतंग उड़ाई—'लोभ गला काटता है जी। सोच लेता जो गया सो गया तो हाथ का कैमरा तो नहीं जाता।'

उसके मन की सिलवटें भी खुलने लगीं—उस कैमरे वाले को क्या दोष दिया जाए, हम सभी यही तो कर रहे हैं। ज़िन्दगी के बनिया बने हुए हैं इसीलिए छोटी-छोटी चीज़ों के पीछे दौड़ते रहते हैं परन्तु इसके चक्कर में कितना बहुमूल्य हमारे हाथों से छूट जाता है, हम शायद ही इस पर सोचते हों।

इस चिन्तन के साथ ख़ुद पर भरोसा जगा। बादलों की तरह छँट गया विषाद! अब और नहीं बहकेगा वह। समुद्र तो उसने पहले भी देखे हैं पर ऐसा आत्मिक लगाव पहले तो कभी नहीं महसूसा उसने। क्या कारण था कि आज गरजता हुआ समुद्र पुकारता-सा लगा उसे? क्या यह समुद्र, नदी को पूजनेवाले इस देश की माटी का प्रभाव था? या फुरसतिया जीवन का सच जो देख रहा है उसके चित्त और चेतना पर पड़ा प्रकृति का प्रभाव। अपने पल-पल बदलते अन्त:करण को महसूस रहा है वह!

वह भी समुद्र में उतरा। समुद्र ने उसे भी तरोताज़ा किया। मस्तिक फिर चैतन्य हुआ। यदि इस डुबकी को धर्म का रूप न दिया होता तो क्या इतना अपार जनसमूह, भारत के कोने-कोने से आया दिखता यह जनसमूह यहाँ आता? शायद अम्मा ने भी इसी बहाव और प्रवाह में जीवन का अर्थ ढूँढ़ा। उसने देखा...कन्याकुमारी और समुद्र की मौजों के क़रीब भी, लोगों को पूजा करते हुए। उसने सोचा—बालू के ढूह पर अगरबत्ती जलाकर की गई पूजा शायद समुद्र के प्रति कृतज्ञता ज्ञापन के लिए हो पर जो हो यह परम्परा और आस्था ही है जिसके सहारे मध्यवर्ग इतनी परेशानियों और अभावों के बावजूद जी रहा है, बिना ज़िन्दगी से किसी भी शिकायत के।

मन-ही-मन फिर संवाद शुरू हुआ नैंसी से—अपने भीतर उतरने का नाम है कन्याकुमारी। हम जैसे मनी और मशीन से उकताए लोगों के लिए जन्नत है कन्याकुमारी। यह अलग बात है कि यहाँ का तेज़ मसाले वाला खाना खाते-खाते मेरी आँखों से टप-टप पानी गिरने लगा। बहरहाल पौराणिक कथा के अनुसार राक्षस बकासुर को यह वरदान प्राप्त था कि उसे कोई भी योद्धा मार नहीं सकता है। लेकिन वरदान यह नहीं था कि उसे कोई कन्या नहीं मार सकती है। इसलिए सब देवतागण और मुनिवर मिलकर गए कन्याकुमारी के पास। शक्ति की पुंज कन्या ने जीने और भोगने की लालसा से परे उठकर अपना इतिहास आप रचा और अप्रतिम शौर्य और पराक्रम से बकासुर का वध किया। मन्दिरों के देश भारत में एकमात्र ऐसा मन्दिर जहाँ प्रवेश करने के लिए पुरुषों को कमर से ऊपर के सारे वस्त्र उतार देने पड़ते हैं। जीवन और व्यवहार के अनेक पेचों को खोलती यह प्रथा। इसके पीछे छिपा चिन्तन शायद यही रहा होगा कि पुरुष वर्ग अपने पुरुषोचित अहं के वस्त्रों का त्याग कर ही इस मन्दिर में प्रवेश करे, तभी वह शायद उन रिश्तों की गहराई और गरिमा को महसूस कर सके जो इनसान का इनसान से बनता है।

लेकिन यह स्पेशल ऐंट्रेंस फी क्या बला है? मन्दिर के कर्मचारी द्वारा स्पेशल

ऐंट्रेंस फी की माँग करने पर टूटी उसकी तल्लीनता। वह पिनपिनाया। विचारों के परिन्दे फिर मारने लगे चोंच—तो ईश्वर के मन्दिर में भी भेदभाव। मैं तो जानता था नैंसी कि भारत के मन्दिर इनसान को भगवान् से ही नहीं वरन् इनसान से भी जोड़ते हैं क्योंकि इनसान से जुड़कर ही वह भगवान् से जुड़ सकता है। सोचने की बात यह भी है कि आज इन देवस्थलों को जिस प्रकार धर्म, आडम्बर और बाज़ार का त्रिवेणी संगम बना दिया गया है, क्या वह इनसान इनसान को जोड़ने की बजाय इनसान इनसान के बीच भेद नहीं गहराता है?

बहरहाल सच्चाई का दूसरा पक्ष यह भी कि यह पूजा, यह प्रवाह किसी को भी अकेले नहीं छोड़ता! बाहर का शोर भीतर के शोर को दबाए रखता है। भारत आकर यह पहला मन्दिर देखा मैंने जिसने भारत के लिए एक नया अर्थ खोल दिया है! तुम जैसे विदेशियों के लिए भारत का मतलब है—ताजमहल, योगा, आईआईटियंस, ढेर सारे लोग। मन्दिरों, ग़रीबों और गैंग रेप का देश! पर भारत का मतलब यह जमावड़ा, जन आस्था और यह प्रवाह भी है जिसमें सदियों से हर जाति, हर प्रांत के लोग कश्मीर से कन्याकुमारी तक के लोग शामिल होते हैं। यहाँ मन्दिर मन्दिर जैसा लगता है क्योंकि यह जगह सिर्फ़ मन्दिरों के सामान और भक्तों से घिरी हुई है। याद है तुम्हें एमर्स्टडम का वह चर्च जो लालबत्ती इलाक़े के बीच बनाया गया था। और उसी के पास में बना बच्चों का स्कूल। वासना की लहर सी लपलपाती और तस्वीर सी खड़ी नग्नप्राय बार बालाओं को देखकर भी मैं उतना भौचक नहीं हुआ था जितना कि उस रेड लाइट एरिया के बीच शान से इठलाते चर्च को देखकर हुआ था। लाल बत्ती इलाक़े के बीच खुली हुई सेक्स शॉप और इरोटिक म्यूज़ियम तो समझ में आता था पर व्यभिचार और मांसलता का अश्लील दरिया जहाँ बह रहा हो, जहाँ मांसलता, कुटिलता और कामुकता बेख़ौफ़ टहल रही हो, उनके बीच धर्म और करुणा का प्रतीक चर्च? मैं सचमुच हैरान था। कामुक मांसलता से हाथ मिलाता धर्म! ऐसा सिर्फ़ ऐमर्स्टडम में ही सम्भव था। और यह हैरानी एक तरस और छि: में बदल गई जब थोड़े ही और आगे जाकर मैंने देखा बच्चों का 'डे केयर'! छि: इतना भी क्या गिरना कि बच्चों तक का लिहाज़ नहीं। और तब तुम्हारी सहेली ने चुटकी लेते हुए कहा था, 'यह इसलिए कि रात में पाप करो, वेश्याओं के साथ मज़े लूटो और दिन में पास में ही बने चर्च में जाकर कन्फेस कर दो, हिसाब बराबर, लाल बत्ती इलाक़ा भी ख़ुश और चर्च भी ख़ुश। और देश की भावी पीढ़ी भी इसे देख-देखकर संस्कारित होती रहे!'

अकेली देह का यह उत्सव क्या इसलिए कि वहाँ संस्कारों की कोई चादर नहीं। वहाँ परिवार नहीं। वहाँ पैसों से मिलनेवाला मज़ा चाहे हो पर आत्मा को तृप्ति देनेवाला आनन्द नहीं। योरोप में संयुक्त परिवार टूटे, परिवार टूटे, दाम्पत्य टूटा और अब इनसान भी टूटता जा रहा है। नई पीढ़ी शादी से कतरा रही है। लगभग सभी अकेले। बूढ़ा भी, जवान भी, अँधा भी, विकलांग भी, क्योंकि सबके बीच का भरोसा भी अब टूटता जा रहा है।

बुरा मत मानना नैंसी पर आज पहली बार इस देश की अन्तरात्मा को समझा है और समझकर तुम्हारा यह कठोर पति बीस साल बाद शायद आज पहली बार रोया है। नहीं जानता कि मैं क्यों रोया पर भीतर जाने कैसी पीड़ा दबी पड़ी थी जो भोर की इस पवित्रता में उमड़ पड़ी। नहीं यह अम्मा को अभी तक नहीं पाने का दुख नहीं था। अम्मा मुझे आज नहीं तो कल ज़रूर मिल जाएगी, इसका मुझे भरपूर विश्वास है।

मुझे आज क्यों यह अहसास हो रहा है कि गिरते-गिरते भी भारत उतना तो नहीं ही गिरेगा कि मन्दिर, वेश्यालय और बच्चों का स्कूल एक पंक्ति में खड़ा कर दे। आज समझ पाया हूँ कि सामाजिक मर्यादाएँ, नैतिकताएँ एवं पारिवारिक रिश्ते मनुष्य की सहज आदिम प्रवृत्तियों को शमित और अनुशासित करते हैं ताकि मनुष्य का मन पशुओं की तरह आंतरिक आवेगों के अधीन न रहे और रिश्तों की पवित्रता बची रहे। जिससे परिवार और समाज सुचारु रूप से चल सके। मुझे आज पहली बार चिन्ता हो रही है नैंसी, अपनी बेटी की—देह की मीनारों में क़ैद यह पीढ़ी क्या कभी औरत और आत्मा के सत्य तक पँहुच पाएगी? यहाँ की औरत के पास भी सुन्दर दिमाग़ है, बुद्धि है, प्रतिभा है पर हर जगह प्रदर्शन सिर्फ़ और सिर्फ़ देह का। पुरुषों को आमंत्रित करती हर औरत जैसे खजुराहो की गुफा से निकल खड़ी हो रास्तों पर। देह का अन्तिम बिन्दु तक प्रदर्शन। किचन में पहननेवाले एप्रन पर भी नग्न औरत की तस्वीर। चर्च भी परेशान औरत की इस हद तक नग्नता पर। चर्च को हर जगह लिखना पड़ रहा है 'प्लीज कम इन ड्रेस कोड'। इंटरलाकेन के एक चर्च में देखा था मैंने। बाक़ायदा दरवाज़े पर स्टाफ़ खड़े हैं हाथों में स्कार्फ और गमछा लिए। आपत्तिजनक ड्रेस में आनेवाली औरत को दिए जा रहे हैं स्कार्फ और गमछे जिससे प्रभु इशू की मूरत के सामने जाने के पहले ढक ले वह अपनी नंगी टाँगों और ऊपर के ज़रूरत से ज़्यादा खुले हिस्सों को।

एक और घटना याद आ रही है नैंसी जो मुझे समझा रही है कि क्या होता है

भारतीय होना। शायद मैंने तुम्हें बताया हो। तुमसे मिलने के पहले मैं किसी काम से बर्लिन से एमर्स्टडम जा रहा था। वहीं ट्रेन में मुलाक़ात हुई, मिस्टर काइ और मिस्टर क्रिस्टोफर से। दोनों ही युवा थे। दोस्ताना थे। जानकारियों का आदान-प्रदान हुआ। मिस्टर क्रिस्टोफर ने कहा, "आपके यहाँ तो महात्मा गांधी का परिवार ही सदियों से राज कर रहा है ना?" वे सोचते थे कि इन्दिरा, सोनिया, सब महात्मा गांधी के ही वंशज हैं।

मैंने उनकी जानकारी दुरुस्त की।

चलाचली की बेला में मैने यूँ ही कहा, "आप दोनों अच्छे दोस्त मालूम होते हैं।"

"हाँ, हम अच्छे दोस्त हैं लेकिन रोमांटिक अर्थों में नहीं।"

मैं आसमान से गिरा। "क्या मतलब?"

"मतलब हम गे नहीं हैं।"

सोचो नैंसी, उन्हें यह सफ़ाई देने की ज़रूरत क्यों पड़ी? क्या देह से आक्रान्त सभ्यता के युवाओं की मानसिकता ऐसी होती है? मैं रास्ते भर सोचता रहा।

आज मिला उसका जवाब। यहाँ लोग खुलेआम गले मिलते हैं लेकिन किसी के दिमाग़ में वैसे सवाल नहीं उगते। मेरे एक विदेशी मित्र ने एक बार मुझसे कहा था, "भारत तो होमोसेक्सुअल्स लोगों का देश है।" मैं आसमान से गिरा, "यह क्या कह दिया?" लड़खड़ाते हुए पूछा, "वो कैसे?" उसने कहा, "वहाँ लोग खुलेआम एक-दूसरे से गले मिल रहे थे।" बातचीत के बाद समझ आया कि ईद मिलन का उसने यह अर्थ लगाया था।

शायद यह यहाँ की माटी और उसकी तासीर का ही कमाल है कि यहाँ जीवन, प्यार, सेक्स, धर्म सब लय-ताल में बहते हैं। यहाँ जीवन राम और काम के दो किनारों के बीच संतुलित होकर बहता है, इसीलिए शायद यहाँ बुढ़ापा उतना एकाकी, उदास और उपेक्षित नहीं। मैंने देखा यहाँ बूढ़ों को भी सपनों और जीने की चाहत से भरे हुए। इसलिए बढ़ती उम्र में एक भारतीय देह के प्रति अनासक्त हो आत्मा की ओर, अध्यात्म की ओर मुड़ जाता है। स्विस युवक के पास इस आत्मिक सुख का सौभाग्य नहीं है क्योंकि वह होने में नहीं दिखने में विश्वास करता है। उनके पास कोई बुद्ध और विवेकानन्द भी नहीं जो उन्हें तात्कालिकता की चकाचौंध से परे ले जाकर समझा सके जीवन का मर्म। जो उन्हें जीवन का सौन्दर्यबोध देते हुए यह समझा सके कि जीवन स्थूल से सूक्ष्म की ओर निरन्तर बढ़ती एक यात्रा है।

स्विस युवक के पास सुख का स्रोत सिर्फ़ देह है और जिस हद तक सुख का स्रोत सिर्फ़ देह रहती है उस हद तक आदमी जानवर ही रहता है...नैंसी की जगह अब वह ख़ुद से ही बात करने लगा।

भारत की तरह पूरे यूरोप में शादी, जन्म, मुंडन, गृह प्रवेश तो दूर की बात मृत्यु और उठावना जैसे मौक़ों पर भी परिवार के लोग, रिश्तेदार, बिरादरी के लोग इकट्ठे नहीं होते। कोई विश्वास करेगा कि यहाँ आज भी शादी में चार पीढ़ियों के लोग आमंत्रित होते हैं। रीति-रिवाजों, उत्सवों, त्योहारों, गीतों और नृत्यों से भरी भारतीय जीवन पद्धति आदमी को कभी अकेला नहीं छोड़ती। हमारे पुरखों ने जीवन को बेहतर समझा, इसलिए सामूहिकता, पनघट, चूल्हे और परिवार का संस्कार देकर मनुष्य की आदिम और अनियंत्रित वासना को शमित किया।

बहरहाल अधूरापन दोनों ही तरफ़ है, हमारे यहाँ पेट ख़ाली तो उधर रूह प्यासी। यहाँ अन्धविश्वास, धर्म-अधर्म और कर्मकांड के घने जाले हैं तो उधर देह, मांसलता और अतिभोग का चौंधियाता अँधेरा। अकेलापन यहाँ भी है, फ़र्क़ सिर्फ़ इतना कि यहाँ यह व्यवस्था द्वारा दिया गया है, वहाँ वह व्यक्ति का अपना वरण है।

सोचता जा रहा है अविनाश और आगे बढ़ता जा रहा है। आज बहुत दिनों बाद उसके चिन्तन ने इतना साथ दिया था उसका। बहुत दिनों बाद आज उसने भारत और भारतीयता, जीवन और यातना के रिश्तों के बारे में इतना सोचा। उसे सुकून मिला यह सोचकर कि राग-रंग और चकाचौंध की दुनिया से दूर होते ही वह सही ढंग से सोच पा रहा है।

भोर! बस घंटा भर और फिर वह अम्मा के सामने! वी.वी. रामकृष्ण शास्त्री जी की धर्मशाला में ठहरेगी उसकी माँ। आज मन ठहरे हुए समुद्र की तरह शान्त है। अम्मा को तो अभी तक पता भी चल गया होगा कि उसे खोजते हुए वह यहाँ तक पहुँच गया है। अम्मा के लिए उसने एक अच्छा सा मोबाइल भी ख़रीद लिया है। कहाँ चाय-परचून की दुकानवालों तक के पास है मोबाइल और कहाँ उसकी अम्मा। पर ग़लती उसी की है, उसने ही सिर्फ़ लैंडलाइन के सहारे ही छोड़ रखा था अम्मा को। कभी गम्भीरता से सोचा या समझाया होता अम्मा को कि मोबाइल क्यों रखना चाहिए तो क्या नहीं रखती वो? ख़ैर इस बार अपनी सभी भूलों का प्रायश्चित्त कर देगा वह। मुम्बई पहुँचते ही नया टीवी, नया पलंग, एसी, घर की मरम्मत सब करवाकर जाएगा। अच्छी-खासी एफडी करवा जाएगा जिससे हर महीने अम्मा को

अच्छी-खासी नकद रक़म मिल जाया करे। अम्मा उसके साथ नहीं चली तो अब हर साल अम्मा को देखने ज़रूर आया करेगा।

घंटा भर का समय काटे नहीं कट रहा। उसने देखा ढेर सारे लोग सूर्योदय देखने जा रहे हैं। वह भी पीछे-पीछे हो लिया। पर अन्तस काँपता रहा। इस काँपते अन्तस को कहीं समुद्र के बीच से उगते सूरज के अद्‌भुत दृश्य ने सँभाला तो कहीं शान्त समुद्र की वीतरागी लहरों ने। तो कहीं बजते हुए घंटे-घड़ियालों ने। समुद्र किनारे टहलते-टहलते हाथ लगी कुछ-कुछ सीपियाँ। मन में जाने कैसी तो भावनाएँ विचारों के साथ तरंगित होने लगीं—तुम बड़ी ख़ुश हो रही होगी अम्मा कि जब वक़्त का समुद्र मेरे किनारे तुम्हारी ममता के अनमोल मोती लुटा रहा था। तब मैंने कद्र नहीं की और आज उन्हीं मोतियों के लिए कहाँ-कहाँ नहीं भटक रहा हूँ। सच जब वक़्त गुज़र जाता है तो अहसास होता है कि गुज़रे हुए वक़्त ने कितना कुछ तो सँजोकर रखा था हमारे लिए, बस हमारी ही हथेलियाँ फैल नहीं पातीं उन्हें सँवारने के लिए।

पेंडुलम की तरह धड़कते हृदय के साथ समय से पहले ही पहुँच गया वह शास्त्री जी की धर्मशाला कि अम्मा के स्वागत में कोई चूक न हो जाए।

ऑफ़िस में शास्त्री ने उसके लिए एक चिट्‌ठी छोड़ रखी थी, लिखा था, 'आप मुम्बई लौट जाएँ। आपकी अम्मा थोड़ी अस्वस्थता की वजह से सीधे मुम्बई ही लौट गई हैं।'

हे भगवान्! उसकी साँस एकाएक तेज़ चलने लगी। अपने भीतर से शक्ति का आख़िरी कण बटोर कर उसने धड़-धड़ धड़कते दिल से तुरन्त फ़ोन लगाया शास्त्री जी को लेकिन फ़ोन उठाया ही नहीं उन्होंने।

ओह नो! जैसे आसमान में उड़ते पाखी को किसी ने गुलेल मार दी हो। घायल हुआ वह। पल-पल बिखरती उम्मीद। सीप-सी खुली आँखें निहार रही थी संधि रेखा को जहाँ मिल रहे थे समुद्र और आकाश। क्या मिल पाएगा वह अम्मा से? या संधि रेखा सा मिलकर भी न मिल पाएगा? कुछ देर पहले देखा हुआ भिखारी का ख़ाली कटोरा ज़ेहन में कौंध गया। कब भरेगा उसका कटोरा? वह झुँझलाया। फिर ठन गई अम्मा से—अच्छा बदला ले रही हो अम्मा, बीस वर्ष नहीं आने का। कुछ तो लिहाज़ करो! अब हटाओ भी यह 'नो एंट्री' का बोर्ड। उफ़ मेरे ही नसीब में लिखी थी ऐसी कठोर अम्मा!

क्यों लग रहा है कि पृथ्वी की समस्त शक्तियाँ मुझे तुमसे मिलने को रोक रही हैं अम्मा और इस साज़िश में तुम भी शामिल हो। ले लो बदला!

ओ, मेरी बेरहम अम्मा!

कब लगेगी यह नौका किनारे?

लेकिन तभी एक दूसरे अशुभ विचार ने उसे विचलित कर दिया। मन के भीतर के मन में आशंका की नागफनी ने फन उठाया—कहीं अम्मा इतनी बीमार न हो जाए कि मेरे पहुँचने के पूर्व ही...रक्षा करना ईश्वर अम्मा की...इस बार मोहलत दे दो फिर कभी लावारिस की तरह नहीं छोड़ूँगा। बेकाबू हो फिर फ़ोन लगाया मामू का तो वहाँ से भी 'नो रिप्लाई'।

रिलैक्स! कूल! सब ठीक होगा! चेतन मन ने अवचेतन मन को सँभाला।

12

बुझते जाते हैं चिराग़, दैर-ओ-हरम
दिल को जलाओ, रौशनी है कम

वापस मुम्बई!

उसकी फ़्लाइट डेढ़ घंटे विलम्बित थी। पहले कहा, पन्द्रह मिनट फिर आधा घंटा और अन्त में डेढ़ घंटा। पर मजाल है जो किसी यात्री ने चूँ तक की हो। दुनिया की सबसे सहनशील क़ौम है शायद हिन्दुस्तानी।

व्याकुलता बढ़ रही है अविनाश की। लग रहा है जैसे युगों-युगों से वह अपनी अम्मा को ही खोज रहा है। बीस साल बिना मिले, बिना देखे कट गए पर अब बीस मिनट काटे नहीं कट रहे। उफ़ इस जाम को भी अभी ही होना था। कल्पना में देख रहा है अम्मा को बिस्तर पर लेटे हुए। धुकधुकी बढ़ गई है। अम्मा कहीं बहुत बीमार न हो। अम्मा के लिए इस बार फुल टाइम मेड रखकर ही जाएगा।

लगभग दौड़ते हुए दम साधे चढ़ गया सीढ़ियाँ। अब वह उस रोमांचक पल के बेकाबू इन्तज़ार में था जो अब घटनेवाला था। जो उसे अभिभूत करनेवाला था। घर का दरवाज़ा खुला देख सुकून मिला। घर के बाहर कुछ जूते-चप्पल। अम्मा के आते ही कैसा आबाद हो गया उसका घर।

सच दुनिया सुन्दर है तो सिर्फ़ माँओं से ही!

घुसते ही अगरबत्ती की ख़ुशबू! सुकून मिला मन को।

बादल बन लहराते धुएँ को नज़रअन्दाज़ करती नज़र अम्मा की तस्वीर पर। यह क्या? गोल टेबल के बीच अम्मा की तस्वीर। तस्वीर पर ताज़ा गेंदा फूलों की माला। जलती अगरबत्तियाँ। लाल कपड़े में लिपटा कलश। पास में ही रखी पुरानी डायरी। टेबल से लग कर खड़े मामाजी, आशा आंटी, और दो और महिलाएँ।

भौचक्का अविनाश!

जो सोचा था वो सामने नहीं था।

और जो सामने था उसको सोच नहीं पा रहा था वह!

ख़ुद से बेख़ुद होता वह!

फूलते दम पर काबू पाते और तस्वीर की ओर इशारा करते हुए आत्मा में छुपा बैठा डर झुँझलाता है—"क्या है यह? आप यहाँ कैसे मामू?"

"यह एक कठोर सत्य है, क्या तुम सहन कर पाओगे?" गला साफ़ करते हुए कहा मामू ने।

"क्या मतलब? अम्मा कहाँ है? आप कब आए? आपने ही तो मुझे अम्मा से मिलने कन्याकुमारी भेजा था और ख़ुद यहाँ आ गए?"

"काय सांगू (क्या बताऊँ)! तुम्हारी आई नहीं रहीं..." अश्रुपूर्ण आँखों से उसे देखते हुए निकलते हैं, धीमे-धीमे, गीले-गीले शब्द!

क्या या या? सुन रहा है वह लेकिन इन्द्रियाँ काम नहीं कर रही हैं उसकी। सत्य इन्द्रियों की पहुँच के बाहर जा रहा है। पथराई आँखों से देख रहा है अम्मा की तस्वीर! हलके से कन्धे पर हाथ धरते हैं मामा।

कुछ ख़ामोश पल! बुत की तरह सुन्न वह। स्थिर पुतलियाँ अम्मा की तस्वीर पर टिकी हुई। एक गहरी साँस खींची उसने। कभी तस्वीर तो कभी मामा की ओर निगाहें। दिख रही हैं उसे मामा और आंटी की मछली की आँखों सी डबडबाई आँखें, पर महसूस नहीं हुआ कुछ। हल्का-सा चक्कर आया उसे। सहारे के लिए गोल टेबल को पकड़ा।

कुछ पलों के बीतने पर चेतना लौटी उसकी। अशुभ घट चुकने के अहसास के साथ ही कमज़ोर जड़ों वाले पेड़ की तरह सिर से पैर तक काँप उठा वह। लड़खड़ाकर गिर ही पड़ता यदि पास खड़े मामू ने न सँभाल लिया होता उसे।

"नहीं ईईई। यह कैसे हो सकता है मामू? आपने ही तो कहा था कि अम्मा कन्याकुमारी गई हुई है, वहाँ से पता चला अम्मा बोधगया से ही वापस लौट गई और अब आप..." एक हाथ से छाती को थाम, गर्दन कटते मुर्गे की तरह फड़फड़ाया वह।

"मुझे माफ़ करना अविनाश। लेकिन यह ताई की ही आज्ञा थी। वे चाहती थीं कि उनकी मृत्यु की ख़बर तुम्हें इसी प्रकार बताई जाए। शायद वे चाहती थीं कि तुम पारतुल जाओ और वहाँ से बाबुलतारा के गोविन्दगिरी, बलखडे की शोभा और कामथड़ी में मुझसे मिलो। वे ख़ुद किसान परिवार की बेटी थीं शायद इसीलिए चाहती थी कि तुम भी किसानी जीवन को थोड़ा-बहुत देखो या शायद वे चाहती हों कि यदि तुम समर्थ हो तो शोभा और कामथड़ी के किसानों के लिए कोई बड़ा काम करो। हम तो सिर्फ़ अनुमान ही लगा सकते हैं। उन्हें विश्वास था कि तुम आओगे ज़रूर। लेकिन उनके पास समय अधिक नहीं था, इसलिए शायद उन्होंने सोचा हो कि ऐसे तो तुम अधिक से अधिक अम्मा से मिलकर वापस लौट जाओगे और कौन जाने मिलना सम्भव हो भी या न हो। इसलिए यदि बाद में यानी अम्मा की मौत के बाद आओगे तो अम्मा से मिलने के बहाने उन सब जगहों से मिल लोगे जिनसे वे तुम्हें मिलवाना चाहती थीं।"

"और फिर कन्याकुमारी क्यों भेजा? वहाँ किससे मिलवाना था?" उठती हिचकी को रोक, भर आए गले से पूछा उसने।

"शायद वहाँ भेजकर वे तुम्हें आनेवाली मृत्यु के दुख को झेलने के लिए तैयार कर रही थीं। शायद उनके मन में हो कि कन्याकुमारी के विराट समुद्र को देखते हुए तुम समय की अनंतता को समझो। मृत्यु और जीवन के मर्म को समझ पाओ।"

देखते-देखते पूर्णिमा स्याह अमावस्या में बदल गई। बादल बन फिर बरसी वह सबकी आँखों से।

धुआँ-धुआँ चेहरा अविनाश का। भाँप छोड़ती आँखें! बचा-खुचा होश और ताक़त बटोरते हुए धीमी आवाज़ में पिनपिनाया वह।

"मैं नहीं मानता मामू। जो अम्मा पिछले एक महीने से बराबर मेरे दिल-दिमाग़ को थका-थकाकर पल भर भी मुझे चैन से बैठने नहीं दे रही थी, वह बिना मुझसे मिले मर कैसे सकती है?" उसके शब्द लड़खड़ाने लगे, कलेजा जैसे कट-कटकर गिरने लगा।

"हाँ बेटा, सच्चाई तो यही है कि तुम्हारे आने से अड़तालीस दिन पहले ही गुज़र गई थी।"

"न अन्तिम दर्शन, न अन्तिम प्रणाम!" बोलते-बोलते उसकी आवाज़ टूटने लगी। दोनों हथेलियों से मुँह ढाँपकर बैठ गया अविनाश बिलकुल पत्थर की तरह। लोगों के शब्द, सान्त्वना कुछ भी छू नहीं पा रहा था उसे।

आवेग के थम जाने पर फिर बुदबुदाया वह—"क्यों किया आप लोगों ने मेरे साथ ऐसा? क्यों?"

"हमने कुछ नहीं किया, हमने तो बस मानसी जी की इच्छा का ही सम्मान किया।"

"क्या उनकी ऐसी इच्छा थी?"

"हाँ, वे चाहती थीं कि उनकी मृत्यु की ख़बर तुमको इसी प्रकार दी जाए।"

"पर क्यों? क्यों?"

"दरअसल मानसी जी कहती कुछ नहीं थीं बस संकेत छोड़ती थीं।" यह मानसी की सहेली दीक्षा थी जो आँसू भरी आँखों से मुस्कुराने की कोशिश कर रही थी।

"पर क्यों?"

"शायद उन्होंने अपना प्रयोग तुम पर करना चाहा हो।"

"प्रयोग? कैसा प्रयोग?"

"शायद कहीं उनके दिमाग़ में यह था कि जैसे लोगों के दुख में शामिल होकर उन्होंने अपने निजी दुखों से राहत पाई थी वैसे ही तुम्हें उनकी मौत का सदमा लगे उससे पहले ही तुम यहाँ के लोगों के दुखों को इतने क़रीब से देख लो कि अपना निजी दुख तुम्हें कमतर लगे।"

सब कुछ उसके अहसास, उसकी चेतना के परे खिसक रहा था। कुछ समझ नहीं पा रहा था वह कि हो क्या रहा है। सत्य वह था जब वह एक के बाद दूसरी जगह अम्मा की खोज में भटक रहा था कि सत्य यह है? उसकी सारी इन्द्रियाँ जैसे कम पड़ गई थीं इस सत्य को ग्रहण करने के लिए।

यह कैसे हो सकता है कि अम्मा का अन्त क़रीब हो और उसे पता तक न पड़े। तो क्या अब तक वह सिर्फ़ एक झूठ की तरफ़ की तरफ़ बढ़ रहा था? तस्वीर पर फिर निगाह पड़ी तो फिर कुछ दरक गया भीतर। आवेग के थमने पर दुख ने फिर दुख से बात की—"इतनी सच्चाई से आप लोगों ने झूठ क्यों बोला? अम्मा ने मुझे अपने रहते क्यों नहीं बुला लिया? क्यों रोका आप लोगों को मुझे

बुलाने से? अम्मा सचमुच मुझसे नाराज़ थी और नाराज़ ही चली गई। ओह गॉड! ओह अम्मा!"

पहली बार फूटी जबरन रोकी हुई उसकी रुलाई, बह निकला सैलाब, टूटे बाँध की तरह। अंतड़िया फाड़ निकला उसका रुदन। आत्मा के अंश-अंश से हथेलियों से मुँह ढाँप रोया वह, "सॉरी ममा, तुम्हारा नालायक बेटा तुमसे मिलने तक नहीं आ सका! कैसे निकले होंगे तुम्हारे प्राण! हिश्श अम्मा! यह क्या हो गया मुझसे!"

सभी को जैसे इन्तज़ार था उसकी रुलाई का।

और उस एक क्षण की लपट में सब कुछ लुट चुका था उसका...उसकी चहक, उसकी मुस्कान, उसका अतीत, उसका आत्मविश्वास, उसका होना, उसका लगाव, उसका बचपन, उसकी दुनिया। एक पूरा युग बीत चुका था। दसों दिशाओं से जैसे एक ही आवाज़ आ रही थी बार-बार—यह मैंने अच्छा नहीं किया!

कुछ ठिठके ख़ामोश पल! मुँह ढाँप सुबकता रहा वह। हल्का-हल्का काँपता रहा बदन उसका। सब कुछ ठिठका रहा उन पलों। धरती का घूमना, सूरज का डूबना, तारों का उगना।

आवेग के थमने पर दीक्षा जी ने उसके सर पर हाथ फेरते हुए उसे उसकी अम्मा की कुछ तस्वीरें दिखाईं :

"ये देखो अम्मा की कुछ तस्वीरें। शायद तुम्हें अनुमान लगे कि वे चाहकर भी तुम्हारे पास क्यों नहीं आ सकीं।" ताई की यादों में काँपती आवाज़ निकली दीक्षा आंटी की।

तस्वीरों को ध्यान से देखता है अविनाश।

अम्मा की ज़िन्दगीनामे की कुछ कतरनें!

हर कतरन जैसे कह रही हो 'मुझे पहचानो'। एक माँ में कई माँ! कहीं मुम्बई के बाल निकेतन में बच्चों के साथ अम्मा तो कहीं आरे कॉलोनी में आदिवासियों के बीच। तो कहीं पारतुल में आत्महत्या किए किसानों की विधवाओं के साथ तो कहीं मुम्बई की बस्तियों में घूमती हुई अम्मा। आश्चर्य की खाई में लुढ़कता जा रहा है अविनाश, तस्वीरों ने दुख दूना कर दिया। आँख के आगे अँधेरा छाने लगा तो बन्द आँखों से आत्मसात करता रहा इस अनहोनी को। महसूसता रहा अपनी अम्मा को।

मामू उसे पानी पिला उसका मुँह धुलवाते हैं। भीतर उमड़ते आवेग और रुलाई को किसी प्रकार थामने की कोशिश में ओंठ गोल कर मुँह से गर्म हवा निकालने लगता है वह। मन-ही-मन बुदबुदाना जारी है, तुम कितनी बदल गईं और मैं हूँ कि दिमाग़ में बसी वही बीस साल पुरानी तुम्हारी छवि को ही जीता रहा। विश्वास-अविश्वास से भरा आशा आंटी की तरफ़ एक नज़र फेंकता है अविनाश। साड़ी के पल्लू से भीगी आँखों को पोंछती बताती हैं आशा आंटी :

"तुमारी अम्मा अन्त तक तुमारी थी। नाराज़ नी थी तुमसे। बस उनकी जिनगी बदल गई थी। तुमारे जन्मदिन पर वे हमेशा बाल निकेतन जाती थीं, वहाँ के अनाथ बच्चों के लिए मिठाइयाँ लेकर।"

"मेरे जन्मदिन पर?" आवेग और उतावलेपन से शब्द बुदबुदाहट में सिमट गए।

"हाँ-हाँ तुमारे जन्मदिन पर, चौबीस नवम्बर के दिन।"

"पर मुझे तो कभी नहीं बताया अम्मा ने।"

"बताती तो कबी हमें भी नईं थीं। तुमारे बारे में तो एकदम भी नईं। बस तुमारा ज़िक्र आते ही उनकी आँखों में पाणी आ जाता और चेहरा कैसा-कैसा हो जाता। हम भी जान-बूझकर तुमारा ज़िक्र नईं छेड़ते, समझ गए थे कि यह ठीक नईं। ज़िन्दगी भर कब्बी कुछ मदद नईं माँगी हमसे। बस आख़िरी समय हम कूँ बोलीं कि तुमसे उनकी मौत के बारे में यूँ बताया जाए। जब वे बीमार पड़ीं तब कई बार माँगने पर भी उन्होंने हमें तुमारा नम्बर नहीं दिया। सायद वे नईं चाहती थीं कि उनके चलते तुमारे जीवन की लय-ताल बिगड़े पर उनकी भोत इच्छा यह भी थी कि तुम इस देस को समझो, इसे खोजो, समझो और यदि कर सको तो कुछ करो। वे ख़ुद भी जितना हो सकता था अपने को दूसरों के लिए ही खपाती रहती थीं। एक बार वे आरे कॉलोनी में बसे पाताचापानी गाव (गाँव) गईं। वहाँ उन्होंने जो देखा उसने उनके दिमाग़ में इतना गहरा असर किया कि उसके बाद उनकी ज़िन्दगी एकदम ही बदल गई। पाताचापानी गाव जो कि मुम्बई से महज 50 किलोमीटर की दूरी पर पहाड़ी पर बसा छोटा-सा गाव था जहाँ वर्ली जाति के आदिवासी रहते थे। एक शाम मूंज की खटिया पर सभी सोए हुए थे कि परिवार के मुखिया के ऊपर झाड़ियों से सरसराता हुआ साँप चढ़ गया। दर्द से बिलबिलाते हुए उसने हाथ को झटका। अँधेरे में उसे कुछ दिखा नहीं। साँप पास में ही लेटी उसकी मुलगी पर गिरा। मुलगी चीखी। आस-पास के लोग दौड़े हुए आए। हिंसक जानवरों से भरे, रात के साँय-साँय करते नीले-काले अँधेरे में, मशाल के सहारे वे जब तक साँप

का विष निकालनेवाले ओझा गुणी को लाते, दोनों ही नीले पड़ मर चुके थे। काश बिजली का एक छोटा-सा लट्टू भी होता तो नहीं घटती यह दुर्घटना। उफ़ देहलीज के इस पार इतना झिलमिलाता प्रकास और उस पार इतना अँधेरा! दुनिया की सारी लड़ाई इस पार से उस पार जाने की ही है। तुमारी आई ने ठीक ये ही सब्द कहे थे मेरे कूँ। बस, इस घटना के बाद तुमारी आई कम-से-कम पर निरवाह करने लगीं। कसम खाई कि कबी तीन से जियादा साड़ी नी रखेंगी और कबी कहीं से आ बी गई तो दान कर देंगी।"

एक लम्बी साँस खींच फिर वे दुख उगलती रहीं—"उस रात मौत से कुछ ही पहले उनने तुमरे मामू के बालों को छुआ था, भौत प्यार था उनसे, सायद कुछ कहना भी चाहा पर आवाज इतनी धीमी थी कि हम कुछ समझ नहीं पाए। तुमरे पास जाना तो सायद चाहती थीं पर जाने क्यों उनको सुख से डर लगता था। एक बार कहा भी था मुझसे—मैं सुख के लिए बनी ही नहीं हूँ। पास जाती हूँ कि भाग खड़ा होता है वह!"

जाने क्या-क्या कहती रहीं आशा ताई लेकिन पहाड़ी हवाओं की तरह अविनाश के मन के खँडहर में बजती रही आशा ताई की एक ही आवाज़—तुमारे जन्मदिन पर वे हमेशा बाल निकेतन जाती थीं।

ओह अम्मा! आवेग थमने पर जुड़े हाथ और दबी-दबी सिसकियों के बीच फिर फूटे उसके उच्छ्वास, "मृत्यु पूर्व मेरे नाम अम्मा ने कुछ तो कहा होगा? जब उन्होंने मुझे अपनी मौत की ख़बर इस तरह देनी चाही तब कुछ और भी तो होगा न उनके मन में? प्लीज मुझे अम्मा की हर बात बताएँ।"

"बहुत अधिक समय नहीं था उनके पास। बस तीन दिन रहीं अस्पताल में, चौथे दिन सुबह ही हार्ट अटैक से..."

"एकाएक क्या हो गया था?"

"एकाएक उनका दिल घबड़ाने लगा था। पहले तो लगा कि एसिडिटी हो गई है, तो मैंने कोका कोला मँगवा दिया कि कुछ आराम मिल जाएगा। लेकिन उनका जी घबड़ाना रुका ही नहीं तो फिर पास के ही यूनाइटेड होस्पीटल में ले गए। वहाँ के डॉक्टर ने सुगर टेस्ट किया तो सुगर बहुत हाई निकला। डॉक्टर ने पूछा नहीं कि टेस्ट के पहले उन्होंने क्या खाया था? इमर्जेन्सी के डॉक्टर ने तुरन्त सुगर लेवल को ठीक करने के लिए इंजेक्शन दे दिया। वह इंजेक्शन लगना ही ग़लत हुआ होगा क्योंकि उनको तो सुगर था ही नहीं। इतना हाई सुगर तो कोका

कोला पीने के चलते आया था। उस हाई सुगर के इंजेक्शन से उनका सुगर लेवल एकाएक काफ़ी नीचे आ गया होगा, और वही जानलेवा हुआ होगा, कारण कि दूसरे दिन उन्हें हार्ट अटैक आ गया। कोई जानकार भी नहीं था हमारे साथ, बस हम दो महिलाएँ थीं। यह भी हमें पता नहीं चलता यदि वहाँ की नर्सों की बात हमारे कानों में नहीं पड़तीं। दूसरी रात जब हालत नहीं सुधरी, बेचैनी भोत बढ़ गई और वे भौत नरभस हो गईं तो हमने उनके भाई को पुणे फ़ोन किया। वे तुरन्त आए। तीसरे दिन भी जब हालत नहीं सुधरी, साँस तक लेने में दिक़्क़त होने लगी तो आपके मामू ने जब आपको बुलाने के लिए उनसे कहा तो उन्होंने कहा, 'अभी रुक जाओ, मेरे जाने के बाद वह ख़ुद आएगा तो उसे इस प्रकार ख़बर देना।' सायद उनको लग गया था कि वे नहीं बचेंगी। पुण्यात्मा लोगों को पता पड़ जाता है अपनी मौत का।"

क्या? जैसे बिजली छूकर निकल गई हो! हे भगवान्! तो इस प्रकार हुआ अन्त! मौत के पहले ही मर गई मेरी अम्मा! "डॉक्टर पर कुछ मुक़दमा हुआ? कोई कम्प्लेन?"

"कौन करवाता...?" मामू की टूटती-बिखरती आवाज़! फिर उन्होंने नेत्रदान की भी इच्छा ज़ाहिर कर रखी थी, सो हम सब उसी की खानापूर्ति में लग गए।"

"देहदान?" रुलाई के आवेग को थामती निकली घायल टप्पा खाती आवाज़।

"हाँ, बहुत जागरूक थीं ताई, साठ पार करते न करते ही उन्होंने देहदान की वसीयत करवाकर उसकी रजिस्ट्री भी करवा दी थी। मेरा साइन भी था उसमें। उन्हें आशंका थी कि कहीं बिना वसीयत, बिना बेटे के देहदान में कोई अड़ंगा न पैदा हो जाए।

हे भगवान्! सच्चाई बिजली की तरह कड़की। पल भर के लिए उठी चेहरे पर आवेश की एक लपट फिर वह सुन्न!

कुछ पल गुज़रे तो ज़िन्दा हाहाकार बन गई ज़िन्दगी! हर पल उठती बेचैनियों की लहर! हर पल उठती ऐसी फड़फड़ाहट जो लील देती उसकी सारी चेतना और अनुभूतियों को। उफ़ जो अम्मा ज़िन्दगी की चट्टानों से टकराकर भी चूर-चूर नहीं हुई वह डॉक्टर की एक ग़लती से चल बसी। क्या हो सकता है ऐसा? उफ़ एक मौत 'ऐसा हुआ होगा' की धुन्ध में दबकर रह गई। किसी को ठीक से पता तक नहीं कि सही में हुआ क्या था अम्मा के साथ।

और अब वह चाहे तो भी कैसे लगाए पता? कल्पना में दिखने लगी चिता पर लेटी हुई अम्मा! जिसे देख ख़ुद उसकी कनपटी के नीचे आग सुलगने लगी। उफ़ अम्मा को कन्धा और चिता को आग तक नहीं दे सका वह। गहरी सिसकियाँ भरता वह अचानक फट पड़ा—क्यों हुआ ऐसा? उफ़! मेरी अम्मा को स्वाभाविक मौत भी नसीब नहीं हुई। जीवन कितना सस्ता है यहाँ। वे मरीं कि डॉक्टर पूछना भूल गया कि शुगर टेस्ट के कितना पहले उन्होंने क्या खाया या पिया था। उफ़ कितनी बड़ी लापरवाही! यह देश है या लापरवाहियों का बंडल! जीवन का कोई मोल नहीं है यहाँ!

चाय का प्याला लिये खड़े हैं मामा—"अपने को सँभालो गोलू।"

देर रात तक अपने पश्चात्ताप के आँसुओं से धरती को भिगोता रहा वह, ख़ुद को कचोटकर खा जानेवाले तीखे दर्द में रेत पर पड़ी मछली-सा छटपटाता रहा। कई बार जिया और कई बार मरा वह। अन्त में मामू ने उसे नींद की गोली देकर सुला दिया।

13

रात-भर भटकता हूँ, नक्षत्रों की दुनिया में
सुबह होते होते लौट आता हूँ, अपने भूलोक में

करवट-करवट रात! प्रश्नचिह्न बनी ज़िन्दगी!

गहराती रात के साथ हर रात गहराता दुख।

दूसरी रात की भी यही कहानी...तीसरी रात की भी...आनेवाली कई रातों की। कभी बाल नोचे, कभी दीवारों से भिड़ा। कभी गला फाड़ चिल्लाया। पर भीतर का आवेग न थमना था, न थमा। ओंठ गर्म हवा छोड़ते रहे। कभी बेचैनी तो कभी अपराधबोध, रह-रहकर टूट पड़ते उस पर। रह-रहकर भीतर से उठती एक ही आवाज़—यह मैंने ठीक नहीं किया।

मामू आए, उसकी रोने की आवाज़ सुनकर तो मामू से लगकर फिर बिसूरने लगा वह—"क्या जीवन दे सकता था मैं अम्मा को पर क्या जीवन जिया उन्होंने।

जिसकी अम्मा को दुनिया के सारे आसमान छू लेने चाहिए थे, उसे ढंग का डॉक्टर तक नसीब नहीं हुआ...उफ़ किसान परिवार में जन्मी अम्मा भी किसान हो गई थी। अपने मिज़ाज से तो यूँ भी किसान ही थी। किसान सरकारी लापरवाही से मर रहे हैं, अम्मा डॉक्टर की लापरवाही से मर गई। वे जीवन दे देते हैं हमारे लिए अन्न उगाने में पर हम हैं कि अपनी सोच का कतरा तक नहीं देते उन्हें। अम्मा ने जीवन लगा दिया मुझे बनाने में और मैं? मौसम की तरह बदल गया और किसान की तरह बर्बाद कर डाला अम्मा को।"

माथे पर हाथ फेरते रहे मामू। उसकी आँखें थोड़ी झपकीं तो उठकर चले गए दिन-भर के थके मामू। नींद और जागरण के झुटपुटे के बीच सिरहाने फिर बैठ गई अम्मा। अलग-अलग झरोखों से दिखने लगी अम्मा! देख रहा है कि अम्मा के प्राण निकल रहे हैं उनकी देह से, पर निकल नहीं पा रहे हैं, प्राण अटके जो हैं उसमें। बेचैनी बढ़ने लगती है तो उठकर फिर टहलने लगता है। टहलते-टहलते थक जाता है तो फिर आकर बैठ जाता है और सुनता रहता है अम्मा को। कई बार अम्मा को सुनते-सुनते शहर को सुनने लगता है तो कई बार अतीत को। ऊपर से साबुत दिखता है लेकिन अन्दर ही अन्दर जाने कितने टुकड़ों में बंट गया है वह। एक टुकड़ा दूर बचपन में अम्मा-पापा के पास, तो एक टुकड़ा मुम्बई में, तो एक टुकड़ा बाजल में नैंसी के पास, एक टुकड़ा स्नेहा के पास तो कोई एक टुकड़ा सुदूर अतीत में स्कूल के दोस्तों के साथ। एक बार जाने किस बात पर नैंसी ने हँसते हुए कहा था—तुम्हें अम्मा के कीड़े ने काट खाया है, रहते यहाँ हो, जीते वहाँ हो। तो क्या इतने साल वह नैंसी को यही सिद्ध करने के लिए कि उसे अम्मा के कीड़े ने नहीं काटा है, अवचेतन रूप से सफलता की निरर्थक सीढ़ियाँ चढ़ता रहा, उतरना और लौटना टालता रहा? या उसके अवचेतन में यह डर समाया हुआ था कि स्विट्ज़रलैंड जैसे देश के घरों में जहाँ अमूमन माँ नहीं रहती हैं, उसकी न सोहिनी, न मोहिनी बल्कि थोड़ी-सी गँवार, अस्त-व्यस्त और बिखरे वालों वाली अम्मा कहीं वहाँ की शान-शौक़त और भव्यता से सामंजस्य न बिठा पाए और उसकी भद्द पिट जाए तो? क्या यही 'तो' बन गया मातृ प्रेम में ऑक्सीजन की कमी का कारण?

काश! इस 'तो' को उगने ही नहीं दिया होता उसने।

सूने मन में भूत की तरह उठ रहे हैं विचार। आज जो हो रहा है अम्मा उसकी आधारशिला तो बीस वर्ष पूर्व ही रख दी थी मैंने। अपनी माटी पर चलता तो खड़ा भी रहता, संगमरमर पर दौड़ा तो फिसलना तो था ही। एक बार बचपन में घड़ी

को घंटा भर पीछे कर चकमा दिया था मैंने, आज तुमने घड़ी पीछे कर चकमा दे दिया मुझे। हिसाब बराबर कर दिया। कहीं तो कुछ रखा होता मेरे लिए! ओह अम्मा! मैं तुम्हें तो क्या ख़ुद तक को न समझ पाया। ज़िन्दगी हम दोनों ने जीयी, अपने-अपने ढंग से। फ़र्क़ महज़ इतना कि मैं सूखे बादलों सा विदेशी आसमान में ही उमड़ता-घुमड़ता और भटकता रहा, न बरस पाया और न ही किसी को छांव ही दे पाया। तुम भरे बादलों-सी अपनी ही धरती पर बरसीं भी और छाँव भी दे पाईं।

घड़ी भर के लिए आँख लगती उसकी कि दुःस्वप्न से नींद खुल जाती। कभी लगता शरीर में आग लग गई है, चीखना चाहे तो आवाज़ ही न निकले मुँह से। कभी लगता कोई नल खुला रह गया है, टपक रहा है टप-टप। इधर-उधर नज़र घुमाता पर कुछ नज़र न आता। फिर सोने की चेष्टा करता कि कनपटी की नस तड़कने लगती, फिर शुरू हो जाती नींद और जाग के बीच टहलती बेचैनी की लहर—आज़ाद हवा में तो साँस तुम्हीं ले पाईं अम्मा, मैं तो झूठमूठ की आज़ादी, धन और समृद्धि की जकड़बन्दी में क़ैद रहा। जीवन-भर दो दुनिया में बंटा रहा—एक वह दुनिया जो मेरे घर में थी और एक वह जो मेरे मन में थी। उफ़ जिसे सुख समझ रहा था मैं, आनेवाला कितना दुख भरा था उस सुख में।

फिर पलटी अम्मा की डायरी। मिली एक कहानी—काश अम्मा ने संकेत में कहानी न लिखकर उसे कहानी का मर्म समझा दिया होता तो क्या वह नहीं समझता अम्मा का आशय? शायद नहीं समझता क्योंकि बिना गड्ढे में गिरे, गिरना कहाँ समझ में आता है?

अम्मा की कहानी इस प्रकार थी—नीले आसमान में बहुत ऊँचाई पर उड़ता एक पाखी। एक दिन सुना उसने—ज़मीन पर चलता गाड़ीवान चिल्ला रहा था—दो दीमक लो एक पंख दो। दीमक सिर्फ़ ज़मीन पर ही मिलती थी, कभी-कभी ज़मीन के सहारे लगे पेड़ों पर भी मिल जाती थी। युवा पाखी को लगा—वाह कितनी बड़ी सुविधा है। वह ऊँचाई से उतरा और उसने अपने दो पंख तोड़कर दीमक ख़रीद ली। दीमक उसे बेहद स्वादिष्ट लगी। अब वह रोज़ गाड़ीवान को पंख दे-देकर दीमक ख़रीदने लगा। युवा पाखी के पिता ने उसे चेताया भी—दीमक हमारा स्वाभाविक आहार नहीं और इसके लिए पंख देना तो हरगिज़ ठीक नहीं। लेकिन पक्षी को लत लग चुकी थी। अब उसे न दूसरे कीड़े भाते और न ही अनाज के कण। अब उड़ान के दौरान वह जल्दी ही हाँफ जाता और किसी टहनी या चट्टान पर बैठ जाता। पर उसका दीमक खाने का शौक़ कम नहीं हुआ। फिर उसने सोचा—आसमान में

उड़ना ही फ़ज़ूल है। अब वह आसमान में उड़ ही नहीं सकता था। अब वह सिर्फ़ फुदक-फुदककर चलता। और फुदकते-फुदकते ही उसने ढेर सारी दीमकें इकट्ठी कर लीं। एक दिन उसे फिर वही गाड़ीवाला दिखा। उसने गाड़ीवाले से कहा—ये दीमक ले लो और मुझे मेरे सारे पंख लौटा दो। गाड़ीवान मुस्कुराया—मैं पंख के बदले दीमक लेता हूँ, दीमक के बदले पंख नहीं देता। पक्षी छटपटाकर रह गया। एक दिन एक काली बिल्ली आई और उसे मुँह में दबाकर चली गई।

कहानी पढ़ वह सोचने लगा। क्यों लिखी अम्मा ने अपनी डायरी में यह कहानी? क्या अम्मा को विश्वास था कि मैं पढ़ूंगा यह डायरी? इसीलिए ज़िन्दगी के सवालों और निष्कर्षों को कहानी में पिरोकर रख दिया। एक-एक कर मैं भी तो उसी पाखी के समान अपने सारे पंखों को दे रहा हूँ। सिर्फ़ इसलिए कि दीमक रूपी ऐश कर सकूँ। अपने ढेरों पंख मैंने दे दिए—अपना घर, परिवार, दोस्त, देश, समुद्र, युवा मन की उठती पहली भाव तरंग, मातृभाषा, परम्परा, तीज-त्योहार, खानपान, हास विलास, सामाजिकता, सामूहिकता और सबसे बड़ा पंख अपनी माँ ही दे डाली और मिला क्या...दीमक के रूप में चन्द सिक्के। देश बड़े लोगों ने भी छोड़े पर बड़े सरोकारों के लिए।

आनेवाले कितने दिनों तक वह सिर्फ़ इस कहानी के बारे में ही सोचता रहा। मन-ही-मन कहता रहा—अब और पंख नहीं दूँगा अम्मा, दीमक के बदले। उसकी पीड़ा कहानी ने और बढ़ा दी थी। वह अपने भीतर कुढ़ता जा रहा था। सबसे कटता जा रहा था। ख़ुद से, अपने आस-पास से, दीन दुनिया से। और यदि अब भी कुछ न किया गया तो मामला ख़तरनाक हो सकता है। समझ रहे थे मामा इसलिए हर पल छाया की तरह उसे घेरे हुए रहते थे।

बस एक ही ग्लानि—यह क्या कर डाला मैंने? पेशेवर जीवन में इतना डूब गया कि अच्छा अफसर बनकर ही संतुष्ट हो गया, अच्छा इनसान तो क्या अच्छा बेटा तक न बन सका, माँ तक की सुध नहीं ली? ऐसा भी कोई करता है क्या? कौन सा सुख पा लिया? सारी दुनिया दिखी बस तुम ही नहीं दिखीं अम्मा और इसीलिए शायद आज सिर्फ़ और सिर्फ़ तुम ही दिख रही हो।

एक मारिया है और एक वह!

रात में सो नहीं पाता वह। उदासी जैसे कमरे की हवा में घुलमिल कर साँस के ज़रिये उसके भीतर उतर जाती। दम घुटने लगता उसका। किसी प्रकार दिन होता

तो बाहर निकल पड़ता। दिल और दिमाग़ पर हर पल दस्तक और मूक उलाहना देती अम्मा मर कर कितनी ज़िन्दा हो गई थी!

सब कुछ किया उसने—बदन को ढीला छोड़ा, गहरी-गहरी साँस ली, पेड़ों से लिपटा, लहरों से लिपटा, तारों की छाँव में बैठा, चिड़ियों की चहचहाहट को, झरनों को, हवाओं और पत्तों की सरसराहट को सुना पर मन शान्त न हुआ। काश! सौन्दर्य में वह शक्ति होती जो पीड़ा से मुक्ति दे पाती उसे। फिर आई ध्यान और योग की बारी पर उससे भी मन शान्त न हुआ। वह कविता की शरण में भी गया। उसने सुन रखा था कि अमेरिका में 9/11 के बाद लोग अवसाद और आतंक के डर से उबरने के लिए कविता सुनते थे, लेकिन हासिल रहा वही निल बटे सन्नाटा। हर जगह उदासी की महीन परत बिछी हुई थी।

एक उदास शाम टहनी से टूटते पत्ते को देख वह रो उठा—मैं भी तुम्हारी टहनी का टूटा पत्ता था अम्मा, हवाओं के इशारों पर उड़नेवाला। न जड़ मिली न ज़मीन। बस भटकता रहा।

उसी शाम उसने हवाओं से गुज़ारिश की—हवाओ मेरी बात मेरी अम्मा तक पहुँचा दो प्लीज। कह दो उससे कि मैंने अपना गुनाह कबूल कर लिया। तुम मेरे लिए राह बनाती गईं और मैं तुम्हें अकेला करता गया। तुमने मुझे चाहा पर मुझसे कुछ नहीं चाहा। उफ़! इस दुनिया से जाते वक़्त क्या सोचा होगा तुमने मेरे लिए? इसी का दंड मिल रहा है अम्मा। मुझे आज मुझसे ही छीन लिया गया है। यह भी कितना विचित्र अम्मा कि जब जीवित थीं तुम तो शायद मैंने अपनी ज़िन्दगी में तुम्हें इंच भर जगह नहीं दी और आज मरकर तुमने मेरी ज़िन्दगी की सारी जगह घेर ली है।

रेत-रेत मन!

समय का बोध मिट चुका है। जीवन एक शून्य सा लगता है उसे। सब दिन एक जैसे, रातें सब एक जैसी काली। अपने खोल में ही बन्द पोटली सी पड़ी रहती है उसकी काया और सोचती रहती है—क्या है जीवन? क्या है आनन्द? क्या है सुख? दबे-दबे आँसू निकलते रहते बीच-बीच में। कोई ईश्वर, कोई नींद की गोली, कोई गीता, कोई बोधिवृक्ष, कोई प्रवचन लौटा नहीं पाया उसकी रूठी नींद। उसकी शान्ति। कन्याकुमारी के त्रिवेणी संगम स्थल पर डूबते सूर्य की रक्ताभ आभा में जिस ईश्वर की प्रतीति उसकी आत्मा को हुई थी वह ईश्वर अब सन्देह के घेरे में आ गया था। रह-रहकर एक ही जानलेवा अफ़सोस—काश इन बीस सालों में एक दिन ही

बिता पाता अम्मा के साथ तो ख़ुद से उतनी शिकायत नहीं रहती। रह-रहकर आता ख़याल—कैसे मौत हुई होगी अम्मा की? अन्तिम समय तक राह देख रही होगी मेरी। हिश! क्या कर डाला मैंने। भविष्य लेने गया था उस देश में और ज़िन्दगी दे डाली मैंने! अपने से लड़ते-लड़ते जब थक गया तो आधी रात में कमरे से बाहर निकला—मेघों से ढके आसमान में एक भी तारा नज़र नहीं आया उसे। ऐसे में शोक और संताप में लिपटे अपने हृदय की सारी व्याकुलता, सारी उदासी, ग्लानि को उँड़ेल दिया उसने नैंसी पर ई-मेल द्वारा—

प्यारी नैंसी,

जब तक निकट नहीं आओ जीवन के, समझ में कहाँ आता है जीवन। जब तक टीस नहीं देते रिश्ते, रिश्तों की गहराइयों का पता कहाँ चल पाता है। ख़ुद मुझे भी कहाँ इल्म था कि कितनी गहराई से जुड़ा था मैं अम्मा से। तुम शायद मेरे दुख, अपराधबोध, पश्चात्ताप और ग्लानि को नहीं समझ पाओगी। इस दुनिया की करेंसी अलग है। तुमने लिखा यह कोई इतनी बड़ी बात नहीं। एक बार हमारी शादी के क़रीब चार साल बाद तुमने कहा था—थिंक रेशनली नॉट इमोशनली... तुम्हारी अम्मा अपने लिए कोई पार्टनर ढूँढ़ क्यों नहीं लेती? काश ऐसा हो पाता! उस समय तो मैं तुमको कुछ भी जवाब देने की स्थिति में नहीं था शायद मैं अपनी माँ के लिए उस प्रकार सोच ही नहीं सकता था, जिस प्रकार तुम लोग अपने पेरेंट्स के लिए सोच पाते हो।

तुम लोगों की संस्कृति की तासीर ही कुछ ऐसी है कि तुम लोग अपने माँ-बाप को ओल्ड एज होम में भेजने से भी परहेज नहीं करते। ख़ुद तुमने भी तो अपनी माँ को अपने सौतेले पिता की मौत के बाद अपने घर न लाकर ओल्ड एज होम में भेज दिया था क्योंकि तुम्हें डर था कि तुम्हारी माँ रहेगी तो न केवल तुम्हारी प्राइवेसी डिस्टर्ब होगी वरन् तुम्हारा हाफ ब्रदर (माँ और माँ के दूसरे पति से पैदा सन्तान) कहीं गाहेबगाहे तुम्हारे घर आना न शुरू कर दे। तुम्हारे अस्सी वर्षीय पिता तुम्हारी माँ से तलाक़ के बाद एकदम अकेले रह रहे हैं और तुम्हारे लिए यह एकदम परेशानी की बात नहीं है। इसीलिए तुम्हारे यहाँ मेरे जैसा पुत्र होना इतना बड़ा गुनाह नहीं पर यहाँ भारत में...

मेरे जैसा पुत्र धिक्कार का पात्र है। यहाँ बुरा से बुरा पुत्र भी उतना बुरा नहीं होता कि बीस साल तक माँ का मुँह ही न देखे। मेरी माँ को समझने के लिए तुम्हें सबसे पहले हिन्दुस्तानी औरत के मिज़ाज को समझना होगा।

वहाँ की भोग केन्द्रित संस्कृति में रहकर तुम हिन्दुस्तानी औरत के मन मिज़ाज को नहीं पकड़ पाओगी। एक आम हिन्दुस्तानी औरत के सर पर सामाजिक, धार्मिक मान्यताओं, परम्पराओं, मिथकों, पौराणिक पात्रों एवं अपने तथाकथित भव्य अतीत की महान नारियों की महानता का बोझ लदा रहता है। इसलिए उनकी तासीर ही कुछ ऐसी होती है कि उनके लिए घर-परिवार, नैतिकता, मर्यादा और त्याग ही सब कुछ होता है। परिवार ही में ही उनका पूरा संसार समाया रहता है। वह घर-परिवार के लिए ही जीती है, सारे सुख के स्रोत उसके परिवार से ही फूटते हैं और यदि किसी कारण से घर-परिवार की डोर छूट जाए या परिवार से उजड़ जाए तो मन से भी उजड़ जाती है वह। युवा देह में भी मन में संन्यास लिये घूमती है। इसलिए जीवन और रंगीनियों की ओर वापस लौटने की बजाय उसकी जीवन धारा धर्म और आध्यात्म की ओर मुड़ जाती है।

याद हैं तुम्हें, अपनी सहेलियाँ—बाँस-सी लम्बी रायला, मीठा-मीठा बोलनेवाली स्टेनले, हरी मिर्च-सी तीखी मोनिका और चुप रहनेवाली सेंद्री, जिनमें से मोनिका और रायला तो 18 वर्ष की उम्र में ही कुँवारी माँ बन गई थीं। 45 साल तक आते-आते एक आम यूरोपियन औरत वासनाओं के खौलते समुद्र से टकराते, प्रेम में ओवर टाइम करते, आशिकों को जमा करते, टूटते, बचते, बिखरते कई-कई पुरुष मित्रों-पतियों से गुज़रते-गुज़रते अपना तन-मन दोनों उजाड़ चुकी होती है। अधिकांश औरतें नए पति और पुराने अवसाद के साथ जीने लगती हैं। बच्चे होते भी हैं तो माँ के घोंसलों को उजाड़कर अपना अलग नीड़ बना लेते हैं। याद है मेरे इस विश्लेषण पर फ़्लोरा ने आँखें मारते हुए कहा था हम पेट नहीं, पेट के नीचे की समस्या से जूझ रहे हैं और जब झील सी फैली उसकी हलकी नीली आँखों में झाँकते हुए मैंने पूछा—18 वर्ष की उम्र में ही आप अविवाहित माँ बन गई थीं, क्या

आपके समाज में इस वजह से आप पर उँगली उठी? तो याद है एक लम्बी साँस खींचते हुए घायल आवाज़ में क्या कहा था उसने? मुझे अच्छी तरह याद है। उसने कहा था—नहीं, मुझ पर किसी ने उँगली नहीं उठाई, क्योंकि मैं सिर्फ़ एक बार ही अविवाहित माँ बनी, यदि मैं बार-बार अविवाहित माँ बनती तो शायद मुझ पर भी उँगली उठती। क्या मतलब? मेरे मिज़ाज के पल्ले कुछ पड़ा नहीं इसलिए आख़िर मैंने पूछ ही डाला—आपके यहाँ किसे कहते हैं बुरी औरत? अपनी हीरे-नीलम से जड़ी अँगूठियों से खेलते हुए कहा उसने—देखिए मेरी एक सहेली है, उसके पाँच बच्चे है। पाँचों बच्चों के पापा अलग-अलग हैं। हमारे यहाँ उसे कहते हैं बुरी औरत।

तो ये कुछ पत्ते हैं जो यूरोप के वृक्ष का भान देते हैं।

जबकि मेरी माँ एक आम हिन्दुस्तानी पत्ता है, वह बस आम हिन्दुस्तानी औरत से इन अर्थों में थोड़ी अलग थी कि उसने अपनी जीवन-धारा को जनसेवा से जोड़ दिया। उसने जीवन की सार्थकता धर्म में नहीं कर्म में खोजी।

इसीलिए शायद आज 21वीं सदी में भी हमारे यहाँ वासनाओं में उबलतीं, भोग और मौज करतीं, जीवन की पुकार का जवाब देतीं माएँ तुम्हें सिवाय महानगरों के (और वे भी नगण्य) और कहीं नहीं मिलेंगी और जो होती भी हैं वे भी परिवार के चित्त से उतर जाती हैं। उधर अतिवाद है भोग का तो इधर मर्यादा, धर्म और त्याग का।

ताज्जुब करोगी माँ की मौत ने मुझे किस क़दर भारत की आत्मा का खोजी बना दिया है।

तुम नहीं समझ पाओगी कि हमारे यहाँ माँ-बेटे का रिश्ता क्या होता है। हमारे यहाँ माँ-बाप सन्तानों के लिए ही जीते हैं और मरते हैं और सन्तानें ही उनके लिए मक्का मदीना होती हैं। नहीं, मैं तुम्हें दोष नहीं दे रहा, यह दो संस्कृतियों का अन्तर है। तुम्हारे यहाँ अठारह साल के होते ही माँ-बाप स्वयं आगे बढ़कर बच्चों को प्रोत्साहित करते हैं कि वे अपना बसेरा अलग बना लें। तुम्हारे यहाँ बच्चों को आगे बढ़ाना, उन्हें शिक्षा देना सरकार की ज़िम्मेदारी होती है इसलिए माँ-बाप को कुछ भी सैक्रिफाइस नहीं करना पड़ता है, जबकि हमारे यहाँ माँ-बाप

ताउम्र बच्चों के लिए जीते-मरते हैं। अपने जीवन की सारी संचित पूँजी तक वे अपनी सन्तानों की पढ़ाई-लिखाई और उनके शादी-ब्याह के अवसर पर ख़त्म कर देते हैं। मेरी अम्मा ने अपनी सारी सुख-सुविधा को दाँव पर लगाकर मुझे आगे बढ़ाया, कभी न अच्छा खाया, न पहना, एक-एक पैसे को बचा-बचाकर मेरी स्कूल की फीस भरती रही। लेकिन मैं माँ की तरह अभावों में जीना नहीं चाहता था इसलिए जैसे ही मुझे बाजल का ऑफ़र मिला मैं ख़ुशी से झूम उठा। माँ मेरी ख़ुशी में बाधा नहीं डालना चाहती थी इसलिए भारी मन से ही सही मुझे जाने में सहायता की। मुझे बाजल भेजने के लिए जाने कितना उधार लिया, मुझे इसकी भी पूरी जानकारी नहीं थी। मैं तो बस किसी भी क़ीमत पर यहाँ से उड़ना चाहता था।

सोचो नैंसी, भारत की हर माँ की आख़िरी तमन्ना होती है—पुत्रवधू और उसकी सन्तान को देखकर इस संसार से विदा लेने की। मैं ऐसा अभागा कि माँ को यह सामान्य सुख तक नहीं दे सका। और उस पर माँ ने कभी शिकायत का एक लफ़्ज़ तक नहीं निकाला। न कभी अपने दुखों को आवाज़ दी। बीस वर्षों में बीमार भी रही होंगी, अकेलेपन ने उन्हें डराया भी होगा, घुटन भी दी होगी, आर्थिक परेशानियाँ भी रही होंगी। कई बार उन्हें किसी सहारे की ज़रूरत हुई होगी पर कभी अपने पत्रों तक में उन्होंने अपने दुखों का रोना नहीं रोया। सोच कर सिहर जाता हूँ कि अपना अन्तिम समय उन्होंने कैसे गुज़ारा होगा। अस्पताल के बिस्तर में अकेली पड़ी माँ ने जाने कितने आँसू मेरे लिए बहाए होंगे। कितना तड़पी होंगी मेरे लिए। अकेले डॉक्टरों का सामना करने में भीतर-ही-भीतर कितनी डरी होंगी। कौन उनके लिए दवाइयाँ लाया होगा? बीमारी में कोई एक कप चाय पिलानेवाला भी नहीं था। आशंका से धड़कते दिल को कैसे समझाया होगा उन्होंने? साँस लेने में तकलीफ़ हुई होगी तो किसने छाती मसली होगी, सिर को सहलाया होगा। कोई कन्धा नहीं था उनके पास जिस पर सर टिका कर घड़ी भर रो लेतीं वे, कोई हथेलियाँ नहीं थीं जो उनके आँसू पोंछती...उफ़ जीने और भोगने में रमा मेरा मन यह सब कभी सोच ही न पाया। आज यह सब सोच-सोचकर मेरे दिमाग़ की

नसें जैसे फट रही हैं। सच, अमीरी के एवज में जो भी मिलता है, हमेशा के लिए ठहरता नहीं वह अंजुली में।

दुख तो पहले भी बहुत देखे। पिता की मौत पर भी मैं बहुत बिलखा था पर यह दुख तो जैसे मेरी आत्मा से ही चिपक गया है। इस दुख ने मेरे सारे छिलके उतार मुझे मेरे सामने लाकर खड़ा कर दिया है कि देखो, यह हो तुम। बचपन में टॉलस्टॉय की एक कहानी पढ़ी थी 'दो गज ज़मीन' आज वही कहानी मेरी कहानी बन गई है। कहानी में एक किसान एक रेस में भाग लेता है। रेस की शर्त यह है कि सूर्यास्त के पूर्व तक दौड़कर जितनी ज़मीन वह नाप लेगा उतनी ज़मीन उसकी हो जाएगी, बस शर्त यह है कि सूर्यास्त के पूर्व उसे उस स्थान को छू लेना होगा जहाँ से आरम्भ की थी उसने रेस। किसान दिन-भर दौड़-दौड़कर दुनिया भर की ज़मीन नाप लेता है, दौड़ते-दौड़ते उसे ध्यान ही नहीं आता कि उसे लौटना भी है और जब ध्यान आता है तो वह पूरे दमखम और पूरी ताक़त के साथ दौड़ता है और शुरुआती बिन्दु को छू भर पाता है कि मर जाता है। इतनी ज़मीन उसने रेस में जीती पर उसके काम आती है सिर्फ़ दो गज ज़मीन उसे दफ़नाने के लिए। मेरी भी यही विडम्बना, फ़र्क़ महज इतना कि मैं नहीं मरा, मेरी आत्मा मर गई।

मैंने अम्मा की अन्तिम विदाई की तस्वीर देखी थी, उनकी आँखें खुली हुई थीं। बीस वर्षों का इन्तज़ार भरा था उन आँखों में। उस तस्वीर की याद से ही सिहर उठता हूँ। अपने भीतर के हाहाकार को, अपराधबोध को तुम्हें कैसे समझाऊँ नैंसी? शायद मैंने ईमानदारी से कभी चाहा ही नहीं था कि कर्तव्य मार्ग पर चलूँ, सुख-समृद्धि की चाहत में जो अनसुना किया मैंने अपने हृदय और आत्मा को, उसी की तार्किक परिणति है यह कि वही बन गया जो बनना चाहा था, इसीलिए आज ख़ुद को ही झेल पाना दुश्वार हो रहा है। कल रात वो हूक उठी कि नींद उचट गई, सुबह होते न होते पास के गुरुद्वारा पहुँच गया, वहाँ किसी गुरु ने कहा, अँधेरी रात में दीप जला और उसकी लौ पर ध्यान एकाग्र कर, मन को शन्ति मिलेगी। आज यह भी कर के देख लूँगा।

62 साल! क्या उम्र होती है जाने की? अम्मा की डायरी में एक जगह लिखा है—मैं एक बार एक एक्टिविस्ट से मिलने गई थी, मैंने देखा उसके दरवाज़े पर ये पंक्तियाँ लिखी हुई थीं, 'माना इस ज़मीं को न गुलज़ार कर सके/कुछ ख़ार तो कम कर गए गुज़रे जिधर से हम।' बस मेरी धुंध छँट गई।

सोचो, यह थी मेरी अम्मा।

मैं समझ नहीं पाया और पाखी उड़ गया सागर के उस पार!

अम्मा ने मेरे शुरुआती जीवन के जाने कितने सपने अपने साथ साझा किए थे। काश! अम्मा का एक भी सपना घड़ी भर के लिए भी साझा कर पाता मैं।

नहीं तुम्हारा कोई दोष नहीं। ग़लती मेरी ही है। मैं ही समझ नहीं पाया अपनी अम्मा को। बड़े हल्के से लिया मैंने अम्मा को जिसने कभी भी अपने आँसुओं का भार मुझ पर नहीं डाला। आज रह-रहकर याद आ रहा है। एक बार मुझे अम्मा की आवाज़ थोड़ी बीमार सी लगी, मैंने पूछा, तुम ठीक हो? अम्मा ने जवाब दिया—आज बाबरी मस्जिद गिरा दी गई है, क्या मुँह दिखाऊँगी अपनी बचपन की सहेली रुकसाना को? एक बार फ़ोन पर वह लगातार छींक रही थी। मेरे पूछने पर कहा—अरे मुला (बेटा) पोखरन में अणु परीक्षण हुआ है उसी का ही प्रभाव है। ऐसे ही एक बार अम्मा की आवाज़ एकदम मरी हुई आ रही थी, मैंने पूछा तो बोली—अभी-अभी टीवी पर कारगिल के शहीदों को देखा इसलिए मन ख़राब है। ऐसी जानें कितनी बातें याद आ रही हैं मुझे जहाँ अम्मा ने मुझे अपने दुखों के भीतर झाँकने तक नहीं दिया। यादों के ये दंश मुझे जीने नहीं दे रहे।

अम्मा की डायरी और अस्थि कलश थमाते हुए मामू ने मुझे बताया—हमारे शास्त्रों में तीन ऋणों का विधान है—देव ऋण, ऋषि ऋण, और पितृ ऋण और यह माना जाता है कि जब तक हम इन तीनों ऋणों को चुका नहीं देते, हमारी मुक्ति सम्भव नहीं। लौटाने की यह भावना हमें इस घातक और आत्मकेन्द्रित सोच से दूर रखती है कि यह जीवन मेरा और सिर्फ़ मेरा है। तीन ऋणों की तो छोड़ो मैं तो मातृऋण को ही नहीं चुका पाया नैंसी।

तुम अन्दाज़ा भी नहीं लगा पाओगी कि अम्मा से न मिल पाने की कसक किस तरह कील की तरह मेरे सीने में गड़ी हुई है, जब तक नहीं निकलेगी यह कील, मैं ज़िन्दगी का साथ नहीं निभा पाऊँगा। तुम्हारे पास लौटकर भी न लौट पाऊँगा। रह-रहकर एक ही अपराधबोध—मैंने अम्मा के भरोसे को किनारे रख दिया था इसीलिए अम्मा ने मुझसे किनारा कर लिया। उफ़! कितना बदनसीब कि अम्मा की चिता को आग तक न दे पाया, राख होते तक नहीं देख पाया। ज़िन्दगी को रंग देकर उसका पाठ पढ़ाकर अम्मा तो गुज़र गई पर मैं इस अन्तहीन बेरंग और नीरस जीवन को कैसे जी पाऊँगा, नहीं जानता। एक इनसान के रूप में मैंने अपना आत्मविश्वास खो दिया है। फ़िलहाल मैंने वापस लौटना स्थगित कर दिया है। कैसे निकलेगी यह कील, नहीं पता। कब लौट पाऊँगा, अभी नहीं कह सकता। बस इतना कह सकता हूँ कि इस देश की माटी में ही है इतना दम कि मेरी ज़ख़्मी आत्मा की मरहम-पट्टी कर सके! घनघोर पीड़ा के इन क्षणों से मुझे मुक्ति दिला सके!

तुमने बताया मुझे स्विट्ज़रलैंड की नागरिकता मिलनेवाली है। सच कहूँ नैंसी तो आज मन में कोई ललक नहीं बची उस नागरिकता के लिए जिसके लिए लालायित था मैं कभी। जिसे माँ की माटी तक नसीब नहीं हुई, जिसे अपना मन ही स्वीकार नहीं कर पा रहा क्या करेगा वह स्विट्ज़रलैंड की नागरिकता लेकर? पहले अपने मन की तो नागरिकता मिले! बस इतना समझ लो प्यारी नैंसी कि दो बूँद आँसू मेरी आँखों की कोर में अटके पड़े हैं जब तक वे बह नहीं जाते, जब तक मनुष्य बन पाने की मेरी तैयारी पूरी नहीं हो जाती, मैं नहीं आ पाऊँगा। अभी तो लगता है कि शायद अब कभी हँस भी न पाऊँ, यदि हँस दिया तो अपराधबोध गला दबोच लेगा मेरा।

अन्त में, तुमने सुझाव दिया कि जब मुझे यहाँ कुछ महीने रहना ही है तो मैं अपने लिए मच्छर, मक्खियों, कीड़ों और धूल भरे इस गाँव में अपने लिए ट्रेलर वैन की व्यवस्था कर लूँ। अपने लिए तुम्हारी चिन्ता समझ सकता हूँ। पर सोचो नैंसी, जिसकी माँ को ढंग की चिकित्सा भी नसीब न हुई हो, वह अपने लिए ट्रेलर वैन रखे? मुक्ति

अकेले की सम्भव नहीं, समय के इस कीचड़ से चाहूँ तो भी अपने को नहीं बचा सकता मैं।

स्नेहा को प्यार,

—तुम्हारा अविनाश

14

ज्वालामुखियों से धधकते उन दिनों, मनका-मनका बिखर चुके अविनाश ने सात दिन बाद धूप स्नान करते हुए मामू से कहा आख़िरकार—"मामू मुझे आप अपने गाँव ले चलिए, यहाँ मैं रह नहीं पाऊँगा। यहाँ तो आँखें चाहे खुली हों या बन्द, चप्पे-चप्पे पर अम्मा का चेहरा टँगा हुआ दिखता है मुझे, कभी ग़मगीन तो कभी मुस्कुराता हुआ। समुद्र किनारे बैठता हूँ तो लहरों की तरह तड़पती अम्मा दिखाई देती है। आसमान की ओर ताक़ता हूँ तो मुक्त चिड़िया की तरह उड़ती अम्मा दिख जाती है। धरती की ओर देखता हूँ तो पालक काटती अम्मा दिख पड़ती है। यहाँ की तो हवाएँ तक जैसे अम्मा को पहचानती हैं और मुझे हर पल लानत भेजती हैं।

"चिन्ता नका करू बाड़ा (चिन्ता मत करो बेटा), अपने घर चले जाओ तुम। कुछ दिनों में ही सामान्य हो जाओगे।" अँगुलियाँ चटकाते हुए कहा मामू ने।

"घर? घर तो मेरे लिए कभी बना ही नहीं मामू। यहाँ भी हर जगह बाहर का हूँ, वहाँ भी बाहर का ही था। कभी लगा ही नहीं कि घर में घुसा हूँ, अब जब बाहर ही रहना है तो कम-से-कम बाहर का चुनाव तो अपनी पसन्द का करूँ।"

"चुनाव तो तुम कर ही चुके हो बेटा, अब इस प्रकार सोचने से क्या फ़ायदा? एक बार लौट जाओ, धीरे-धीरे सब सामान्य हो जाएगा।"

"कैसे हो पाऊँगा मैं सामान्य मामू। हालत यह है कि पहले मैं भूली हुई घटनाओं को याद करने की कोशिश करता था आज यादों से डर लगता है। आज कोई घटना याद भी आती है तो उसे भुलाने की कोशिश में रहता हूँ। शायद आपके साथ रहकर नॉर्मल हो पाऊँ मामू?"...गहरी उदासी से निकले शब्द अविनाश के।

"बेटा! तुम मेरे गाँव में रह नहीं पाओगे। तुम उस जीवन के अभ्यस्त नहीं। वैसे तुम्हारे लायक सुविधा तो यहाँ भी नहीं है, लेकिन वहाँ का जीवन? वहाँ अभी

तक लोग बिच्छू के काटने से मर जाते हैं। अभी तक गर्मी में लू लगने से मर जाते हैं। खेत-खलिहान, उड़ती धूल, रिसते छज्जर, काँदो-कीचड़, फिसलन, आठ-आठ घंटे तक बिजली नदारद। अभी तो मौसम सही है पर वहाँ की गर्मी दिमाग़ के अन्दर धँस जाती है। मैं तो यहीं का हूँ पर अभी तक गर्मी में बाहर निकलते ही गर्म हवा के झकोरे झुलसा देते हैं, आँख के आगे अँधेरा छा जाता है जबकि मैं गीला तौलिया सर पर लपेटकर निकलता हूँ...नहीं ठंडे देश से आए तुम वहाँ रह नहीं पाओगे।"

मन्द सी होती रौशनी में अविनाश मामू के चेहरे के भावों को पूरी तरह पढ़ नहीं पाया। मामू को डर से उबारने के लिए कहा उसने, "जी तो पाऊँगा मामू। इस हर पल बढ़ती यातना से ऊपर उठने का बस एक ही हल है मामू और वह यह कि ख़ुद को सार्थक काम में झोंक डालूँ। वहाँ बाजल में गया तो मेरी रही-सही आत्मा भी मर जाएगी। फिर इस शरीर को बचा कर भी क्या करूँगा मैं? ऐसी ज़ख़्म खाई आत्मा के साथ वहाँ गया तो या तो आत्महत्या कर लूँगा या पागल हो जाऊँगा।"

"ऐसी माँ के बेटे होकर आत्महत्या की बात करते हो?"

"ऐसी माँ का बेटा हूँ इसीलिए तो आज सोच पा रहा हूँ। इसीलिए तो है इतना अपराधबोध और ग्लानि। काश माँ का कुछ अंश मुझ में भी आ पाता। ख़ैर मैं जीवन का अपमान नहीं करूँगा। मैं जीऊँगा।"

"दुख को झाड़-पोंछ तुम बाजल चले जाओ," उसके सिर पर हाथ फेरते हुए भारी मन से कहा मामू ने।

"अभी तक वहीं तो था क्या मिल गया? अम्मा दीवार पर टँग गई, मैं जीवन और मौत के बीच टँग रहा हूँ। दिमाग़ तो वहाँ जैसे परचून की दुकान ही बन गया था। हर वक़्त क्या खाया, क्या बचाया का ही हिसाब-किताब चलता रहता था। अम्मा से नहीं मिलने का असली कारण बाजल नहीं, दिमाग़ का परचून की दुकान होना था। अब कुछ दिन इस दुकान से छुटकारा पाना चाहता हूँ क्योंकि मामू जो दुख मेरी आत्मा से चिपक गया है उसे कैसे झाड़ूँ? इन ख़ाली दिनों के एकान्त चिन्तन में यह साफ़ हो गया है मामू कि ज़िन्दगी के इस जुए में अपनी हर क़ीमती चीज़ मैं हार चुका हूँ, अब जो बचा-खुचा है उसे दाँव पर नहीं लगा सकता मैं। यहाँ तो आपके सहारे फिर भी समय गुज़ार पाऊँगा, वहाँ तो मैं पल भर भी नहीं जी पाऊँगा। मेरे और अम्मा के बीच जो इकलौती खिड़की है खुली हुई वो आप ही हो मामू। वो खिड़की भी बन्द हो गई तो किस से करूँगा अम्मा की बातें? दिन-भर की थकान के बाद लौटकर किसके पास आऊँगा? आप नहीं समझ सकते क्या गुज़र

रही है मेरे अन्दर। एक तेज़ धार के चाकू की तरह मेरे भीतर धँस गई है अम्मा। जब तक नहीं निकलेगा वह चाकू मैं कहीं भी जी नहीं पाऊँगा। कोई नहीं समझ सकता कि अपराधबोध और आत्मग्लानि के काँटों के साथ जीना कैसा होता है? जब तक नहीं निकलेंगे ये चाकू, ये काँटे मेरी नौका किनारे नहीं लगनेवाली, तब तक मैं हर जगह अधूरा ही रहूँगा। हर पल हूक सी ही उठेगी आत्मा में—यह मैंने क्या कर डाला? धिक्कार ऐसे जीवन को जो अपने सिवा किसी और को देख ही न सका, जो न माँ का हो पाया न मातृभूमि का। कैसा जीवन जिया कि दोनों का क़र्ज़दार बन गया। एक बात और मामू, मैं अपनी संवेदना से अब और अधिक बेईमानी नहीं कर सकता। शोभा की और किसानों की ऐसी हालत देखकर लौट जाऊँ, गोया मैंने कुछ देखा ही न हो।"

साँझ के साँवले धुँधलके में एक मौन और ख़ामोश दुख को उगते हुए देखा मामू ने। माचिस की तीली की तरह बुझते देखा उसकी ऊर्जा को, सर्पीली आँखों की चमक को। नज़रें चेहरे से हटते हुए अविनाश की बढ़ी हुई दाढ़ी और पाँच दिन पहले पहनी हुई नीली टी शर्ट की मैली हुई मटमैली धारियों पर पड़ी। वहीं नज़र गड़ाते हुए कहा मामू ने, "पाँच दिन से तुमने टी शर्ट तक नहीं बदली? हे भगवान्! इतना उखड़ना ठीक नहीं। सारा जीवन पड़ा है तुम्हारे सामने! ख़ैर, ठीक है चलो 'होइहि सोइ जो राम रचि राखा'और आसमान की ओर हाथ उठा दिया।

फिर चमका यादों का जुगनू!

ढलती शाम सी गूँज रही अम्मा की आवाज़। तब रहा होगा वह सात वर्ष का। एकाएक अम्मा बहुत बीमार पड़ गई थी। उसके बापू बार-बार आँसू पोंछ रहे थे और व्याकुल हो डॉक्टर से तुरन्त आने की गुहार लगा रहे थे। तब अम्मा ने मलिन हँसी हँसते हुए कहा था—अभी नहीं मरूंगी, पूरी सेंचुरी पीटूँगी, देखो मेरी जीवन रेखा कितनी लम्बी है। विशेष उसे कुछ याद नहीं, बस इतना भर ध्यान है कि मौत अम्मा को छू कर निकल गई थी। उसकी अम्मा सचमुच नहीं मरी थी। क्या वही घटना किसी रूप में उसके अवचेतन में कुंडली मार बैठी थी कि उसकी अम्मा नहीं मरेगी? इसीलिए अम्मा के ठहरे हुए जल से धोखा खा गया था वह? और सोच बैठा 'सब ठीक है!' और इसी सोच में निकल गए बीस वर्ष।

अतीत के झरोखों से फिर झाँकी अम्मा!

रात का समय था। वह और उसके पिता खाना खा चुके थे कि तभी कोई

रिश्तेदार आ गए। अम्मा ने अपना बचा खाना उन्हें खिला दिया। उसे चिन्ता हुई, अम्मा क्या खाएगी? उसने धीमे से पूछा था अम्मा से—अब तुम क्या खाओगी? थोड़ा अपने लिए रख लेतीं, सारा ही पुलाव उन्हें दे दिया। अम्मा ने हँसते हुए कहा था—बेटा, आटा में घाटा कभी नहीं होता। क्या मतलब? मतलब किसी को खिलाने से कमी नहीं आती। पर तुम्हें इतनी रात को फिर से अपने लिए कुछ बनाना होगा। (उन दिनों उसके घर में गैस चूल्हा नहीं आया था और अम्मा दिन-भर की थकी हुई थी।) तभी संयोग से आशा आंटी ने दरवाज़ा खटखटाया था, गरम खिचड़ी से भरा कटोरा उनके हाथ में था—उनके पति को उलटी हो गई थी इस कारण बिना खाये ही सो गए थे वे। अम्मा को उनके हाथ की खिचड़ी बहुत पसन्द थी।

कितना विश्वास था अम्मा तुम को जीवन के शुभत्व पर! काश उसका कुछ भी अंश मुझे मिल पाता!

हिश्श! जिस तरह दाखिल हुईं तुम मेरी ज़िन्दगी में काश वैसी ही निकल पातीं!

15

वापस कामथड़ी की ओर!

उदास कविता सा कामथड़ी!

टप-टप-टपकते नल के नीचे जमा पानी को चाटता कोई कुत्ता। साइकिल के बीच के डंडे के दोनों ओर लटके मिट्टी के लाल-लाल, गोल-गोल मटके जिन्हें कोई कुम्हार पास की मंडी में बेचने के लिए ले जाता हुआ। पास की ही किसी बस्ती से बजता रेडियो 'मिले न फूल तो काँटों से दोस्ती कर ली...।' मामा और अविनाश चल रहे हैं, मामा गाने की अगली कड़ी गुनगुना रहे हैं। अविनाश देख रहा है गोबर पाथती औरतों को। अपने में ही खोए-खोए दोनों चल रहे हैं कि एक जगह सड़क से सटी गली के नुक्कड़ पर पुलिस की लाल मोटरसाइकिल, हो हल्ला और भीड़ देख रुक जाते हैं मामा।

"अरे यह तो कदंब सावन्त का घर है, क्यों लगी है इतनी भीड़ इसके घर के सामने? क़दम तेज़ करते हैं मामा। सामने सभी जाने-पहचाने चेहरे—कार्तिक, अर्जुन, केदार, विजय, भीमा, नवल किशोर और साथ ही पुलिस, पटवारी, सरपंच सभी।

"क्या हुआ?"

"कल रात कदंब ने भी..."

"अरे बाप रे! कब? कैसे?"

"रात साढ़े ग्यारह बजे।"

"लाश?"

"पुलिस के क़ब्ज़े में।"

"पोस्टमार्टम के लिए?"

"हूँ।"

"हे भगवान्! बड़ी आग थी उसके अन्दर। लेकिन पिछले दो सालों में जो लड़खड़ाया कि फिर सँभल ही न पाया। पिछले सप्ताह तो मेरे कूँ बोल रहा था कि कलेक्टर के ऑफ़िस गया था मुआवज़े के लिए लेकिन सिवाय ज़लील होने के कुछ हाथ न लगा। अब जैसे भी हो कुछ नगदी की सख़्त ज़रूरत है। कई बकरियाँ थीं जो भी बिक गई थीं। घर में अब कुछ किलो चावल, तुअर (अरहर) और जोआरी (ज्वार) के अलावा कुछ नहीं है। क़र्ज़ा भी अब और मिलना मुश्किल! जल्दी ही कुछ नहीं हुआ तो कहीं चूल्हा बुझने की नौबत न आ जाए! याद करते हुए मामू के ओंठों से फिर झरते हैं कुछ शब्द, मैं बोला कि अब तो बस कुछ ही दिनों का रोना है। कापुस भी हो गया है, उसे बेचकर कुछ तो हाथ आएगा ही न, तो बोला फसल कुछ खास तो हुई नहीं कापुस की। इन्तज़ार कर रहा हूँ समर्थन मूल्य का... एकाध दिन में घोषित हो जाने चाहिए। फिर क्या हो गया?"

जवाब आया किसी कोने से, "समर्थन मूल्य तो आज तक घोषित हुए नहीं और मंडी में जो रेट खुले वे भी बेहद कम थे। दो बार मंडी गया कदंब पर औने-पौने में बेचने की हिम्मत नहीं हुई। जाने-आने का भाड़ा चढ़ा सो अलग। घर वापस लौट कर आया तो सामने महाजन। सामने गाड़ीवाला, लोकल दुकानवाला...सभी हाज़िर...सबने देख लिया था बेचने के लिए माल ले जाते हुए...दो साल से मूल पर दस टका सूद चढ़ते-चढ़ते क़र्ज़ा लाखों में पहुँच गया था। मेधा बैंक लिमिटेड से 13 प्रतिशत सूद पर क़र्ज़ा लिया हुआ था सो अलग...घर में पैसा नहीं। कहाँ से चुकाए इतना क़र्ज़ा...आगे भी कोई उम्मीद नहीं बची थी। किसी बात पर बायको (पत्नी) से भी तीखी बहस हो गई। बायको ने जाने किस बात पर दारूड्या, आड़सी (शराबी नाकारा) कह दिया तो गुस्से में आगबगूला हो बाहर निकल गया और आते ही ख़ुद को कमरे में बन्द किया और फिर घोर रात में शायद..."

"बैंक तेरह परसेंट सूद लेता है?" हठात पूछा अविनाश ने। उसने तो सुना था कि कार लोन, हाउस लोन यहाँ साढ़े आठ परसेंट सूद पर मिल जाते हैं।

"हाँ, बड़े लोगों को कम रेट पर मिल जाता है। यहाँ तो जो जितना ग़रीब उसके लिए उतना ही महँगा क़र्ज़ा है। अरे उस पर भी जितना माँगो उसका चौथाई भर देता है बैंक क़र्ज़ा इसीलिए तो महाजन के चंगुल में फँस गया था क़दम्ब। वो कमीना महीने का 3 परसेंट हड़प रहा था।

"पुलिस क्या कर रही है?" फ़िर उठी एक आवाज़।

"पुलिस तहक़ीक़ात कर रही है और यह सिद्ध करने में लगी है कि यह आत्महत्या क़र्ज़े के चलते नहीं वरन् घरेलू क्लेश के चलते हुई थी इसलिए वह क़र्ज़माफ़ी का सुपात्र नहीं।

"अरे! वह तो क़र्ज़े के चलते ही...जब भी मिलता क़र्ज़े की ही बात करता था।"

"हाँ, पर सरकार की पालकी ढोनेवाली, हिजड़े की औलाद यह पुलिस कहाँ सोचती है कि क़र्ज़ा और बर्बादी की बारूद तो पिछले दो सालों से बिछी हुई ही थी। हताशा के किन्हीं पलों ने तो बस आग में घी का काम किया है। पर बिकी हुई पुलिस अड़ी हुई है यह दो चम्मच झूठ मिलाने को। जबकि सच चौराहे पर खड़ा सबको दिख रहा है। अँधा भी देख सकता है कि यदि हालत बिगड़े न होते तो झगड़ा ही क्यों होता? जबकि स्युसाइड नोट में भी उसने बेहद शान्ति से परिवार के नाम कविता लिखी है, कहीं ज़िक्र तक नहीं बायको से झगड़े का।"

"स्युसाइड नोट में कविता?"

"हाँ, पढ़ा-लिखा था, भावुक भी था। छोटी-मोटी कविता पहले भी लिखता रहता था, जाते-जाते भी लिख गया आख़िरी कविता--माफ़ करना ऐ ज़िन्दगी, मेरे परिजन, साथ न निभा सका तेरा, बेमौसम के बादलों की तरह।"

"लेकिन पुलिस को पता कैसे चला घरेलू झगड़े का?" फिर दागा किसी ने सवाल।

"भोली बायको ने छाती कूटते हुए ख़ुद ही बोल दिया कि उसने अपने नवरा (पति) को दारूड्या, आड़सी कह दिया था बस इसी ग़ुस्से में..."

"बस मौक़ा मिल गया गिद्ध पुलिस को अपात्र साबित करने का, अब या तो तगड़ी घूस दो आईओ को या..."

"दया-माया नहीं आती पुलिस को?"

"दया-माया? वह तो गिद्ध की तरह लाश के इन्तज़ार में रहती है।"

"अरे भाई क़ानून भी तो कोई चीज़ होती है, क्या कहता है क़ानून...?" अविनाश ने जानना चाहा।

"क़ानून तो मूक दर्शक बना हुआ है, न्याय भ्रम है और सच्चाई कोमा में है इस देश में।"

कहीं से आती बीड़ी की गन्ध और बातों के टुकड़े रह-रहकर टकरा रहे हैं अविनाश से। हिल डुल रही है उसकी चेतना। भीतर बाहर चला आता, बाहर भीतर। एकाएक फट पड़ता है वह।

"अरे, इतनी आत्महत्याएँ हो रही हैं, क्या संसद में सरकार को नहीं घेरते विपक्षी इस मुद्दे पर?"

"भाई, जहाँ रुपयों से सरकार को ख़रीद लिया जाता हो, विधायक और सांसद जहाँ बिकाऊ हों, उनसे आप क्या उम्मीद करेंगे कि वे इस पर चर्चा करेंगे कि कुछ हज़ार की फ़सल बर्बाद होने पर किसान आत्महत्या क्यों कर लेते हैं? सच्चाई तो यह है कि यह आत्महत्या नहीं राज्य द्वारा की गई हत्या है। आज सरकार, व्यवस्था, बहुराष्ट्रीय कँपनियाँ, बैंक, न्यायालय, सूदखोर, साहूकार सभी शामिल हैं किसान को उजाड़ने में। क्या उन्हें यह आपदा समझ में आएगी कि साँस-साँस खींचकर जीवन की डोर आगे खींचनेवाला किसान आख़िर, आख़िर में हथियार क्यों डाल देता है?

भीतरी आँच से सुलगता नवल किशोर बात पूरी कर पाता कि किसी ने आगे और जोड़ा, "इसीलिए यह 'किरषि प्रधान देस' किसान आत्महत्या पर चरचा नहीं करता। उनके लिए तो हर मौत एक संख्या है। मीडिया के लिए एक दृश्य है, जो भी बस कुछेक पलों के लिए, फिर दृश्य परिवर्तन क्योंकि एक ही दृश्य में किसी को भी दिलचस्पी नहीं रहती।"

किसी ने फिर अपनी पतंग उड़ाई, "कोर्ट में चला जाए, सुनते हैं वहाँ मिल जाता है नियाय।"

"उसके लिए पैसा चाहिए, पैसे के लिए फिर क़र्ज़ा।"

"शायद 'मामाजी कुछ ले-दे कर, कर दें सुपात्र।' फिर आया एक सुझाव।

"मामाजी?" अविनाश की चढ़ी त्योरियाँ को देख मामू फुसफुसाए, "हम पुलिस वालों को मामाजी कहते हैं।"

"यानी एक भ्रष्टाचार से निपटने के लिए एक और भ्रष्टाचार...उसे लगा उसे चक्कर आ जाएगा। बाप रे! इतनी भ्रष्ट पुलिस! उसे ताज्जुब हुआ लोग कितनी

सहजता से भ्रष्टाचार की पूरी कहानी को सहन कर रहे हैं। कहीं भी आक्रोश का कोई विस्फोट नहीं। बाजल के लोग तो ऐसी घटना की कल्पना तक नहीं कर सकते। उसे याद आया कन्याकुमारी के मन्दिर तक में उसे स्पेशल एंट्रेंस फीस देनी पड़ गई थी। उफ़ भ्रष्टाचार तो जैसे हवा-पानी बन गया है। आलू बन हर कहीं घुस गया है, पुलिस में, प्रशासन में, न्यायपालिका में, मन्दिर में, अस्पताल में...अविनाश की आँखों में शोले भड़कने लगे।

उसे शान्त करते हुए मामू कहने लगे, "माझा सोन्या (मेरे लाड़ले) यही तो है हमारा देश, जिसे जहाँ नहीं होना चाहिए वह वहीं है। इसीलिए भ्रष्टाचार है। जिसकी जगह जेल में होनी चाहिए वह संसद भवन में विराजमान है। कोई चीज़ सही जगह पर नहीं है। क़र्ज़ माफ़ी है बड़े लोगों के लिए और किसान के लिए है फाँसी। इसीलिए है इतनी बदसूरती..." बोलते-बोलते एक काली सी छाया उतर गई मामू के चेहरे पर।

लोगों की बातें पहुँच रही है उस तक। कुछ समझ पा रहा है कुछ गुज़र रही हैं सिर के ऊपर से। तभी किसी ने सुझाव दिया, "मिला जाए यहाँ के विधायक से, शायद वो कुछ करे, कम-से-कम इसे सुपात्र तो घोषित कर दे।"

फिर आई एक आवाज़, "यह भी करके देख लेते हैं, लेकिन होना-जाना कुछ नहीं, उन्हें फ़ुर्सत कहाँ है गोबर फैलाने से और हिन्दू-मुस्लिम करने से? पिछली बार जब वैभव कुरहाडे ने की थी तब भी गए थे, पर हुआ क्या? पत्नी गुहार लगाती रही पर एक ही दलील—ज़मीन जिसके नाम होगी उसी की आत्महत्या पर मिलेगी क़र्ज़ माफ़ी। अब तो यह हो गया कि आत्महत्या के पहले किसानों की क्लास ली जाए कि कैसे करनी है आत्महत्या ताकि कम-से-कम क़र्ज़ माफ़ी तो हो जाए।

16

भारी मन से मामू अविनाश के साथ अपने घर की ओर। मराठों, महारों, चमारों और आदिवासियों की मिश्रित आबादी वाला गाँव लेकिन जो भी मिलता रास्ते में, उसी की चर्चा—क्यों खाई फाँसी? क्या हुआ था? उसके घर के बाहर तो अभी

तक कोई नोटिस भी नहीं लगी थी, फिर क्या हुआ? फिर एक और हो गई। क्या कहें मामू कि सरकारी नोटिस बाहर ही नहीं लगती, दिमाग़ के भीतर भी लग जाती है और सुरक्षा कवच तोड़ डालती है शेतकरी का। आत्महत्या आज भी विचलित कर देती है मामू को, पर विचलन की आक्रामकता धीरे-धीरे अब कम होती जा रही है। जाने कितनी आत्महत्या देख-सुन ली है उन्होंने पिछले पाँच सालों में। लेकिन अविनाश अभी तक गुमसुम है। अपने में ग़मगीन और मुँह लटकाए खड़े अविनाश को देख मामू लाड़ से पूछते हैं, "क्या सोच रहे हो बेटा?"

"मैं तो अभी तक यही समझ रहा था कि सभ्यताएँ ही आदमी को अकेला बनाती हैं, जितनी उन्नत सभ्यता उतना अकेला आदमी, पर आज अनुभव हुआ कि पेट की भूख भी आदमी को एकदम अकेला छोड़ मार देती है।"

गहरी उदासी में डूबे मामू कहते हैं—"ग़रीबी तो पहले भी थी लेकिन तब ग़रीबी किसान में उदासी भर देती थी लेकिन आज तो हालात ऐसे बना दिए गए हैं कि किसान डिप्रेशन में चला जाता है। लेकिन तुम इतना क्यों सोच रहे हो?" उस आत्महत्या से ध्यान हटाने के लिए मामू विषय बदल देते हैं।

"तुम इतनी अच्छी भाषा कैसे बोल लेते हो विदेश में रहकर भी?"

"यह भी आपकी ताई का ही कमाल है मामू। शुरू में, मैं तो अम्मा को हमेशा टोकता था—अम्मा हलकी भाषा बोलो लेकिन मेरी अम्मा भी एक थी, कह देती कि तुम अपना स्तर ऊपर उठाओ मैं क्यों अपना स्तर नीचे गिराऊँ? ख़ैर, देख रहा हूँ मामू कि जो हाल अभी मेरे दिल का है वही हाल मेरे देश का है। किसे सँभाला जाए? देश को कि दिल को?"

"फ़िलहाल पेट को सँभाला जाए। चलो घर पहुँचने के पहले वड़ा पाव खाते चलते हैं, तुमको भी भूख लग रही होगी।" अनमने और अशान्त अविनाश का मूड बदलने की असफल कोशिश करते हुए मामू उसे एक घटना सुनाते हैं—"देखो अविनाश, यह बात होगी 1979 के आस-पास की जब एक किसान अपने बैलों की चोरी की रपट लिखवाने इटावा ज़िले के ऊसराहार थाने पहुँचा। थाने के छोटे दरोगा ने दो-तीन उलटे-सीधे सवाल पूछकर रपट लिखने से मना कर दिया। किसान जब थाने से बाहर निकल गया तो पीछे-पीछे एक सिपाही आया और उससे बोला—कुछ ख़र्चा-वर्चा करो तो रपट लिखवा दूँगा। पैंतीस रुपयों पर बात तय हुई। रपट लिखकर मुंशी ने किसान के सामने रपट को बढ़ा दिया कि वह उस पर अँगूठा लगा दे, लेकिन किसान ने अपने मैले-कुचले कुर्ते से एक स्टैम्प पैड निकाला और पेन से

उस रपट के नीचे हस्ताक्षर करते हुए लिखा—चौधरी चरण सिंह, प्रधानमंत्री, भारत और उस पर अपने कार्यालय की मुहर लगा दी। यह देखते ही पूरे थाने में हड़कंप मच गया। बाद में चरण सिंह ने उस पूरे थाने को ही सस्पेंड कर दिया। तो बात है इच्छाशक्ति की। यदि एकाध नेता भी ऐसा औचक निरीक्षण करे तो मजाल है पुलिसवालों की कि घूस खाएँ।"

"क्या यह सच्ची घटना है? प्रधानमंत्री आए और अन्देशा न हो, वह भी भारत जैसे देश में जहाँ प्रोटोकॉल इतना ज़बरदस्त है?"

"पता नहीं, लेकिन ऐसे कई मंत्री हुए हैं जिन्होंने ऐसा औचक निरीक्षण किया है। ख़ैर मैंने भी यही पूछा था अपने बड़े भाई से जो अक्सर इस घटना का ज़िक्र करते थे। उन्होंने जवाब दिया था कि उन दिनों के अख़बारों में पढ़ी थी उन्होंने यह घटना जिसमें लिखा था कि वे अपना लाव-लश्कर दूर ही छोड़ आए थे। उन दिनों सुरक्षा की ऐसी मारा-मारी नहीं थी और कुर्ता थोड़ा मैला कर लिया था। किसान नेता थे, इसलिए सहानुभूति थी किसानों से।"

अविनाश की स्मृति में कौंधी ऐसी ही मिलती-जुलती एक बड़े कलाकार की एक घटना। एक विश्वविख्यात वायलिन वादक था। नाम था जशुआ बैल, जिसका एक-एक टिकट हज़ारों में बिकता था। हॉल खचाखच भरे रहते। एक शाम वह वाशिंगटन डी सी के प्लेटफॉर्म पर वायलिन बजाता रहा, हज़ारों लोग वहाँ से गुज़रे, किसी ने उस पर ध्यान ही नहीं दिया, कोई पहचान तक नहीं पाया उसे सिवाय एक महिला के।

वड़ा पाव खाते बतियाते और बाहर पसरे कचरे के ढेर को पार करते दोनों घर पहुँचे।

अस्तव्यस्त घर। दो पक्के कमरे। एक छप्पर। छप्पर में मवेशी। दृश्य ही दृश्य। खटिया पर आराम से पसरीं भूरी आँखों वाली दो बिल्लियाँ। धूल, गर्द, जाले, सूखी घास, सूखे पत्ते। पक्षियों की बीट की बदबू, ज़मीन पर पड़ीं मरी हुई मक्खियाँ और जगह-जगह बिखरे खूँटी पर टँगे अधधुले कपड़ों के दृश्य कुछ इस तरह सामने आए कि लज्जित मामू को अचानक मामी की याद आ गई। सफ़ाई सी देते हुए बोले—"तुम्हारी मामी थीं तो यही घर चन्दन सा महकता रहता था। सच दुनिया सिर्फ़ औरतों के चलते ही सुन्दर है...।" बोलते-बोलते फुर्ती से झाड़ू उठा ली मामू ने। सर्र-सर्र झाड़ू चलाते मामू की ग़मगीन आँखों में बीता हुआ कल झिलमिला

उठा जब वे झाड़ू बनाते थे और पत्नी झाड़ू लगाती थी। वे सब्ज़ी उखाड़ते थे और पत्नी सब्ज़ी बनाती थी। वे फसल काटते थे और पत्नी फसल उठाती थी। सच, पत्नी क्या उठी ज़िन्दगी से ज़िन्दगी ही उठ गई।

घर को ठीक-ठाक कर और अविनाश के लिए जल्दी-जल्दी खाना बना मामू वापस लौट गए कदंब सावन्त के घर।

रात!

वापस लौटे तो अविनाश बाट जोह रहा था उनकी।

"कुछ पता चला मामू?"

"किस बात का?"

"पुलिस ने क्या लिखा रिपोर्ट में? पात्र या अपात्र?"

"अभी पुलिस ने रिपोर्ट जमा नहीं की है, लेकिन लगता नहीं कि क़र्ज़ माफ़ होगा...।" बोलते-बोलते काँपने लगे मामू, अपमान से मुँह लाल हो उठा, "सारी ज़िन्दगी हड्डी तोड़ मेहनत के बावजूद क्या मिला उसे? साले मौत पर सवाल उठा रहे हैं। अरे चीर कर देखो उसकी देह को, आँख होगी तो देख सकोगे क्या थी उसकी उम्र भर की कमाई—ज़ख़्म, अपमान, ठोकर, लू, पसीना, सूखा, बाढ़...। उम्र के पहले ही ढल गया था वह, तैंतीस की उम्र में ही आधे बाल सफ़ेद हो गए थे और चेहरा लटक गया था।"

मटकी से गिलास भरकर पानी पिलाया उसने मामू को। पिलाते-पिलाते मामू के उभरी नसों वाले हाथ पर नज़र पड़ी तो फिर मन अकुला गया। सारा सौन्दर्य सोख लेती है ग़रीबी। एक भी सुन्दर किसान नहीं देखा उसने कामथड़ी में। थोड़ी देर में शान्त हुए मामू तो अपनी ही आग में जलते अविनाश ने धीरे से कहा, "एक बात पूछूँ मामू?" ध्यान से देखते हैं मामू, आजकल कुछ ज़्यादा ही सोचने लगा है अविनाश।

"पूछो।" रुक-रुक कर हिचकिचाते हुए कुछ शब्द गिरते हैं उसके मुँह से, "आपको क्या सचमुच लगता है कि अम्मा चाहती थी कि मैं कामथडी और पारतुल के किसानों के लिए कुछ करूँ? ज़िन्दगी भर अम्मा ने मुझसे कभी कुछ नहीं चाहा। क्या सचमुच ऐसी थी उनकी ख़्वाहिश?"

"तुम्हारी आई के दिल के भीतर कई दिल रहते थे। स्पष्ट तो कभी कुछ कहा ही नहीं मुझसे, लेकिन अन्त में जिस तरह उन्होंने तुम्हें अपनी मौत की सूचना देने के लिए कहा हम लोगों को, उससे अनुमान तो यही लगता है। कौन जाने उनके

मन में रही हो यह इच्छा, कौन जाने वे सिर्फ़ चाहती हों कि इसी बहाने तुम मिल लो मुझसे और शोभा से। और देखो इसमें नहीं विश्वास करने जैसा भी कुछ नहीं है। अपनी माँ को समझो। क्या एक आम माँ की तरह कभी उन्होंने अपना दिल उघाड़ा तुम्हारे सामने? कभी अपनी ममता का भार तुम पर लादा? बीस सालों में क्या एक बार भी उन्होंने तुमसे कहा कि अब मैं नहीं रह सकती तुम्हारे बिना? सोचो, किन लोगों ने गढ़ी थी उनकी मानसिकता? वे सावित्री बाई फुले से घनी प्रभावित थीं। मुझे भी ले गई थीं एक बार उनका नाटक दिखाने। सुना है तुमने उनके बारे में?"

"नहीं, पर मैंने पुणे में उनकी मूर्ति देखी थी।"

"हाँ, वे पुणे की ही थीं। बस इतना जान लो कि आज उनकी ही बदौलत महाराष्ट्र की महिलाएँ स्कूल का मुँह देख पा रही हैं। वे बहुत साहसी सामाजिक कार्यकर्ता थी। स्त्री शिक्षा और विधवा शिक्षा के प्रति समर्पित थीं। प्रारम्भ में बहुत विरोध हुआ था उनका। उन्होंने नाइयों से अपील की थी कि वे विधवाओं का सर न मूँड़ें। जब वे घर से निकलतीं तो स्त्री शिक्षा के विरोधी उन पर गोबर, कचरा और कीचड़ फेंक देते थे। इसीलिए वे अपने बैग में दो साड़ियाँ रखती थीं और स्कूल जाकर गन्दी हुई साड़ी बदल लेती थी। जब1897 में प्लेग एक महामारी की तरह फैला हुआ था और लम्बा खिंचता ही जा रहा था, तब की एक घटना है। मुदवा गाँव के महारो की एक बस्ती के पास पांडुरंग बाबा गायकवाड़ के बेटे को प्लेग हो गया था। यह जानते हुए भी कि प्लेग संक्रामक और जानलेवा है, सावित्री बाई बच्चे को पीठ पर लादकर ले आईं। उस समय उनकी उम्र पैंसठ वर्ष थी। बच्चा तो बच गया पर सावित्रीबाई अपनी जान गँवा बैठीं। मरते वक़्त उन्होंने अपने दत्तक पुत्र यशवन्त (जिसकी माँ एक गर्भवती विधवा थी) से अपनी इच्छा ज़ाहिर की कि मैं चाहती हूँ कि तुम डॉक्टर बनो, इस देश को डॉक्टरों की बहुत ज़रूरत है। बाद में वह प्रसिद्ध डॉक्टर बना। तो ऐसी बहुत सी विराट मन वाली माँएँ हुई हैं जिन्होंने चाहा कि उनके अधूरे कार्यों को उनके पुत्र आगे बढ़ाएँ। तुम्हारी माँ ने तो फिर भी ऐसा स्पष्ट कुछ भी नहीं कहा। सब कुछ धुँधलके में छोड़ दिया। तुम चाहो तो उनकी इच्छा पर विश्वास करो, नहीं चाहो तो मत करो।"

"यही तो!" फिर एक गहरी साँस खींची अविनाश ने और आँसू से भरी अपनी आँखों को चुपके से पोंछ लिया।

पत्तल-पत्तल बँटे मन को सँभालते हुए सोच रहे हैं मामू—कितना कठोर समझा

था लोगों ने अविनाश को, काश देख पाते वे कि कैसे बात-बात पर रोता है यह कठोर अविनाश!

चुपचाप खाना खाकर दोनों फिर चल दिए स्मृतियों की अपनी-अपनी गलियों में। रात में फिर कुछ खटपट की आवाज़ से नींद उचटी मामू की तो पूछ बैठे—"क्या कर रहे हो गोलू?"

"क्या करूँगा, आपकी मूँज की खटिया पर सोना सीख रहा हूँ।"

हा-हा-हा...उदासी में लिपटी हँसी हँस दिए मामू।

भोर की प्रशान्ति और उगते सूर्य की फैलती लालिमा के बीच एक गौरैया उसके घर के आँगन में उतरी और अपनी फुदकन से स्पन्दित कर गई अविनाश को। बाहर निकला तो पहली बार माटी लगी उसके शहरी लिबास में। स्वागत में खड़े मिले घास, फूल, पत्ते और मोगरा की महक। पत्तों पर चमकते ओस कण। वातावरण की सात्विकता और अबीरी आसमान को देख सृष्टि से जुड़ने के अहसास से आँखें नम हुईं। भावनाओं का ज़ोर बढ़ा तो आँखें बरसने लगीं। उसने शिद्दत से मनाया कि हो जाए बारिश तो जी भर रो ले वह और दुनिया उसे रोता हुआ न देख सके।

सँभलने में थोड़ा समय लगा तो फिर मिलना हुआ अपनी ही आवाज़ से। फिर दिखा अम्मा का चेहरा, जैसे कह रहा हो 'ज़िन्दगी का एक तार टूटा तो क्या?' सही कहा अम्मा तुमने। ज़िन्दगी को कभी दोस्त की तरह समझ उससे बतियाया होता तो समझ पाता मैं भी उसे। मैं तो हमेशा फ़िक्रमन्द बच्चा ही रहा, डरता ही रहा ज़िन्दगी से। ज़िन्दगी को तो तुमने समझा अम्मा इसीलिए जाते जाते भी पकड़ा गईं जीवन का मर्म—सब भूलभुलैया है। असली चीज़ है, आपके चलते दुनिया कितनी सुन्दर हुई है। और यह तभी सम्भव है जब हम यह जान लें कि हम क्या हैं पर इसके लिए यह जानना भी ज़रूरी कि हमें क्या होना चाहिए।

तुम्हारी डायरी के ये शब्द मेरे दिमाग़ में मोती की तरह जड़ गए हैं अम्मा। तुम्हारे लायक होने की कोशिश कर रहा हूँ। पहली बार किसान के साथ धूप में खड़े होकर किसानी जीवन को किसान की आँखों से देख रहा हूँ। उसकी काया के साथ-साथ उसकी आत्मा को भी देख रहा हूँ, इसीलिए इतनी गहराई से इस जीवन को महसूस कर पा रहा हूँ। दुनिया के सारे दुख इकट्ठे होकर भी मेरे दुख से हल्के पड़ेंगे अम्मा। ख़ैर इतना गहरा दुख नहीं मिलता तो शायद मैं भी अपने ही

निजी दुख-सुख की सँकरी धारा में डूबते-उतराते ही जीवन से चल देता जैसे सभी करते हैं। पर शायद तुम मुझसे कुछ करवाना चाहती थीं इसीलिए तुमने मेरी विलुप्त होती भारतीय चेतना को फिर से जीवित कर डाला। बता दिया मुझे कि मैं क्या हो गया था। एक पागल आशा दबोच रही है मुझे अम्मा। मैं उगते सूर्य की इस पवित्र लालिमा की कसम खाकर कहता हूँ अम्मा कि अब अर्थ में जीवन नहीं, जीवन में अर्थ ढूँढ़ूगा और तभी अम्मा तेरा अस्थि कलश विसर्जित करूँगा जब इस पीड़ित जन समुदाय के लिए कुछ कर सकूँगा...यह वादा रहा मेरा तुमसे अम्मा!

इस प्रतिज्ञा के साथ ही एक अद्‌भुत शान्ति महसूसी उसकी ज़ख़्मी आत्मा ने।

रात!

रात जैसी ही रात, फ़र्क़ इतना भर कि रात एक कीड़े ने उसके पायजामे के भीतर प्रेम से घुसकर बहुत प्रेम किया था उससे। मच्छरों को तो इन दिनों झेलना सीख लिया है उसने, पर कीड़े के दंश से अभी तक उसके पैर की चमड़ी लाल और फूली हुई थी। सुबह पहला काम वह एंटीसेप्टिक ख़रीदने का करेगा। अभी तो रात में गाँव के होने का अहसास कुछ घंटों के लिए मर गया था। सारे चित्र, सारी आवाज़ें शान्त थीं। आँख मूँदता अविनाश कि उदास अँधेरे बिस्तर पर हवा के साथ बहकर आती भूसे की महक और मामू के सवाल धावा बोल देते। कनपटी के पास दर्द चिनचिनाने लगता। क्यों कहा मामू ने कि यदि मुझे किसानों के लिए कुछ करना है तो सबसे पहले मुझे किसान की आँखों से देखना सीखना होगा जो शायद मेरे बस का नहीं। क्या मतलब? मैं तो यहाँ रह रहा ही इसलिए हूँ कि मैंने अम्मा के अनकहे संकेत को समझ लिया है। कहने में शायद विश्वास नहीं करती थी पर अम्मा यही चाहती थी कि मैं यह सब देखूँ जिससे मैं अपनी संवेदना के साथ बेईमानी न कर सकूँ और कुछ करूँ उस पीड़ित जन समुदाय के लिए...। सोचते-सोचते फिर चलचित्र की तरह आँखों के आगे घूमने लगा कामथड़ी। खेत की कच्ची सड़क पर काँपते-डोलते धूल भरे पाँवों से डगमग चलते मामू। सर पर भारी-भरकम बोरा।

तो सबसे पहले मामू आप।

अगले सीजन तक जैसे भी हो सड़क तैयार मिलेगी आपको

और यह होगा अम्मा को मेरा पहला समर्पण!

17

उदास सुबह।

ज़िन्दगी चाहे ठहर गई थी पर मन है कि कहीं ठहरता ही नहीं। मन ने फिर मचाई धूम तो अपने कमरे से बाहर आ गया अविनाश। घोंसले में बैठे कबूतर ने स्वागत में उसकी क़मीज़ पर बीट गिराई, रही-सही कसर बकरियों की मेंगनी के तेज़ भभके ने पूरी कर उसे वितृष्णा से भर दिया। छप्परों-खपरैलों से छन-छन कर आता कड़ुआ-कड़ुआ धुआँ उसके नथुनों में पहुँच उसे बार-बार छींकने को मजबूर कर उसमें इस जीवन के प्रति विरक्ति जगाने लगा। चलते-चलते भीतर चलने लगा वह। दार्शनिक हो ख़ुद को सहलाने लगा वह—उफ़, कितना मुश्किल है इस जीवन को साध पाना, पर इस दुख में भी शायद आनेवाला सुख छिपा है। जैसे बाजल के सुख में आनेवाला दुख भरा था। थोड़ा आगे बढ़ा तो गेहूँ फटकती औरतों के चेहरों के जीवन से भरे भाव और ताज़ा कटी घास की ख़ुशबू ने उसे वक़्ती राहत दी—जगह उतनी भी बुरी नहीं। थोड़ा और आगे बढ़ा तो पेड़ की टहनियों से उड़े दो कुच-कुच हरे मिट्ठू तोते। देर तक मुग्ध हो देखता रहा उनकी उड़ान को, जैसे उड़ रही हो नन्ही सी हरियाली। दिल के ख़ाली कैनवास पर फिर उभरी तस्वीर। फिर शुरू हुई बतकही—देखना अम्मा कैसे पछाड़ता हूँ मैं इन छोटे-मोटे दुखों को। ये हैं सिर्फ़ इसलिए कि मैं ऐसे जीवन का अभ्यस्त नहीं। पर तुम चिन्ता न करो अम्मा, क्योंकि प्रकृति का नियम है कि जो मारता है वही ज़िन्दा भी रखता है। फिर मैं तो हूँ ही तुम्हारी ही अनुकृति। मुझे कुछ नहीं होगा, बचा रहूँगा मैं। कल ही पढ़ा था मैंने डॉक्टर एल्बर्ट स्वीटज़र के बारे में। उन्होंने अपनी ज़िन्दगी के पचास साल अफ्रीका के जंगलों में ग़रीबों के लिए अस्पताल बनाने और चलाने के लिए निकाल दिए। बाद में उन्हें 1952 का शान्ति पुरस्कार भी मिला। अभी और सुनो अम्मा। डॉक्टर रेगी जॉर्ज जिन्होंने डॉक्टर एल्बर्ट की जीवनी पढ़ी और उसी समय एक चमकते सत्य से उनका आत्म साक्षात्कार हुआ तो वे समझ गए कि इस धरती पर उनके जीवन और कर्म का उद्‌देश्य क्या होना चाहिए। वे अपनी पत्नी डॉक्टर ललिता के साथ तमिलनाडु के आदिवासी अंचलों में चले गए और पिछले 29 वर्षों से आदिवासियों की सेवा में लगे हुए हैं। सोचो अम्मा वे तो विदेश से आए थे इस धरती के खार को कुछ कम करने जबकि मैं तो इसी देश का हूँ।

अम्मा ये ही हैं हवा के कुछ झोंके...किसी बच्ची की तरह मेरे पैरों से लिपटती धान की अधपकी फसल...ये साधारण लोग जो मुझे सहलाते है और सहलाते रहेंगे... इन सबके सामने ख़ुद को कितना बौना महसूस कर रहा हूँ मैं, नहीं कह सकता।

तो जिस तलघर में तुमने पहुँचा दिया है अम्मा, अब उड़ान वहीं से। देर से ही सही, अब ज़िन्दगी शुरू कर दी है मैंने।

इन सुन्दर विचारों ने इतना तरंगित किया उसे कि वह तुरन्त घर लौटा और मामू की रंग उड़ी बूढ़ी सी खटिया की ओर बढ़ा। पर मामू तो खेतों की ओर निकल चुके थे। पहली बार महसूसी उसने किसानी जीवन की कठोरता। न ब्रेकफ़ास्ट, न चाय, आँख खुलते ही सीधे खेत। समय काटे नहीं काट रहा था। कल्पना में देखने लगा कामथडी गाँव को हाईवे से जुड़ते हुए। उस पर ट्रक, ट्रैक्टर, मोटरबाइक चलते हुए।

बारह बजे के आस-पास आए मामू। अविनाश की आँखों की चमक देख अवाक् मामू। लगा जैसे अविनाश का पुराना चोला फट गया है और उससे निकला है यह नया अविनाश।

"मामू मैंने सोच लिया है, आज से ही हम सड़क बनाने की योजना पर काम शुरू कर देते हैं।"

"सड़क?"

"हाँ मामू। आपके कामथडी की कच्ची सड़क को हाईवे से जोड़ने के लिए योजना बनाना शुरू किया जाए।"

अविश्वास से देखते हैं मामू उसे और सोचते हैं—लोग दुनिया से चले जाते हैं पर पीछे किसी न किसी रूप में अपना रूप छोड़ जाते हैं।

"तुम यह सब क्यों करवाना चाहते हो बेटा? यह गाँव तुम्हारा स्थायी डेरा तो नहीं। आज नहीं तो कल तुम्हें तो यहाँ से विदा लेना ही है। फिर तुम्हारे पास तो कोई गाड़ी-घोड़ा भी नहीं कि तुम्हें समस्या हो यहाँ के कच्चे रास्तों से। तरह-तरह की आशंका पल रही है मामू के मन में।

"स्थायी डेरा? चेहरे पर विषाद मिश्रित मुस्कान उभर आई। रूमाल से पसीना पोंछते हुए कहा उसने, "मामू स्थायी तो यहाँ सिर्फ़ एक चीज़ है और वह है प्रयत्न, कोशिश। इनसान की बेहतरी के लिए उठाए प्रयत्न। फिर आप कैसे कह सकते हैं कि यह सब मैं अपने लिए नहीं कर रहा हूँ?"

"अपने लिए?" आँखें फैल गई मामू की।

"हाँ मामू! मैं चाहता हूँ कि कोई मुझ पर काम का इतना बोझ लाद दे कि मैं

साँस भी न ले सकूँ। डूबा रहूँ बस काम में। बस काम-ही-काम। इसी में शायद मेरी मुक्ति हो क्योंकि बिना काम के तो मैं अपराधबोध, अवसाद और ग्लानि की घुटन में ही मर जाऊँगा।

"बेटा कुछ ही दिनों में तुम यहाँ की दिनचर्या से उकता कर वापस लौट जाओगे।" खिचड़ी बालों पर कंघी घुमाते हुए कहा मामू ने।

"मेरा वादा है मामू, मुझ पर विश्वास कीजिए। यदि आपको लगता है कि मैं सफल नहीं हो पाऊँगा तो भी मामू मेरा मानना है कि कार्य करते हुए ग़लत होना निकम्मे बैठकर सफल होने से बेहतर है। मामू मेरी परीक्षा न लें बस मुझे सहयोग करें...।" अविनाश की आवाज़ में जाने कैसी तो कातरता थी कि मामू उसकी अवहेलना न कर सके।

"ठीक है आज शाम को ही मैं गाँववालों के साथ ग्राम पंचायत से मिलता हूँ। पर सोच लो ग्राम पंचायत के पास धेला भी नहीं है और मैं भी कुछ ख़ास मदद नहीं कर पाऊँगा। यहाँ के अधिकांश किसान बहुत ग़रीब हैं, सब बीपीएल हैं, उनका ख़ुद का गुज़ारा भी मुश्किल से हो पाता है, सब पर क़र्ज़ा चढ़ा हुआ है, ऐसे में तुम्हें अकेले को ही सारा ख़र्चा उठाना होगा। और ख़र्चा? सिर्फ़ चार सौ मीटर सड़क का आएगा सत्तर-अस्सी हज़ार!"

"आप अपने इस नालायक भांजे पर बस एक बार विश्वास कर सहयोग करें मामू। इतना ख़र्च तो मैं अकेले ही उठा लूँगा। बाद की योजना के लिए भी मैंने सोच लिया है। वहाँ मेरे बहुत से भारतीय मित्र हैं जो आ तो नहीं सकते यहाँ, पर यहाँ के लिए कुछ करने की इच्छा पालते हैं। मैं उनके सम्पर्क में भी हूँ। आप पैसों की चिन्ता न करे, बस मेरा मार्गदर्शन करें। पर यह मैं जानना चाहता हूँ कि आप लोगों की ऐसी स्थिति क्यों है? मैंने तो पढ़ा था कि भारत में आर्थिक सुधारों के चलते देश की अर्थव्यवस्था उड़ान भर रही है, जीडीपी भाग रही है, पर देख रहा हूँ कि देश की सेहत गिर रही है। आज सारी दुनिया किसान का कमाया खा रही है पर किसान ख़ुद भूखा सो रहा है। क्यों? यह विरोधाभास मेरी समझ से परे है।

"किसान भूखा सो रहा है क्योंकि किसान के पसीने की बदौलत मौज उड़ानेवाले मुट्ठीभर लोग उसका हक़ मार रहे हैं।" छाछ की गिलास अविनाश को थमाते हुए कहते हैं मामू, 'देखो बेटा, हालात पिछले कुछ सालों से ही ज़्यादा बिगड़े हैं। अब तुम यही देख लो कि पहले हम छह माह किसानी करते थे और ऑफ़ सीजन में छोटे-मोटे कुछ दूसरे काम कर लेते थे। जैसे मुझे मूँज की रस्सी बनाना बहुत अच्छा

आता है, मेरी बनाई रस्सी हाट में फटाफट बिक भी जाती थी पर जबसे प्लास्टिक की रस्सी आई है बाज़ार में, मेरी रस्सी को कोई पूछता भी नहीं। वैसे ही मेरा दोस्त केदार जूते बनाता था, छोटी-सी फैक्ट्री थी, आस-पास के गाँवों तक में बिकते थे। आज उसकी फैक्ट्री बन्द पड़ी है। उसके बनाए जूते धूल चाट रहे हैं क्योंकि अब बाज़ार में बाटा जो आ गया है। तो अब तुम्हीं बताओ बाटा जैसों दैत्यकारों के सामने हम जैसे मरियल लोग कैसे टिकेंगे? इस बाज़ार ने सब चौपट कर दिया। अब न यहाँ लोकल जूते बनते हैं, न स्थानीय साबुन। पहले ग्रामीण जीवन में कई खिड़कियाँ खुली हुई थीं, छोटे-छोटे रोज़गारों की, अब सब बन्द हैं। ले-दे कर खेती बची है। वह खिड़की बन्द हुई तो हम साँस भी नहीं ले पाते हैं। किसानी को भी पंगु कर दिया। मान लो तुमने सड़क बना भी दी तो भरपूर पानी कहाँ से दिलाओगे?" गिरते पायजामे को सँभालते हुए मामू ने कहा।

"मामू इतने निराश न हों, कोई समस्या ऐसी नहीं जिसका जवाब न हो। इतने वर्षों के अनुभव ने इतना तो मुझे समझा ही दिया है कि बिना लड़े-जूझे कुछ भी हासिल नहीं हो सकता। आप देखिए मैं यहाँ की ग़रीबी और बेकारी से घबड़ा कर विदेश भागा लेकिन क्या हुआ, अम्मा को गँवा बैठा तो सौदा कितना महँगा साबित हुआ। आज सोचता हूँ कि काश मैंने यहीं रहकर जीवन से मुठभेड़ की होती तो शायद ज़्यादा सुखी और संतुष्ट रहता।"

मामू के दिमाग़ को पढ़ने की कोशिश कर रहा है अविनाश, जैसे मुम्बई में मामू उसके दिमाग़ को पढ़ने की कोशिश करते रहते थे।

अविनाश का यह नया रूप! नया संकल्प!

आसमान की ओर हाथ उठा मामू का—ईश्वर तेरी लीला अपरम्पार, कल तक जो मुलगा जड़-सा निस्पंद मरा-मरा सा बैठा रहता था, आज कहाँ से मिल गई उसे इतनी ऊर्जा?

शाम तक योजना लगभग तैयार थी। कार्तिक, उमेश, आनन्द कामड़े, निरंजन देवगिरि, श्याम वाडेकर, नवल किशोर, रमा शंकर, संभाजी...गाँव के वे सभी किसान मौजूद थे जिनके खेत प्रस्तावित सड़क के दोनों और पड़ते थे। सबका मत था कि इस सड़क से पूरे गाँव को फ़ायदा होगा, कनेक्टिविटी बढ़ेगी, व्यापार बढ़ेगा, वाहन और ट्रैक्टर का उपयोग हो सकेगा। नकद फसल भी हो सकेगी क्योंकि नकद फसल के लिए गहरी ख़ुदाई की ज़रूरत होती है जो ट्रैक्टर के ज़रिए ही हो सकती

है। अभी जो हाल है, कि ज़रा सी बारिश में इतना कादा-कीचड़ हो जाता है कि फसल को मंडी तक ले जाना तो दूर चलना तक मुश्किल है।

"सड़क को क्या ऊपर पहाड़ तक नहीं ले जा सकते? ऊपर भी तो कम-से-कम चालीस पचास किसानों के घर हैं, खेत हैं?" अविनाश ने पूछा।

"ऊपर तक ले जाने के लिए एक किलोमीटर तक की सड़क बनवानी होगी।

"पंचायत तो अनुमति दे देगी न?" आशंकित अविनाश ने पूछा।

"अरे भाई, पंचायत तो ख़ुद बनवाने को तैयार थी ऊपर तक, बस पैसे की क़िल्लत के चलते काम टलता जा रहा था। लेकिन सोच लो, ऊपर तक सड़क को ले जाओगे तो ख़र्चा बहुत ज़्यादा आएगा।" पीतल के लोटे से पानी के घूँट भरते हुए कहा मामू ने।

"सोच कर ही कह रहा हूँ।"

बैठक कामयाब रही। हरी-हरी पत्तियों के झुरमुटों से झाँकती सूरज की किरणें और गाँव वालों का उत्साह दोनों देखने योग्य था। बहुत ज़रूरत थी उन्हें सड़क की। सबकी एक ही राय थी—सड़क नहीं तो कुछ नहीं। यदि सड़क बन गई तो पिछले साल लोगों ने पैसा जमा कर जो वाटर लाइन लगाई थी उसका भी लाभ उन्हें मिल सकेगा। बहरहाल रास्ते का नक्शा बनाया गया। दस फिट चौड़ी, 2 फिट गहरी और एक किलोमीटर लम्बी सड़क बनाई जाएगी। पहले ऊबड़-खाबड़ ज़मीन को खोद कर सपाट बनाया जाएगा। जेसीबी मशीन द्वारा खुदाई करवाकर कच्ची ज़मीन से निकलनेवाली काली माटी पहाड़ के खेत में डलवा दी जाएगी। फिर उसे सपाट करवाया जाएगा। फिर पहाड़ से मरुम माटी निकालकर डम्पर और ट्रैक्टर द्वारा उस पर डाल दी जाएगी। फिर मरुम माटी को लेवल किया जाएगा और फिर थोड़े-थोड़े दिनों के अन्तराल पर टैंकर से पानी डाला जाएगा। अन्त में रोलर से सड़क को सपाट किया जाएगा।

"मरुम माटी क्यों?" अविनाश ने जानना चाहा।

"क्योंकि वह सख़्त होती है। उससे बनी सड़क पर ट्रैक्टर भी चला सकते हैं।

"पर बिना सीमेंट-बालू के सड़क बनेगी कैसे?"

"अरे मरुम माटी में सख़्त पत्थर भी होते हैं, हम एक प्रकार से यह नया प्रयोग भी करेंगे।"

"असली ख़र्च डीजल का आएगा जेसीबी मशीन को चलाने के लिए। जेसीबी मशीन भाड़े पर मिल जाएगी।"

"और सीमेंट बालू का?"

"सामान्य ख़र्च आएगा।"

"और मज़दूरी?"

"उसके लिए हम हैं! यह हमारा काम है।"

फूल की पंखुड़ियों की तरह धीरे-धीरे खुल रहा है कामथडी और खुल रहे हैं ज़मीनी ज्ञान के नए-नए क्षितिज। अविनाश के दिमाग़ में योजना का पूरा नक्शा खिंच गया है। उसने पंचायत के लेटरहेड पर सबसे पहले उन किसानों के नाम की लिस्ट बनाई जिनके खेत प्रस्तावित सड़क के दोनों ओर पड़ते थे। फिर उसने उन सब किसानों से नो ऑब्जेक्शन सर्टिफिकेट लिया।

लेकिन गहराती रात फिर एक हादसा हुआ अविनाश के साथ, जिसने कुछ क्षणों के लिए फिर उसे मायूस कर दिया। रात एक चूहे ने उसकी एड़ी कुतर ली। वह इतनी ज़ोर से चिल्लाया कि मामा ही नहीं आस-पास के भी कई लोग इकट्ठे हो गए। उसने चिन्तित होते हुए कहा—मामा कहीं इन्फेक्शन न हो जाए, पास में कोई डॉक्टर है क्या? औना-पौना हँसते हुए शान्त स्वर में कहा मामू ने—"हाय देवा! कैसी बात कर रहा है तू? कुछ नहीं होगा। यहाँ कोई भी ऐसा नहीं मिलेगा जिसे चूहे न काटा हो।" मामू ने भीतर से जाने कैसा तो लेप लाकर लगा दिया उसकी एड़ी पर और निश्चिन्त हो सोने चले गए। वह सोचता रहा—कैसे लोग हैं ये? कोई डर नहीं ज़िन्दगी का। क्या कहे वह इसे? इनका साहस? दुस्साहस? मूर्खता? या जीवन के घनघोर अभावों से उपजा जीवन दर्शन जो सब कुछ राम भरोसे छोड़ देता है। जो भी हो कल ही वह सबसे पहले एक इमरजेंसी मेडिकल किट तैयार करेगा।

18

काल्या मातीत मातीत तिफन चालते
तिफन चालते तिफन चालते...

विस्मित-विमुग्ध अविनाश!

पंख फैलाता संगीत!

ठिठक कर रह गया वह! डूब गया उस थिरकते गीत की मिठास, थरथराहट, गति, लय और ताल में। सड़क निर्माण में लगे मज़दूर और किसान गा रहे थे। अर्थ चाहे पूरी तरह से समझ न पाता हो लेकिन जब-जब गुज़रता है वह वहाँ से, क़दम ठिठक जाते हैं। कुछ जागने लगता है उसके भीतर। फिजाँ में तैरने लगता है गीत। समाँ सा बँध जाता है। एक मन करता याद कर ले गीत को, इस सामूहिकता में अपना स्वर भी मिला दे, पर तुरन्त ही दूसरा मन आगे ठेल देता, बढ़ आगे। हमेशा की तरह आज भी अविनाश दूसरे मन के बहकावे में आ जाता है।

बहरहाल, सड़कें बनतीं तो उसने पहले भी देखी थीं पर यह गीतों वाली सड़क सचमुच अद्‌भुत थी।

दौड़ते-भागते और छोटे पड़ते वे दिन...। महीने भर में सड़क बनकर तैयार थी। छोटे-छोटे किसानों ने अपने-अपने उन खेतों को, जो सड़क के बीच आ रहे थे और सड़क बनने की प्रक्रिया में जिनके ओने-कोने अस्तव्यस्त हो धूल-पानी और छोटे-छोटे पत्थरों से भर गए थे, स्वयं ही अपनी मेहनत से ठीक किया। सड़क निर्माण के लिए भी बाहर से मज़दूर नहीं बुलाने पड़े। सामूहिक मेहनत से सड़क निर्माण का कार्य सम्पन्न हुआ। सड़क निर्माण के सामूहिक उत्सव में लोग ख़ुशी से झूम रहे थे। दीदे फाड़ देख रहे थे। ठिठका रेंगता जीवन आज दौड़ रहा था। कुदालें हँस रही थीं, हथौड़े बज रहे थे। बच्चे नई बनी सड़क पर साइकिल घुमा रहे थे। छोटे बच्चे पहिएवाली गाड़ी बना उसे चला रहे थे। ज़िन्दगी की हवा आज यहाँ बह रही थी। सबसे अच्छी बात यह थी कि जो ग़ैर किसान परिवार थे वे भी इस सड़क का उपयोग कर झूम रहे थे। किसान अगली फ़ायदेमन्द फसल और नकद फसल के लिए भी योजना बना रहे थे। पहली बार देखा था अविनाश ने यह नज़ारा। उसने भी एक किशोर से साइकिल ले दौड़ाई उस नई बनी सड़क पर और ख़ूब हँसा लेकिन हँसते-हँसते फिर उदास हो गया जैसे बिजली एकाएक चली गई हो। जाने क्यों फिर भर आई आँखें। फिर याद आई अम्मा—असली ख़ुशी लोगों से जुड़कर ही मिलती है। सच अम्मा हमारा होना दूसरों के होने से जुड़ा हुआ है। लोगों के इस संघर्ष में मुझे सौन्दर्य भी मिला और विस्मृति भी। मन की एक फांक उसकी भी जुड़ गई जश्न मनाते लोगों के साथ। आस-पास के घरों की महिलाओं ने भी उसके लिए पूरनपोली और नारियल के लड्डू भेजे। अभिभूत हो गया वह—आज थोड़ा जीया हूँ नैंसी...!

रात को सोते वक़्त फिर सिरहाने अम्मा की स्मृतियाँ! क्रूर समय जैसे ठहर

जाता है उन पलों! पेड़ों के बीच से गुज़रती हवाओं और पेड़ों पर सोई चाँदनी ने भी जैसे अम्मा की ही याद दिलाई। बेचैनी से मुक्ति पाने के लिए वह मामू की खटिया के पास आ गया। बात शुरू करने की गरज से पूछा उसने—"तो मामू इस बार सीजन में आप लोग ज्वार, चना और मूँगफली छोड़कर आलू, प्याज, गन्ना जैसी फसल बोएँगे। ध्यान से देखते हैं मामू अविनाश के चेहरे को। कौन कहेगा यह वही अविनाश है जिसने बीस साल तक मामू से एक लफ़्ज़ भी नहीं कहा और अब हर पल मामू की समस्या पर ही सोचता रहता है।

"बोलिए न मामू!"

"हाँ, ना का अन्तर्द्वन्द्व! आख़िर कान में से दियासलाई से मैल निकालते हुए बोल ही पड़ते हैं मामू, "देखो बेटा सड़क बनाने से यह तो हुआ कि वाहन और ट्रैक्टर अन्दर आ सकेंगे, सिर पर पचास-पचास किलो का बोरा नहीं ढोना पड़ेगा, पर आलू, प्याज, गन्ने जैसी फसलों के लिए जल चाहिए, जल के लिए कोई व्यवस्था नहीं है। पानी बरसता भी है तो ढलाऊ ज़मीन के चलते किसान के खेत भीगते भी नहीं कि रिस-रिस कर पानी नीचे इकट्ठा हो जाता है। सरकार ने ऊपर पहाड़ पर जो तालाब बनवाया वह भी इतनी लापरवाही और बेईमानी से बनवाया कि बनते ही उसमें से पानी रिसने लगा। ज़मीन नम तक नहीं हो पाई। जब तक बारिश के पानी को इकट्ठा रखने की व्यवस्था नहीं हो जाती सड़क बनने के बावजूद हम एक से अधिक फसल नहीं पैदा कर पाएँगे।"

"हूँ।" अनमना सा उठ गया अविनाश।

दूसरे दिन वह हैरान रह गया जब मामू ने उसे नीबू के पेड़ की उड़ती महक के साथ उस दिन का अख़बार दिखाया, जिसमें किसी स्थानीय पत्रकार ने, बिना सरकारी सहायता के न्यूनतम ख़र्च पर, बिना बालू-सीमेंट के, एक किलोमीटर लम्बी इस सड़क की पूरी रिपोर्ट छापी थी। रिपोर्ट पंख लगाकर उड़ी थी, जिसे पढ़कर आस-पास के किसान भी चले आए थे सड़क देखने।

रात फिर लिखा उसने नैंसी को।

प्यारी नैंसी,

कामथडी से बाजल को नमस्कार!

आज पहली बार किसी चिड़िया ने खटखटाया मेरा दरवाज़ा! मैंने उसे दाना दिया और ईश्वर को दिया धन्यवाद।

आज पहली बार सामूहिकता और सामाजिकता का यह रंग देखा है मैंने। यहाँ सबकी पीड़ा और उल्लास अभी भी साझे-साझे हैं। आज जब कामथडी की कच्ची सड़क हाईवे से जुड़ गई तो गाँव वालों की ख़ुशी देख दिनों बाद मुझे नींद आई, एक गहरी, शान्त और स्वप्नविहीन नींद! जानती हो क्यों? आज पहली बार मेरा धक्का खाया आत्मविश्वास लौटा कि मैं वह काम भी मन से कर सकता हूँ जिसका कोई फ़ायदा मुझे नहीं मिलनेवाला है। यह विश्वास भी लौटा कि मैं धूल धुआँ, मच्छरों, चिलचट्टों और चूहों से भरे इस गाँव में बिना गम्भीर रूप से बीमार पड़े रह पाऊँगा। जानती हो जाने कितनी बार मुझे लगा कि अब मुझे मलेरिया होनेवाला है, डेंगू होनेवाला है लेकिन हल्का-सा बुख़ार होता और मैं ठीक। यही कह सकता हूँ कि सारी असुविधाएँ दिमाग़ी उपज होती है और जब घाव गहरे हों तो कोई भी असुविधा आप का रास्ता नहीं रोक पाती है।

तुमने लिखा कि मैं बहुत बदल गया हूँ। सच कह रही हो तुम, मुझमें छोटे-छोटे बदलाव बहुत आ रहे हैं। तुम्हें जानकार ताज्जुब होगा वहाँ से आकर मैंने अभी तक सलाद नहीं खाया है जबकि हमारा ब्रेकफास्ट बिना सलाद के कहाँ पूरा होता था? एक बार भी ड्राइव पर न निकला, न साइकिलिंग ही की। जबकि उन दोनों के बिना हमारा दिन ही नहीं गुज़रता था। हम वहाँ एक कमरे में बैठते थे लेकिन बत्तियाँ सारे घर की जला कर रखते थे। हम स्वप्न में भी नहीं सोच सकते कि इसी पृथ्वी पर ऐसे लोग भी हैं जो आज भी अँधेरे में जी रहे हैं। महाराष्ट्र में अभी भी बहुत से ऐसे गाँव हैं जहाँ बिजली नहीं पहुँची है। यहाँ भी हर दिन चार-पाँच घंटों के लिए कभी दिन तो कभी रात में बत्ती गुल रहती है। यहाँ मामू को देखा कि पल भर के लिए भी वे बिजली बेकार नहीं जलाते। मैं अब बाजल में भी कभी सब कमरों की बत्तियाँ जलाकर नहीं रह पाऊँगा।

हाँ नैंसी, शायद राख में दबे अंगारे की तरह अम्मा का कोई अंश मुझमें अभी भी जीवित रह गया है जो अब बेख़ौफ़ सिर उठाने लगा है। अम्मा कहती थी कि जो अपना सारा कमाया आप खाता

है वह पाप खाता है। मैं भी अभी तक पाप ही खा रहा था। आज कामथडी के लिए सड़क बनाकर अच्छा लग रहा है। अपराधबोध तो क्या कम होगा लेकिन यहाँ जो देहाती दुनिया खुल रही है मेरे आगे उसमें साँस ले पा रहा हूँ। अशान्ति कुछ कम हो रही है। आज स्वार्थ के पुतले से थोड़ा मनुष्य हो पाया हूँ क्योंकि मनुष्य के थोड़ा निकट पहुँच गया हूँ। आज समझा हूँ कि बड़ा शहर कोई बड़ा स्वप्न नहीं दिखाता क्योंकि बहुत जल्दी ही वह बौने सुख के कीचड़ से आँखों को भर देता है।

सरकार, सिस्टम और प्रकृति के मारे, सूखे और प्यास से ग्रस्त कामथडी के लिए अब अगला क़दम होगा ऊपर तालाब ख़ुदवाना। क्योंकि जितना मैं समझ पा रहा हूँ, जैसे कि मामू और गाँव के रामावतार चाचू ने मुझे समझाया कि हमारे देश में ज़्यादातर सिंचाई ज़मीन के नीचे से पानी निकालकर की जाती है। हर जगह चाहे गाँव हो, चाहे कस्बा ज़्यादातर लोग जल के लिए ज़मीन के पानी पर निर्भर हैं। हर दिन लाखों क्यूबिक मीटर पानी निकाल लिया जाता है। जितना पानी हम निकालते हैं, उतना पानी हम वापस ज़मीन के अन्दर स्टोर नहीं कर पाते हैं। पानी वापस ज़मीन के अन्दर जाए ऐसी कोई ढंग की व्यवस्था भी नहीं। अब हालत यह हो गई है कि हर कहीं भूमिगत जल का स्तर नीचे जा रहा है। इससे धरती की नमी भी लगातार कम हो रही है। अलग-अलग इलाक़ों से अक्सर ही इस तरह की ख़बरें आ रही हैं कि वहाँ पर पानी का स्तर काफ़ी नीचे चला गया है। पानी लगातार नीचे जा रहा है और हम उन्नत तकनीक, पाइप और मोटर आदि के द्वारा पानी को लगातार खींचते जा रहे हैं ऊपर की ओर। वो और नीचे खिसक रहा है। इस जल संग्रह में राई रत्ती और जोड़ने की चिन्ता किसी को नहीं है। पहले पचास फुट तक पाइप नीचे जाता था और जल मिल जाता था। अब पाइप चार-पाँच सौ फुट नीचे तक भी जाता है फिर भी कहीं-कहीं कई बार पानी नहीं निकलता। हर कोई इस ख़ज़ाने का ज़्यादा से ज़्यादा हिस्सा भोगना चाहता है। लेकिन, सवाल है कि यह तो कोई समाधान नहीं। ऐसा कब तक चलेगा?

एक चीज़ समझ में आ गई है कि यहाँ के लोगों में अपनी गति या प्रवाह चाहे न हो पर एक बार यदि उन्हें कोई हिला दे तो वे पूरी ताक़त के साथ चल देते हैं। ख़ैर अब जो कुछ करना होगा हमें ही करना होगा, सरकार को वोट और नोट खींचने से ही फ़ुरसत नहीं। एक तालाब ऊपर पहाड़ पर है पर सरकार द्वारा बनाया वह तालाब बहुत ही गया-बीता और बहुत कम गहरा है और जो बनते ही रिसने लगा, उसमें पानी दस दिन भी नहीं ठहरता। हम लोग उसी तालाब को गहरा और चौड़ा ख़ुदवाकर 50 × 20 × 10 साइज़ का बनवाएँगे। यह काम मुझे तीन महीने के अन्दर यानी वर्षा के आने के पूर्व कर लेना होगा जिससे इस साल की वर्षा के पानी का इस्तेमाल हो सके।

मुझे अन्दाज़ नहीं था कि मामू इतने जानकार भी हैं। हमने जो सड़क बनवाई वह ख़र्च के हिसाब से न्यूनतम थी। सोचो नैंसी, सड़क बनी तो माटी पहाड़ ने दी, मेहनत किसानों की लगी और कच्ची सड़क की माटी पहाड़ पर बने खेतों के लिए खाद बन गई। एक बात और, माना छोटा-सा काम था यह, पर नहीं किए गए बड़े-बड़े कामों से कहीं बेहतर है किया हुआ यह छोटा-सा काम। फिर हर छोटा काम बड़े काम के लिए रास्ता निकालता है।

तुम महेश, शंकर, मनोज, पल्लवी और दिव्य कुमार के सम्पर्क में रहो। उन्होंने वादा किया है कि किसानों के इस महत्त्वपूर्ण काम में वे मेरी मदद करेंगे। और हाँ, टॉस, जॉन और जेम्स को भी मेरे इस नए प्रोजेक्ट के बारे में बता देना। सम्भव है वे भी कुछ मदद भेज दें। मैंने 'सेव फार्मर' नाम से एक संस्था बना भी ली है, उसका रजिस्ट्रेशन आज हो जाएगा, फिर बैंक अकाउंट खोल लूँगा। बस थोड़ी-सी शुरुआती मदद चाहिए, फिर मैं अपने संसाधन विकसित कर लूँगा। तुम इस लहूलुहान समय में जिस प्रकार मेरी ताक़त बनकर मेरे साथ खड़ी हो, मैं कभी नहीं भूलूँगा। काश! मेरी अम्मा तुम्हारा यह रूप देख पाती पर अम्मा के रहते तो मैं भी कहाँ देख पाया था।

तुमने लिखा नैंसी कि ज़्यादा मत सोचो और अतीत के बारे में तो एकदम भी नहीं। मैं क्या करूँ हर चीज़ यहाँ तक कि उड़ती, गाती

हुई आज़ाद चिड़िया भी मुझे अपने बारे में सोचने पर मजबूर करती है कि क्या हासिल हुआ मेरे अब तक के इस जीवन में? न माँ का हुआ न ख़ुद का। बहरहाल तुम्हारे मेल से शान्ति मिली कि वहाँ सब कुछ ठीक-ठाक चल रहा है। स्नेहा को तुमने समझा दिया है।

याद है मुम्बई में जब मैंने तुमसे फ़ोन पर कहा था कि दिल के बोझ ने मेरे पेट में अल्सर पैदा कर दिया है तो तुमने मुझे अविलम्ब डॉक्टर के पास जाने की सलाह दी थी। पर मैं जानता था कि इस अल्सर का कोई स्थायी समाधान मेरे डॉक्टर के पास भी नहीं होगा क्योंकि इस अल्सर का स्रोत मेरे अशान्त दिमाग़ से जुड़ा था। शरीर तो उसे बस दिखला भर रहा था।

तुम्हें जानकर ख़ुशी होगी कि अब यह ठीक है।

तुमने लिखा कि जॉर्ज ने कुत्ता पाल लिया है और उसका नाम गूगल में खोज रहा है। मैं जिस गाँव में हूँ वहाँ लोग आदमी के बच्चे के नाम के लिए भी इतनी मेहनत नहीं करते जितनी मेहनत जॉर्ज अपने कुत्ते के बच्चे के लिए कर रहा है।

तुमने लिखा कि तुम हैरान हो मेरे इस बदलाव पर। हैरान तो मैं कहीं ज़्यादा हूँ अपने इस बदलाव पर। सबसे बड़ा बदलाव तो यही कि अब मैं कुछ बनने की नहीं वरन् कुछ करने की सोचता हूँ। कभी सोच भी नहीं सकता था कि मैं कामथड़ी जैसे मच्छरों और मक्खियों से भरे गाँव में दो खटिया वाले मामू के घर में रह पाऊँगा। बहुत पहले जब कँपनी के काम से मैं चीन गया था तब मैंने एक पाखी को देखा था। नाम था उसका स्टोन फ्लावर। सभी पाखियों से अलग उसकी एक अलग ही छटा थी। वह पाखी जब बैठता तो लगता जैसे कोई पत्थर बैठा हो, फूल का सा आभास देता हुआ। सोचो वह ख़ुद एक पाखी, बैठता पत्थर की तरह किन्तु आभास देता फूल का सा। यानी पाषाणत्व, पुष्पत्व और पक्षीत्व सभी समाहित एक में। जाने क्यों आज भोर की शान्त बेला में आसमान में उड़ते पाखी को देख उसी स्टोन फ्लावर की याद आ गई। क्यों लगा जैसे मैं भी वही स्टोन फ्लावर हूँ। अभी तक स्टोन था यानी सिर्फ़ भौतिक समृद्धि के लिए जीता हुआ। सिर्फ़ सफलता और कैरियर की भाषा में सोचता हुआ। अब

थोड़ा-थोड़ा फूल-सा हो रहा हूँ यानी भौतिक चिन्तन से थोड़ा अलग हटकर सोचनेवाला। और शायद इसी प्रकार यह सफ़र चलता रहा तो पाखी यानी परमहंसत्व यानी परम तत्त्व की खोज में उड़ता रहूँगा।

—तुम्हारा अविनाश

p.s : मैंने मोटरबाइक ख़रीद ली है, नई बनी सड़क के स्वागत में।

19

भोर!

टी टि ई हि टिटि

आसमान में गोल चक्कर लगाती चील एकाएक उसके सर से होते हुए घर की मुंडेर पर बैठ गई। बचपन का डर फिर लौट आया। अम्मा कहती थी—ये चील आँख नोच कर ले जाती है। उड़ती चील को देखता रहा। जाने कब चील अम्मा में बदल गई। मन फिर अनमना हुआ। थोड़ा आगे बढ़ा तो डर से घिग्घी बँध गई। जाने कितने आवारा कुत्तों ने घेर लिया था उसे। कुछ भौंक रहे थे, कुछ जीभ निकाले घूर रहे थे। एक झबरीली कुतिया तो सूँघते हुए उछलकर उसके कन्धे तक पहुँच गई थी। कैसे सामना करे वह? बाजल में तो उसने सड़क पर एक भी कुत्ते को नहीं देखा था, जो भी होते थे लोगों के पालतू कुत्ते होते थे, वे भी पिंजरे में। क्या करे वह? क्या दौड़े? पर कुत्तों से तेज़ क्या दौड़ पाएगा वह? आसपास कहीं कोई छिपने की जगह भी नहीं। दम साधे राम-राम करता रेंगता रहा वह कि सामने से आते दिख गए मोहन दादा। समझ गए वो। आते ही उन्होंने पकड़ा हाथ अविनाश का और दाएँ हाथ में रखी नीम की संटी घुमाते हुए चलते-चलते करने लगे बात कुत्तों से—क्यों रे, मोती, आज क्या खाया? रात कहाँ सोया? तू आजकल बहुत बदमाश हो गया है, तेरे को ठीक करना होगा। क्यों रे कालू, क्यों तंग कर रहा था अविनाश दादा को? जाने क्या-क्या बोलते रहे मोहन दादा कुत्तों से और दुम हिलाते कुत्ते सुनते रहे उनको। साधारण होते हुए भी असाधारण लगा यह दृश्य। कुत्ते भी जैसे लय-ताल में थे पूरे परिवेश के। थोड़ी देर बाद सभी कुत्ते

पीछे छूट गए। राहत की साँस ली अविनाश ने—"दादा बचा लिया आपने, मैं तो बहुत डर गया था।"

"अरे ये तो फिर भी कुत्ते हैं। एक बार अम्बेद गाँव में भोर-भोर मैं जंगल में ईंधन के लिए लकड़ी बीनने गया था। बाप रे वहाँ दूर से देखा, बाघ, भागा मैं सिर पर पैर रखकर, घर में घुसकर ही साँस ली। ख़ैर ये कुत्ते भयानक नहीं हैं, इनसे बस दोस्ती कर लो। मुझे मेरी आवाज़ और गन्ध से पहचानते हैं, धीरे-धीरे आपको भी पहचान लेंगे।"

क्या-क्या सिखाएगा कामथडी? कुत्तों से भी संवाद? सोचने लगा अविनाश। सुबह की सुखद हवा के झोंके खाते-खाते घर पहुँचा और समय बिताने के लिए लैपटॉप खोला तो फिर एक सुखद आश्चर्य! मारिया का ई-मेल। वह लौट गई थी वापस। अपनी माँ को खोज नहीं पाई थी वह। एक-दो बार फ़ोन भी किया था उसने अविनाश को पर जवाब नहीं मिलने के कारण उसने किया यह मेल। उसने जानना चाहा था कि क्या उसकी अपनी अम्मा से मुलाक़ात हो गई? कैसी रही उसकी बीस वर्षों बाद हुई मुलाक़ात? उसने अनुरोध किया था कि यदि सम्भव हो तो अविनाश अपनी अम्मा की एक तस्वीर भी उसे मेल से भेज दे।

मन फिर ग़मगीन हुआ अविनाश का। आँखें फिर नम।

जवाब दिया उसने।

प्रिय मारिया,

हाँ, अम्मा से मुलाक़ात हुई भी और नहीं भी हुई। अम्मा मिली मुझे यहाँ की हवाओं में, किसानों के पसीनों में, बच्चों की निर्दोष हँसी में, युवतियों के लुढ़कते आँसुओं में। खेतों-खलिहानों की धूल में। हर वो आँख जो भरी है उदासी से, दिखती है अम्मा मुझे उन आँखों में। मैं अपने मौजों की धमक में खोया, सुखों के सागर में डूबा हुआ था। ऐसे में अम्मा ने न मिलकर मुझे मुझसे मिलवाया। मुझे मेरे होने का बोध कराया। मैं जिए जा रहा था बिना जीने की चेतना के अम्मा ने मुझे समझाया कि जीने का अर्थ तभी है जब जीवन का कोई सरोकार हो। जब मेरे होने से दुनिया थोड़ी और सुन्दर बने। अम्मा ने मुझे समझाया कि अपने क्षुद्र स्वार्थ के घेरे से निकलकर अनंत तक का विस्तार ही जीवन है।

उन गहन उदास क्षणों ने वह समय मेरे सामने खड़ा कर दिया जब मुझे अपने लिए कुछ मूल्य तय करने थे और यह पूछना था ख़ुद से कि क्या है मेरे लिए इस दुनिया में और क्या नहीं है? शायद तुम्हारी माँ ने भी आज तुम्हारे सामने यह सवाल खड़ा किया हो कि क्या है तुम्हारे लिए इस दुनिया में और क्या नहीं है?

अन्त में बस यही कहना चाहूँगा कि तुम अपनी खोज में कामयाब रहो। हर खोज सुन्दर होती है क्योंकि वह नई खोज की तैयारी करती है। मनुष्य की यह असमाप्त खोज ही जीवन को सुन्दर बनाती है। बस इतना ध्यान रखना मारिया कि हर ज़िन्दगी सच की अधूरी तस्वीर है और जीवन संयोग का ही दूसरा नाम है। सम्भव है कि तुम्हें तुम्हारी अम्मा मिल जाए और यह भी सम्भव है कि परिवार और समाज के दवाबों की नोक पर टँगी तुम्हारी माँ आज इतने सालों बाद अचानक आए इस भूचाल को झेल न पाए और तुम्हें पहचानने से ही इनकार कर दे। उस सूरत में भी तुम निराश न होना मेरी दोस्त।

हम काल के अनन्त प्रवाह में इस धरती पर तैरते एक बिन्दु भर हैं। हमें अपनी इच्छा के बिना ही जीवन में जीने के लिए धकेल दिया जाता है। क्या यह हमारे हाथ में है कि हम अपने जन्म का समय, परिस्थिति, स्थान या माँ-बाप तय करें? इसलिए अम्मा न भी मिले तो भी अम्मा या अपनी जड़ों को लेकर तुम परेशान मत होना, तुम जलकुम्भी की तरह बनना जो जहाँ होती हैं वहीं अपनी जड़ें फैला लेती हैं। तब शायद तुम एक संकीर्ण सत्य से मुक्त होकर बृहत सत्य के सामने आ खड़ी होगी। यह जीवन ऐसा ही मिलता है हम सबको, जिसमें कुछ न कुछ हमसे हमेशा ही छूटा हुआ रहता है। इसी अधूरेपन का नाम ही ज़िन्दगी है।

माफ़ करना मारिया जाने क्या-क्या लिख गया। बस आख़िरी बात, तुम मारिया नहीं, मध्य युग की मीरा हो, अलबेली मीरा। मामू से सुनी थी उसकी कहानी। मीरा जहाँ जन्मी, वहाँ की कभी नहीं रही। जाने कहाँ-कहाँ भटकती रही, कृष्ण और जीवन के गीत गाती रही, ख़ुशबू बिखेरती रही...। उसने ख़ुद को कहीं से न जोड़ा, बस जोड़ा तो सिर्फ़ विराट से। शायद तुमसे ज़्यादा मैं ख़ुद को यह मेल लिख रहा हूँ।

अम्मा की तस्वीर भेज रहा हूँ, उस अम्मा की जिसका होना कभी न होना था और आज जिसका न होना सबसे अधिक होना है, जो मेरे जीवन की लाइट हाउस बन चुकी है। मेरे जीवन का यह सबसे बड़ा सदमा है। जीवन का सबसे बड़ा सदमा शायद यही होता है कि उस सदमे को न भूल पाना। मेरी माँ के पास इन्तज़ार तो था मेरे पास तो वह भी नहीं है। ज़िन्दगी की सबसे बड़ी त्रासदी भी शायद यही होती है, इन्तज़ार का मर जाना।

तुम्हारा उदास मित्र,
—अविनाश

सड़क बनने के बाद अविश्वास से विश्वास की ओर बढ़ते अविनाश का नया रूप देख भीग-भीग जाते हैं मामू—अपने को खोकर फिर से पाया है उसने। हर वक़्त गाँव के लोगों से घिरा रहता है वह। जाने क्या-क्या चलता रहता है उसके भीतर। जाने किस-किस से मिलता रहता है वह। पर जो भी हो सत्य यह है कि अकेला था मुम्बई में तो कैसा सूख रहा था, यहाँ लोगों से जुड़ गया तो कैसा लहलहा उठा है। यह सचमुच ऐसा सच था जो उनके सामने साँस ले रहा था, धड़क रहा था, पर फिर भी विश्वास नहीं हो रहा था उन्हें।

देखते-देखते आ गया मकर संक्रान्ति का त्योहार। डगर-मगर बेंच पर बैठे-बैठे बीस वर्षों बाद देख रहा था अविनाश, पतंग उड़ाते बच्चों को। मन हुलसित हुआ उसका। सामान्य मानसिकता में होता तो वो भी पतंग-लटाई ले पतंग उड़ाता। पर आज उड़ती पतंग देख भी यही ख़याल आया कि काश कोई पतंग उड़ते-उड़ते पहुँच जाए उसकी अम्मा तक।

याद आई अम्मा तो आँखों ने भी किया अपना काम। भर आईं वे। हर औरत में दिखने लगी अम्मा। एक दृश्य फिर भर गया आँखों में—अम्मा की उम्र की ही एक महिला, लकड़ी के दो बड़े से गट्ठर उठा के डोलती-काँपती चल रही थी। जाने कैसी तो लहर चेतन-अवचेतन में उठी कि एकाएक लम्बे-लम्बे डग भरता वह पहुँचा उसके क़रीब, बिना कुछ बोले उठाया गट्ठर उसके सर से और पहुँचाया उसके घर।

समय की झाड़ियों से निकलकर फिर फुदकी कोई स्मृति—दरवाज़े पर रंगोली सजा अम्मा अपने आसपास वालियों को तिल-गुड़ के लड्डू बाँटती और बोलती,

"तिल गुड़ ध्या आणि गोड़-गोड़ बोला", मतलब तिल गुड़ लो और मीठा-मीठा बोलो। यहाँ कमथडी में भी देखा उसने। सुबह से ही मोहल्ले की औरतें भेंट कर रही हैं मामू को तिल-गुड़ के लड्डू। कई तो रास्ते में भी बाँट रही थीं। कोई जान-पहचान नहीं तो भी सम भाव से जो सामने दिख जाए उसे ही भेंट किए जा रहे हैं तिल के छोटे-छोटे लड्डू।

फिर संवाद किया उसने नैंसी से—मुझे लगता है नैंसी कि भारतीय त्योहारों की मूल भावना सबको एकता के सूत्र में बाँध कर रखने की है, इसीलिए यहाँ प्रसाद का अद्भुत कांसेप्ट है। कोई जान-पहचान न हो फिर भी प्रसाद के नाम से सारा अपरिचय ग़ायब। न देनेवाले के मन में देने का अहंकार और न लेनेवाले के मन में लेने की हीन भावना। एक समर्पण भाव हर तरफ़। और यह भी मैंने जाना कि उत्तर भारत में जिस दिन मकर संक्रान्ति होती है, उसी दिन दक्षिण में पोंगल और पंजाब में लोहड़ी का त्योहार मनाया जाता है और यही असम में बिहू कहलाता है।

है ना यह विविधता में एकता? धीरे-धीरे ही सही लेकिन समझ रहा हूँ अपने अद्भुत देश को।

अब कुछ अपनी बात। आज फिर एक नए अनुभव से गुज़रा नैंसी...नाई से बाल कटवाने का। मामू के यहाँ इस नाई का बाप मामू के पिता के ज़माने से आता रहा था। इसका ख़ानदानी पेशा है बाल काटना। यहाँ गाँवों में आज भी जन्म के आधार पर काम तय हो जाते हैं। जैसे धोबी का बेटा धोबी, मोची का बेटा मोची, नाई का बेटा नाई। ताज्जुब नाई ने भी मेरे बारे में सुन रखा था, इसलिए वह बाल काटने में डर रहा था और मैं कटवाने में। आज मैंने मामू के जीरो बल्ब को हटाकर ट्यूब लाइट लगवाई। अद्भुत हैं यहाँ के लोग, हर तरह से जी लेते हैं। बहुत असुविधा हो रही थी पीली रौशनी वाले उस मरियल लट्टू से।

20

नीली रातों के नीले विस्तार में डूबा अविनाश अभी भी डर जाता है नींद के ख़याल से। क्या भरपूर नींद आएगी उसे? मामू कहते हैं कि नींद के लिए चाहिए किलो

भर थकान। हर दिन इस किलो भर थकान के लिए चार किलोमीटर पैदल चलता है अविनाश फिर भी नींद है कि चार किलोमीटर दूर! अम्मा के जाने के बाद कोई भी रात ऐसी नहीं आई जब सुबह ही आँख खुली हो उसकी। तारों की छांव में, नींद के उथले तालाब में घड़ी भर के लिए डुबकी लगाता है वह और शीघ्र ही लौट आता है उदास करती तनहाई और ठहरे हुए वक़्त में। ऐसी ही किसी रात के मलबे पर उठता है वह और सोचता है कि कहीं पढ़ा था उसने कि इनसान दो बार जन्म लेता है—पहली बार माँ के गर्भ से और दूसरी बार परिस्थितियों की मार से। पर इनसान एक बार और जन्म लेता है किसी ऐसे सदमे की कोख से जिसे जीवन-भर न भुलाया जा सके। उचटी नींद और बेचैनी...खाँसते हुए कमरे के चक्कर काटता है कि मामू की आवाज़ आती है—"क्या बात है नींद नहीं आ रही है?"

"हाँ मामू। सोच रहा हूँ कि क्या आज शाम सब गाँव वालों को फिर से इकट्ठा किया जा सकता है? हम लोग इस बार भी मिलकर ऊपर पहाड़ पर जो सरकारी तालाब है न उसको अपनी ज़रूरत के अनुसार और गहरा, लम्बा और चौड़ा ख़ुदवाएँगे।"

"क्या? तालाब बनवाओगे?" मामू की आँखें चमकने लगीं लेकिन दूसरे ही पल उनके मस्तिष्क पर चिन्ता की लकीरें खिंच गईं—"क्या थोड़ा बड़ा सपना नहीं देख रहे तुम?"

"हर सच पहले एक सपना ही होता है मामू।" कितना गहरा है यह मुलगा ठीक अपनी आई की तरह, सराहते हुए ख़ुद से कहते हैं मामू।

"लेकिन उसमें ख़र्च बहुत आएगा। ख़ैर अभी सो जाओ सुबह बात करते हैं।"

सुबह के इन्तज़ार में रात नहीं बीत रही है। एक स्वप्न क्या पूरा हुआ, स्वप्नों की पूरी फसल ही लहराने लगी भीतर। अविनाश को डर है कि कहीं उससे बिना बतियाए ही मामू निकल न जाएँ खेत में, इसलिए उठते ही फिर हाज़िर वह मामू के सामने। फिर वही सवाल।

आँगन बुहारते हुए जवाब देते हैं मामू, "गाँव वाले तो तैयार बैठे हैं। तुमने धूम जो मचा दी है। इतना पढ़ा-लिखा और वह भी विलायत पलट...ऐसा नमूना कहाँ दिखाई देता है? सरपंच सहित सब आ जाएँगे। सड़क बनवाकर तुमने उनका विश्वास जो जीत लिया है। अब तो हाल यह है कि आस-पास के गाँव के लोग

भी अपनी-अपनी ग्राम पंचायत पर दवाब डाल रहे हैं सड़क बनवाने के लिए। यह किसी भी गाँव में अपने प्रयासों से बननेवाला पहला प्रोजेक्ट है—इसे लोग अपनी भाषा में सब तरह के काम करनेवाली सड़क बोलते हैं। पर देखो बेटा सड़क तो बहुत कम ख़र्च में बन गई थी पर इसमें ख़र्चा बहुत आएगा। यह ज़्यादा बड़ा काम है।" स्नेह से उसके कन्धों पर हाथ रखा मामू ने।

"हम सब मिलकर हल निकाल ही लेंगे मामू। अच्छे काम के लिए बस एक बार हल्का-सा धक्का लगाना पड़ता है फिर हाथ अपने आप जुड़ जाते हैं।" थोड़ा खीज-सा उठता है अविनाश—"आप यह बताइए कि इस तालाब को गहरा ख़ुदवाने के लिए किसकी परमिशन लेनी पड़ेगी? क्योंकि अनुभव से मैंने जान लिया है यहाँ काम करने से कठिन है काम करने की परमिशन का मिलना।"

"इसके लिए सिर्फ़ पंचायत की इजाज़त लेनी पड़ेगी। क्योंकि वह ज़मीन न फॉरेस्ट वालों की है और न ही सरकार की है। वह प्राइवेट ज़मीन है इसलिए परमिशन मिल जाएगी। इस मामले में पंचायत ही सर्वेसर्वा है।"

राहत अनुभव करता हुआ कहता है अविनाश, "यह अच्छी बात है। अब अपने को दो काम करने हैं। एक तो अभी जो तालाब है उसकी लीकेज ठीक करानी है और दूसरा इसके साथ ही उसे और गहरा ख़ुदवाकर और चौड़ा और लम्बा करवाना है जिससे वर्षा का पानी अगली वर्षा तक जमा रहे और आप लोग साल भर में कई फसलें उगा सकें। वे फसलें भी जिनमें पानी अधिक लगता है। पर एक बात समझ नहीं आई, तालाब गहरा नहीं, बड़ा नहीं तो समझ आता है पर यह लीकेज वाली बात?"

हँस दिए मामू। पहाड़ी झरने सी कल-कल करती हँसी!

"धीरे-धीरे समझोगे बेटा। यह सरकार द्वारा बनाया तालाब है। ये लोग कम-से-कम पैसे में बनवाते हैं और अधिकांश पैसा खा जाते हैं। इनका तालाब बनाने का तरीक़ा अलग होता है। ये लोग बिना ख़ुदाई किए अन्दर ब्लास्ट करते हैं जिससे अन्दर तक दरार पड़ जाती है। उस दरार के चलते ऊपर से जितनी भी सावधानी बरतो पानी अन्दर ही अन्दर रिसने लगता है। बारिश के समय ऊपर से भरा-भरा दीखता है पर पानी दो-तीन सप्ताह से अधिक टिकता नहीं है, जबकि पानी आठ-नौ महीने टिकना चाहिए। हम लोग जब बनवाएँगे तो खुदाई करवाकर बनवाएँगे, फिर अन्दर ही अन्दर मजबूत पत्थर की सतह बनवाएँगे जिससे पानी रिसे नहीं। इसमें पैसे ज़्यादा लगेंगे पर तालाब मजबूत बनेगा।"

थोड़ा ठहर कर फिर बोलते हैं मामू—"देखो तालाब कैसे बनेगा उसकी चिन्ता तुम हम लोगों पर छोड़ दो। यहाँ पानी को सहेजने की कला हमें विरासत में मिली है। यदि उन मूर्ख सरकारी अधिकारियों ने हमसे ज़रा सी भी सलाह ली होती तो यह तालाब ऐसा फुस्स तालाब नहीं बनता। लेकिन करें भी क्या जब हर जगह मूर्खता ही विराजमान हो।

शाम!

खुली हवाओं और झूमते दरख़्तों के बीच सरपंच सहित चढ़ाई के ऊपर बने लगभग पचास खेतों के किसानों और गाँववालों के साथ ज़ोरदार शोरदार जमावड़ा शुरू भर हुआ था कि धम से चली गई बिजली। अविनाश झल्लाया—उफ़ अभी ही जाना था बत्ती को भी। मामू ने शान्त रहने का इशारा किया। आनन-फानन जलीं कई लालटेनें। तारों के फीके उजास और लालटेन की धूमिल रौशनी में कई बातों पर बनी सहमति।

मौजूदा तालाब को गहरा ख़ुदवाया जाएगा। लगभग 50 × 20 × 10 के साइज का। गहरा ख़ुदवाने के लिए जेसीबी और पोकलैंड मशीनों का प्रयोग किया जाएगा। हर दिन आठ घंटे के हिसाब से लगभग दो महीने ख़ुदाई में लगेंगे। इसके लिए RCC वालों को ठेका दिया जाएगा। तालाब के अन्दर से जो मरुम माटी और पत्थर निकलेंगे उनके उपयोग से तालाब के बाहर बॉउंड्री बना दी जाएगी जिससे बारिश के दौरान पानी का बहाव बढ़ जाने पर माटी बह न जाए। इस बात पर भी सहज स्वीकृति बनी कि तालाब की बॉउंड्री के बाहर थोड़े वृक्ष भी लगाए जाएँगे जिससे बारिश के पानी को वहीं रोका जा सके। इस प्रकार तीन चरण में तीन काम किए जाएँगे—खुदाई, बॉउंड्री और वृक्षारोपण।

मामू बेचैन थे कि एक बार रफ़ अनुमान लगा लिया जाएगा कि ख़र्च कितना आएगा?

अविनाश ने पंचायत के लेटरहेड पर 'NOC' का एक प्रारूप बना कर तैयार रखा था। हाथोहाथ सबके उस पर हस्ताक्षर करवा लिए गए। योजना थी कि वर्षा के पहले तालाब बनकर तैयार हो जाए।

सप्ताह भर के अन्दर RCC वालों को पौने तीन लाख में तालाब खुदाई और तालाब के बाहर बॉउंड्री बनवाने का ठेका दे दिया गया। वृक्षारोपण का काम गाँव वालों ने अपने हाथों में ले लिया।

लोग ख़ुश थे कि यदि सचमुच यह तालाब बनकर तैयार हो गया तो वे टमाटर, प्याज और गन्ने जैसी फ़ायदेमन्द फ़सल भी उगा सकेंगे।

दूसरे दिन!

अलसाई दोपहर में अविनाश की चारपाई के लिए मूँज की रस्सी बनाते-बनाते तल्लीन हो मामू 'केशवा माधवा तुझा नांवा गोड़वा...' गा रहे थे कि बाहर से आते हो हल्ला ने तल्लीनता भंग की उनकी। वे भीतर से बाहर निकले। देखा, अविनाश की मोटरबाइक भैंस से भिड़ गई थी। विचित्र नज़ारा था, भैंस से सटी मोटरबाइक और मोटरबाइक पर लुढ़का अविनाश। वे पहुँचते उसके पहले ही भैंस को अपनी भूल महसूस हुई और वह शर्माती हुई दाहिनी तरफ़ मुड़ गई।

"भैंस से कैसे भिड़ गए?" सड़क पर उड़ते धूल के बादलों को देखते हुए पूछा मामू ने। आस-पास की भीड़ और मामू की जिज्ञासा को दरकिनार करते हुए थोड़ा आगे बढ़ गया अविनाश। "चोट तो नहीं लगी?" मामू के पूछने पर खिझियाते हुए जवाब दिया अविनाश ने—"कुछ नहीं हुआ, बस मैं थोड़ी जल्दी में था मामू। मैं आज पारतुल के लिए निकल रहा हूँ।"

"पारतुल? पर क्यों? शोभा से मिलने?" डकार लेते हुए पूछा मामू ने।

"हाँ शोभा से भी मिल लूँगा। पर मैं जा रहा हूँ आधारबड वाले बालासाहब और गोविन्दगिरी से मिलने।"

"पर क्यों?"

"उन्होंने बुलाया है मुझे।"

"उन्होंने? तुम उनके सम्पर्क में थे?"

"हाँ मामू! कई बार फ़ोन से उनसे बात हुई। जब मैंने मुम्बई आकर जाना कि अम्मा नहीं रही तब उन्होंने भी मुझसे सम्पर्क कर अम्मा की ढेर सारी बातें की थीं। उन्होंने भी स्वीकार किया कि अम्मा के निर्देश का पालन करते हुए ही उन्होंने मुझे पुणे भेजा था। बहरहाल मामू यहाँ का काम तो आप लोग देख ही लेंगे, फिर अगले सप्ताह ही तो वापस आ रहा हूँ मैं।"

अच्छा लगा मामू को। कितना बदल गया है अविनाश, क्रीम चुपड़ते-चुपड़ते सरसों का तेल चुपड़ने लगा है चेहरे पर, जैसे दीये में नई बत्ती लगा दी हो किसी ने।

21

वापस पारतुल की ओर!

शर्मीली बहू सा शर्माता पारतुल!

जंगल-जंगल होते पहुँचा वह। टहनी-टहनी झड़ते पत्ते। देख-देख विस्मित-विमुग्ध हुआ अविनाश। पहली बार देखी ज़िन्दगी में, झड़ते पत्तों की बारिश। झूम उठा मन मयूर। भीतर आत्मा की प्रतीति हुई। बस कुछ पलों का था वह आनन्द लेकिन चित्त में ठहर गया। अवाक् हो देखता रहा वह, झड़-झड़ झड़ते सूखे पत्तों को। सुनता रहा उसके संगीत को। इस दृश्य से सुन्दर और क्या होगा? सच, जब तक नहीं जुड़ो प्रकृति से ख़ुशी अधूरी ही रहती है। काश! और होती यह बारिश! कितना सुख देती है प्रकृति, बस लेनेवाला चाहिए। आगे बढ़ा तो एक और मनोरम दृश्य—जगह-जगह रखे कुंडे। परिन्दों के लिए। पानी की कमी के बावजूद जगह-जगह पानी रखा हुआ था कुंडों में। भीतर तक उतर गया यह दृश्य। लगा जैसे वान गॉग की कोई पेंटिंग देख रहा है वह! उन कुंडों की तस्वीर ली उसने, जब-तब देखने के लिए और नैंसी को भेजने के लिए। बारिश और कुंडों ने मूड बदल दिया उसका।

फिर याद आई अम्मा की पहली रोटी जो हमेशा गायों के लिए बनती थी। दुनिया सिर्फ़ इनसानों की नहीं। कुंडों और हवा में घुली जंगली गन्ध को महसूसते हुए समझा रहा है वह अपने मन को—समझो प्यारे मन, जो हुआ उसे अनहुआ तो नहीं ही किया जा सकता है, उन यादों को शायद भुलाया भी नहीं जा सकता है, पर यह तो किया ही जा सकता है कि नई यादें, अच्छी यादें बनाई जा सकें जो उन पीड़ादायक पुरानी यादों की जगह घेर लें। बस यही करने जा रहा हूँ पारतुल! शुक्र है कि एक समय के स्वप्नविहीन, भविष्यविहीन अविनाश को स्वप्नों ने फिर ढूँढ़ लिया है। एक बात और! असुविधा ज़रूर मुझे यहाँ हो रही है पर जाने क्यों ऐसा मुझे कभी नहीं लगा कि यह जगह मेरे लिए नहीं है बल्कि कई बार तो यहाँ तक सोचता हूँ कि शायद मेरे लिए ही ख़ाली पड़ी थी यह जगह।

जीवन बहुत रंगों वाला रंगमंच है। सदैव एक ही दृश्य नहीं चलता है। अविनाश के जीवन में भी सार्वजनिकता बढ़ती जा रही है। आगे और बढ़ेगी। गोविन्दगिरी,

बालासाहब, सरपंच और गाँव के ढेर सारे किसानों से हो रही है बातें। दम लग रहा है उसे गोविन्दगिरी की बातों में, बोलते हैं तो लगता है जैसे किसानों की एक सदी बोल रही है उनके भीतर से,

"देखो हमारी समस्या कम वर्षा नहीं है, वर्षा तो सालों से उतनी ही आ रही है, लेकिन पहले हमारे पुरखों ने वर्षा की एक-एक बूंद को बचाना सीखा था। पचास साल पहले तक इस अंचल में ढेरों कुएँ और तालाब होते थे। तालाब सिर्फ़ जल संरक्षक ही नहीं होते थे बल्कि वे हमारी अर्थ व्यवस्था के भी मूलाधार होते थे। मछुआरों के लिए मछली, सिंघाड़ा और कुम्हारों के लिए चिकनी माटी के ख़ज़ाने हुआ करते थे। इसलिए बड़े सम्मान से हम कुओं को देखते थे। घर में बच्चा हो, बहू घर में आए, तो कुएँ की पूजा होती थी, इस पूजा द्वारा जल की क़ीमत के संस्कार दिए जाते थे। विकास की आँधी में बर्बाद हो गए कुएँ। आज सरकारी व्यवस्था तुरन्त नलकूप लगा देती है जो गर्मी आते ही सूख जाते हैं क्योंकि ये हैंडपम्प बरसात के जल पर टिके होते हैं। नए कुएँ बनाना तो दूर जो पहले से थे उन्हें भी ज़मीन के लालच में पाट दिया गया। तुम यदि सचमुच कुछ ठोस करना चाहते हो तो इस समस्या का एक ही समाधान है जो हमारे हाथ में है और वह है—बारिश की एक-एक बूँद को बचाया जाए। कितनी विडंबना है कि वर्षा होती है पर वर्षा के मोतियों को समेटने के लिए धरती के पास आँचल ही नहीं होता है। ऐसे में यह तो ज़रूरी है कि गाँव-गाँव में जलाशय और नहर ख़ुदवाई जाए और वर्षा के पानी का संरक्षण किया जाए, जिससे साल भर फसल उगती रहे और किसानों की आमदनी कई गुना बढ़ जाए। तभी किसानों को क़र्ज़ से मुक्ति मिलेगी और तभी उनकी आत्महत्याएँ रुकेंगी। एक बार किसान थोड़ा सँभल जाए तो किसान विरोधी सरकारी नीतियों और समर्थन मूल्य और किसानों के हिस्से के पानी को लेकर हमें राष्ट्रव्यापी आन्दोलन चलाना होगा, पर अभी जबकि भूख किसान के दरवाज़े पर ठिठकी खड़ी है, क़र्ज़े ने उनकी चेतना को सुन्न कर रखा है, तब तक अपनी विद्रोही आत्मा को सुलाकर पहला क़दम हमें यही उठाना चाहिए।" नाक पर आ चुके चश्मे को ठीक करते हुए कहा गोविन्दगिरी जी ने।

"नहर ख़ुदवाने के लिए क्या करना होगा?"

"कुल ख़र्च आठ लाख का है। इसमें आधा ख़र्च डीज़ल का ख़र्च सरकार देगी। अरे भाई JCB मशीन को चलाने के लिए जो डीज़ल लगेगा उसका ख़र्च

सरकार देगी। आधे ख़र्च का जुगाड़ हमें मिलकर करना होगा। ऐसा करते हैं शाम को सब गाँव वालों को इकट्ठा कर लेते हैं। कुछ किसान समृद्ध हैं, यदि वे कुछ योगदान कर दें तो आसानी होगी।

"आप गाँव वालों से सम्पर्क कीजिए, नहर बनवाने का काम हम वर्षा आने के पूर्व ही ख़त्म करेंगे, जैसे भी हो।"

जुड़े हाथों विदा लेता है अविनाश। प्रेम से उसे निहारते हैं दोनों कि अचानक बालासाहब कहते हैं—"बहुत दिनों से मन में एक सवाल कसमसा रहा है, बुरा नहीं मानो तो पूछना चाहता हूँ।"

"पूछिए न!"

"तुम्हें यहाँ रहते असुविधा नहीं होती? एकाध दिन की बात हो तो आदमी एडजस्ट भी कर ले पर तुम्हें तो आए इतने महीने हो गए, यहाँ की धूप, गर्द, गर्मी को झेलते हुए। कुछ तो है जो तुम्हें अटकाए हुए है यहाँ, नहीं तो वहाँ का सफल जीवन छोड़ यहाँ रहने का क्या तुक हो सकता है?"

मुँह से फिर गर्म हवा निकलती है अविनाश के। गले में गोला सा अटक जाता है। लोग भी उसके रहने को स्वाभाविक रूप से कहाँ ले पा रहे हैं। किसी प्रकार ख़त्म होते टूथपेस्ट की तरह अटक-अटक कर निकलते हैं कुछ शब्द, "क्या बताऊँ भाऊ! बाजल में था तो सोचता था कि क्या फ़र्क़ पड़ता है कि मैं कहाँ रहता हूँ, जब तक मैं सफल हूँ और जब तक मेरे भीतर मेरा मैं बचा है। लेकिन मैं ग़लत था भाऊ। सफलता एक धोखे के सिवाय कुछ नहीं है, असली चीज़ है भीतरी ख़ुशी, निर्मल ख़ुशी। दूसरी बात, भीतर का मैं, भीतर का सौन्दर्य, भीतर का रस भी तभी तक बचा रहता है जब तक बाहर से उसे धूप, पानी और हवा मिलती रहे और यह सब मिलता है अपने ही सूरज और चाँद से। अपनी ही माटी और अपने ही आसमान से, क्योंकि एक पीढ़ी का नहीं बल्कि सदियों से जुड़ाव रहता है हमारा उनसे। और सबसे बड़ी बात कि जब अपने ही घर में भुखमरी और ग़रीबी का अँधेरा छाया हो तो दूसरे देश की रौशनी सुकून नहीं देती है, भले ही सालों रह लें आप। देती है घुटन। अम्मा के जाने के बाद मैं समझ पाया हूँ इसे। अच्छा विदा दें।"

अब मुखातिब होते हैं बालासाहब गोविन्द जी से—"अब भी बचे हुए हैं ऐसे बीज धरती पर!"

मन फिर मुड़ गया पीछे। याद आई एक बतकही।

"अम्मा आज के ज़माने में जब पूरी दुनिया एक घर-सी बन गई है तो क्या फ़र्क़ पड़ता है कि मैं कहाँ रहूँ। यहाँ भी ढेर सारे भारतीय हैं, मन्दिर भी हैं, त्योहार भी हम मनाते ही हैं।

"जानते हो, प्रसिद्ध शहनाई वादक बिस्मिल्ला ख़ाँ को किसी विदेशी कम्पनी ने बहुत बड़ा ऑफ़र दिया था कि आप यहाँ आ जाएँ हमारे देश, हम आपके लिए बनारस जैसा ही माहौल पैदा कर देंगे। तो जानते हो, क्या जवाब दिया था उन्होंने, उन्होंने जवाब दिया—माहौल तो वैसा पैदा कर दोगे पर गंगा कहाँ से लाओगे?

मेरी कटखनी अम्मा, उस दिन तुमने फिर मेरी बोलती बन्द कर दी थी। इस ग़ुस्से में मैंने कई दिनों तक तुम्हें फ़ोन भी नहीं किया था। सॉरी अम्मा। उस दिन के लिए। आज समझा हूँ तुम्हारी बात।

22

वापस कामथड़ी लौटा अविनाश, जितना गया था उससे कहीं ज़्यादा। उसके साथ ही लौटा थोड़ा सा जीवन भी मामू का। रात फिर एक मज़ेदार घटना घटी। बत्ती बन्द कर मच्छरदानी में सोया था अविनाश। एकाएक हाथ घुमाया तो हाथ के नीचे गीलेपन का सा अहसास हुआ। चौंक कर उठा और बत्ती जलाई तो बगल में प्यार से लेटी थी बिल्ली मौसी। बाप रे! नींद में खलल पड़ने से बिल्ली भी गुर्राई। आधी रात के सन्नाटे में बिल्ली की बिल्लौरी आँखें जाने क्यों बड़ी खूंखार सी लगीं। मारे डर के बिस्तर बिल्ली के लिए छोड़ घर के बाहर आकर बैठ गया वह। भोर के थोड़ा पहले बिल्ली ने बिस्तर छोड़ा तो जाकर सारे किवाड़ बन्द कर फिर सोने की कोशिश की उसने। अपनी हालत पर हँसी भी आई—मेरा देश मुझे इनसानों के साथ रहना सिखाए या नहीं सिखाए पर जानवरों के साथ रहना ज़रूर सिखा देगा।

इस बीच सामाजिकता और सामूहिकता की एक और मिसाल पेश करता आया, गुढ़ी पाडवा (मराठी नव वर्ष) का त्योहार। हर घर के आगे सजी रंगोली। किसी

ने मामू के द्वार पर भी मांड दी थी रंगोली। दोपहर उसके घर में भी आए त्योहार पर बननेवाले पकवान। और एक सुखद आश्चर्य की तरह आया चीकू। कितनी ही बातें हुईं बीते दिनों की चीकू के साथ। हल्की-सी याद विस्मृतियों के बादलों के बीच अभी भी बिजली सी कौंध रही थी, शायद आज के ही दिन अम्मा पहनती थी नववारी साड़ी और भर-भर हरी चूड़ियाँ। जहाँ तक उसे याद है अम्मा को खास पसन्द नहीं थी नववारी साड़ी पर शायद अम्मा भी त्योहार की ख़ुशी के लिए पहन लेती थी। यही ख़ूबी है इन त्योहारों की जो सबको रंग देते हैं एक ही रंग में। आज भेजेगा वह नैंसी को इन त्योहारों की कुछ तस्वीरें, समझेगी वह भी कि किस प्रकार हमारे त्योहार कृषि संस्कृति से जुड़े हैं, घर में नई फसल का उत्सव है गुढ़ी पाडवा। आज चाहे किसान की प्रजाति पर संकट छाए हुए हैं पर एक समय था जब किसान के भीतर भारत साँस लेता था।

दो महीनों के भीतर तालाब बनकर तैयार था और अब प्रतीक्षा थी आषाढ़ की जो अभी भी महीने भर दूर था। कई बार अविनाश को लगता कि धीरे-धीरे यहाँ के पेड़ों से, तारों से, हवाओं से और यहाँ तक कि यहाँ के गंवार और कम पढ़े-लिखे लोगों से भी प्यार होने लगा है उसे। शाम के वक़्त जब आम के पेड़ों की बौराई अमिया की गन्ध उसके नथुनों में बस जाती तो उसे लगता बाजल के फूलों की गन्ध की जगह ले रही है ये बौराई अमिया की गन्ध, इस क़दर कि शायद बाजल पहुँच कर भी इस गन्ध से छुटकारा नहीं पा सकेगा वह।

धीरे से ही सही बारिश ने कामथेडी की प्रार्थना सुन ली। बादल आए पाहुने बनकर। हरी दूब पर चमकी पानी धुली धूप। तप्त धरती की तेज़ प्यास ने झिमिर-झिमिर बारिश की पहली नन्ही-नन्ही बूंदों को पूरी तरह सोख लिया। पत्तों पर गिरती जल बूंदों की महीन सुरीली आवाज़ को सुन रहा है अविनाश और यह सोचकर हैरान है कि किस चतुराई से प्रकृति अपना काम कर रही है। बाद की बारिशों ने मिट्टी की कठोरता को कम किया और उसे मुलायम बनाया। देखते-देखते निकल गया सप्ताह। सबकी उम्मीदों को साकार करती फिर आई झमाझम बारिश। नीले रंग से भर गया आसमान और पानी से लबालब भर गया नया-नवेला तालाब।

महबूब मौसम और जीवन को स्पर्श करती गोधूलि की एक शाम!

तालाब किनारे बैठा अविनाश! मस्त कलन्दर से तालाब में धूम मचाते बच्चों की शरारतों की आवाज़, पानी की छप-छप-छपाक के साथ मिलकर ऐसे रहस्मय और उल्लासपूर्ण वातावरण का निर्माण कर रही थी कि अविनाश की आँख फिर

डबडबा गई। जाने कब तक बैठा रहा वह तालाब किनारे लगे पेड़ के नीचे। सुनता रहा उन आवाज़ों को। देखता रहा कई रंगों वाले सांध्यकालीन आसमान में उड़ते परिन्दों को। फिर खुली डायरी लेकिन इस बार पढ़ने के लिए नहीं वरन् लिखने के लिए। उस शाम पहली बार उसने अम्मा की डायरी के नीचे लिखा, 'ख़ुश हो जाओ मेरी झाँसी की रानी, मेरी रहस्यमयी अम्मा कि तुम जीतीं, मैं हारा। धीरे-धीरे ही सही पर बदल रही हो तुम मेरे जीवन के सुरों को। क्षुद्र यथार्थ से विराट स्वप्न संसार की ओर ले जा रही हो मुझे। तुमको खोकर तुमको पाया मैंने और शायद अपने को भी। तुमको सुनते-सुनते मैं जाने कब अपने भीतर की आवाज़ सुनने लगा और तुम्हारे लोगों को, तुम्हारे भारत को देखते-देखते जाने कब अपने आपको देखने लगा। तुम्हारी खोज से शुरू हुई मेरी यात्रा अब जीवन और मनुष्य की खोज में बदल गई है। बधाई हो अम्मा। मैंने उठा लिया है गांडीव, अपनी क्षुद्र निजी पीड़ाओं और शंकाओं से ऊपर उठ जोड़ लिया है ख़ुद को लोगों से और यह वादा रहा तुमसे कि मेरे रहते जब तक इस ज़िले में आत्महत्या नहीं रुकेगी मैं लौट कर नहीं जाऊँगा।'

भोर की पहली किरण से शाम के सुरमई अँधेरे तक आनेवाले दिन भी तालाब के जादू से भरे भीगे-भीगे गुलज़ार दिन थे, जब पूरा गाँव जैसे किसी सपने के भीतर तैर रहा था और ज़िन्दगी छलक-छलक कर बाहर आ रही थी। नज़रों की छोर तक फैला हरियाला सौन्दर्य और लोगों की उत्तेजना से भरी छप-छप-छपाक! संध्या की लालिमा से भरे आसमान ने भी जैसे मुग्ध हो अपने सारे रंग कामथडी की धरती पर बिखेर दिए थे! पहली बार महसूसा अविनाश ने एक प्रकार का हल्कापन जो सभी दवाबों से मुक्त और हवाओं से भी हल्का था। पृथ्वी के गुरुत्वाकर्षण से भी ऊपर!

यौवन, उमंग और उत्साह जैसे पेड़ की डालियों की तरह आपस में गुत्थमगुत्था हो झूम रहे थे। तालाब में बच्चों से लेकर बूढ़ों तक नहाने की होड़ मची रहती। ज़िन्दगी की दौड़ में जो हँसी, जो भीगे-भीगे ठहाके पिछड़ गए थे उन्होंने उस ख़ुशनुमा शाम वापस अपना बसेरा ढूँढ़ लिया था। इस ख़ुशहाल वक़्त की नन्ही-मुन्नी बूँदें अविनाश की झोली में भी गिरती जा रही थीं। थरथराते गीतों के साथ पहली फसल के आम, केले, जामुन भी तालाब को अर्पित किए जाने लगे, साथ ही अविनाश को भी। बड़े लोगों ने एक ज़माने बाद देखा था यह नज़ारा तो कइयों के लिए यह एकदम ताज़ा टटका अनुभव था। एक दृश्य देख आत्मा प्रसन्न हो गई अविनाश

की। कुछ लोगों ने अपनी भैंस को तालाब में उतार दिया था। घंटे भर पानी में मस्ती करने के बाद भी भैंस अड़ी रही पानी में, लोगों ने उसे बाहर निकालना चाहा तो उसने विरोध किया, टस से मस नहीं हुई, शायद उसने भी बहुत दिनों बाद भोगा था यह सुख। पीछे-पीछे ठेला मारते हुमचते किशोर, आगे-आगे भैंस। पूरा परिदृश्य हो-हो की हँसी से गुलज़ार हो उठा।

बिग थिंग्स कम इन स्मॉल पैकेज (बड़ी ख़ुशियाँ छोटे आकार में ही आती हैं)...कहीं पढ़ा था अविनाश ने। तालाब किनारे लगे पेड़ के नीचे लोगों के भेंट किए दशहरी आम का स्वाद लेते हुए सोच रहा है अविनाश—सच मनुष्य के सामान्य जीवन ही सबसे बड़ा सत्य है। साधारण ही असाधारण है।

लेकिन फिर बदला मानसिक चैनल, दूसरे ही दिन। शाम घर से बाहर निकला कि चीख निकल गई। बारिश का पानी बह गया था, लेकिन सांप को वहीं छोड़ गया था। उसके पैरों के नीचे आते-आते बचा। बाप रे! बरसात में फुदकते केंचुए, मेढक, घोंघा को तो झेलना सीख गया था वह पर यह सांप! और वह भी घर के बाहर ही लेटा बड़ा सा साँप! पास में खड़े शिबू मामा ने भगा दिया सांप को—अरे ये बरसाती सांप है, काटता नहीं। जब भी बाहर निकलता है अविनाश, मन धुक-धुक-धुक-धुक, जाने कब झाड़ियों के पीछे से सरसराता निकल आए कोई सर्प या बिच्छू! याद आ जाते वे सारे लोग जो मरे थे बिच्छू के काटने से।

वातावरण से समरस होने में लगेगा थोड़ा समय—ख़ुद को समझाता-सहलाता अविनाश!

धीरे-धीरे गर्मी ने भी पाँव पसारने शुरू कर दिए थे। धूप की चकाचौंध में आँखें मिचमिचानी शुरू हो गई थीं। धरती के कंठ सूखने लगे थे। इसलिए मामू की चिन्ता का कोई अन्त नहीं था। आनेवाले दिन अविनाश के लिए जानलेवा होंगे। कहीं लू न लग जाए! उफ़ अविनाश नाम की इस पहेली को भी समझना मुश्किल। जो अविनाश घर आना नहीं चाहता था वह आज जाना नहीं चाहता है। क्या हर सत्य विपरीत सत्य में ही तोड़ता है दम? सोच रहे हैं मामू।

गुलाल से भरी एक शाम! जलते अलाव में भुनते मक्के की उड़ती ख़ुशबू।

मूड और मौक़ा देख गुड़ की चाय में रोटी डुबोते और आवाज़ में बरसाती बूँदों-सी मिठास लिए पूछ बैठते हैं मामू—"बेटा ग्यारह महीने हुए तुम्हें आए, एक बार भी तुमने अपने घर की ख़बर ही नहीं ली। कैसी है बहू और स्नेहा? एक बार

देश जाकर मिल आते उनसे।" जलतरंग से बज उठे मामू के शब्द। क्या जवाब दे अविनाश? आख़िर सोच कर बोला वह—"आप उनकी फ़िक्र न करें मामू। वहाँ मेरे बिना भी सब कुछ सुचारु रूप से चल रहा है।"

"फिर भी घर तो घर ही होता है।" चाय के घूँट भरते हुए कहा मामू ने।

एक सूखा आवारा पत्ता कहीं से उड़ता हुआ अविनाश की चाय की प्याली में आ गिरा था, उसे निकलते हुए कहा उसने—"घर? कहीं कोई घर होता भी है मामू? हम जैसे-जैसे बड़े होते जाते हैं हमारा घर छोटा होता जाता है। हम उसे छोड़कर चले जाते हैं। लौटकर आते हैं हम इस उम्मीद में कि घर मिलेगा, पर वह घर होता भी है कहीं? जिस घर को छोड़कर गया था क्या मिला वह मुझे? जिस घर को छोड़कर आया हूँ यहाँ, क्या वापस जाने पर वह वैसा ही मिलेगा मुझे? क्या कोई अन्तिम घर होता भी है मामू? जिसके बाद मिट जाए घर की तलाश? हर जगह अधूरापन है मामू। इसलिए अब घर की चिन्ता करना छोड़ दिया है मैंने। जहाँ निभ जाए ज़िन्दगी, जहाँ मनुष्य होने का अहसास बना रहे, ख़ाली आँखों को स्वप्न मिलता रहे, वही घर है अपना, शायद अन्तिम घर भी वही। फ़िलहाल यह गाँव, यहाँ के बच्चों की मुस्कान, चिड़ियों की उड़ान, इस नई बनी सड़क पर उमंग से चलते लोग, हल चलाते किसान, ये खेत, ये खलिहान, जीवन से इठलाता यह तालाब ही मुझे अपने स्वप्न—घर का अहसास करवा रहा है। दरअसल हम घर में रहते ही कहाँ हैं, हम तो एक स्वप्न के भीतर ही रहते हैं। जीवन की यह सामान्यता ही मेरा घर है। यही मेरे जीवन का सबसे बड़ा सत्य है मामू, बाक़ी सब माया है।"

बाप रे! कित्ती बड़ी-बड़ी बातें करने लगा यह कल का छोकरा। दुख सचमुच कितना मांज देता है...सोचते हैं मामू लेकिन फिर भी मुँह से निकल ही जाता है—"ठीक है घर न सही, पर अपने तो तुम्हारे वहीं हैं न!"

"अपने? मैं अम्मा का कितना अपना था मामू लेकिन कितना अपनापन निभाया मैंने अम्मा के साथ? आप ही बताइए मामू, अपना कोई होता भी है?"

"एक बार चले जाओ, यहाँ का काम हम लोग देख ही रहे हैं, फिर बीच-बीच में आते रहना।"

"नहीं मामू, जहाँ हर दिन की दैनिकता में ही दर्द हो, वहाँ इस दर्द को हर दिन ही मुझे समझना होगा क्योंकि यहाँ तो हर रोज़ पाँव में कांटे चुभते हैं।"

फिर भौचक्क मामू! हाय देवा! किसान मैं हूँ, बीज यह बिखेर रहा है।

23

पश्चात्ताप के अग्निकुंड में गलकर फिर से ढला अविनाश वापस पहुँचा पारतुल। नहर खुदवाने की योजना को अन्तिम रूप देने के लिए। साथ में है मामू का दिया चीनी-नीबू का पानी, कुछ प्याज और एक सीख—"कोड़े मारती गर्मी में ज़रा-सा भी लगे कि चक्कर सा आ रहा है तो पहला काम यही करना कि यह चीनी-नीबू का पानी पी लेना और प्याज को हमेशा जेब में रखना, लू नहीं लगती इससे।"

गोविन्द जी का घर। दो पल्लेवाले खुले किवाड़ पर लगी लोहे की सांकल को ज़ोर-ज़ोर से बजाता है। घर की कोई महिला निकलती है बाहर। "नहीं हैं" का संक्षिप्त जवाब। वह कुछ पूछता कि उसके पहले ही वह वापस अन्दर। वहाँ से वह बालासाहब के घर पहुँचा तो बालासाहब भी नदारद। बात क्या है? पिछली बार आया था तो बालासाहब आस-पास के लोगों के साथ पड़ोसी के घर की छप्पर को उठवाने गए हुए थे। क्या आज भी उठवानी है किसी की छप्पर? अजब है इस गाँव का धंधा, छप्पर तक मिलकर उठाते हैं सब। पर पूछे किससे? आख़िर सरपंच के यहाँ पहुँचा। खुले दरवाज़े से ही झाँका सरपंच का बेटा मनोज और उससे कहा—"वे क्या पूरा गाँव ही रजनी गाँव गया हुआ है।"

"एकाएक रजनी गाँव? पर क्यों?"

"बबनगिरि शेतकरी ने आत्महत्या कर ली है। तीन परिवारों के उस घर में यह दूसरी आत्महत्या है। सालभर पूर्व बबनगिरि के मुलगे ने भी मौत को गले लगा लिया था।"

बाप रे! फिर ख़ुदकुशी! अविनाश का मन इतना बेमन हो गया था कि बात करने तक की ऊर्जा नहीं बची थी उसमें। मनोज से बबनगिरि के घर का पता लेकर वह उलटे पाँव रजनी गाँव के लिए निकल पड़ा।

घंटे भर की यात्रा और वह बबनगिरि के घर के सामने। कुछ घंटे पहले ही पुलिस द्वारा चीर-फाड़कर और जैसे-तैसे सिलाई कर लाश को भिजवा दिया गया था। दाह के प्रबँध में जुटे हुए थे गोविन्दगिरी, बालासाहब और गाँव वाले। चिता सज चुकी थी। फुलवा के अन्तिम दर्शन और अन्तिम प्रणाम के बाद ही 'श्री राम श्री राम' के समवेत स्वर के साथ अरथी उठी तो फुलवा ने अरथी को एक बार कन्धा देने की इच्छा ज़ाहिर की—"न बेटा, न भाई, अपना कोई नहीं बचा,

कम-से-कम, मुझे तो कन्धा देने दो।" कुछ हिच-हिचक के बाद उसकी इच्छा का मान रखते हुए उससे कन्धा लगवा दिया गया। रजनी गाँव में किसी अरथी को दिया जानेवाला यह पहला स्त्री का कन्धा था। अविनाश भी शवयात्रा में शामिल होने के लिए उठा लेकिन गोविन्द जी ने इशारे से रोक दिया उसे और उँगली से घर में ही रहने के लिए कहा।

ऐसे ही उठी होगी अम्मा की भी अरथी। एक ही भाग्य दोनों अरथियों का, दोनों को ही नसीब न हुआ बेटे का कन्धा। मन फिर मुर्दा हुआ। भारी मन से फुलवा ताई का हाथ थामे घुसा खुले घर में अविनाश। आस-पास की कुछ औरतें फुलवा ताई को देख बिलख पड़ीं। इस रोने-बिलखने से निरपेक्ष फुलवा मोतियाबिन्द और कीचड़ सनी आँखों से सामने की दीवार पर टँगे पुत्र की तस्वीर को देखने लगीं। उसे ताज्जुब हुआ बिना रोए कोई कैसे झेल सकता है इस गहरे दुख को? क्या मौत से मौत की यात्रा सुखा देती है सारे आँसुओं को? सोच रहा है अविनाश—एक ही घर और लगभग एक ही परिस्थिति में रहते दो पति-पत्नी। पर एक की पीड़ा जीवन से बड़ी निकली, इसलिए जीवन हार गया। जबकि फुलवा ताई में अभी भी बची हुई थी थोड़ी-सी ज़िन्दगी, जो पीड़ा से बड़ी थी इसीलिए जीवित थीं वे। मराठी मिश्रित हिन्दी में अपने आप ही बड़बड़ा रही थीं वे—"दो-दो बेटियों की शादी में जितनी भी ज़मीन थी क़र्ज़े के चलते हाथ से निकल गई थी। अब ठेके पर दूसरों के खेत में मज़दूरी करनेवाले उसके अठारह साल के मुलगे ने साठ हज़ार का क़र्ज़ा लिया था। महीने के पाँच टका ब्याज पर यानी साठ प्रतिशत ब्याज दर पर। वह अपना कुछ धंधा करना चाहता था। वडील (बाप) को हड्‌डी तोड़ मेहनत के बावजूद हाय-हाय करता देख, मजूरी और खेती पर से विश्वास उठ गया था उसका, इसलिए वह छोटी-मोटी कोई दुकान खोलना चाहता था। बैंक ने क़र्ज़ा देने से मना कर दिया था, इसलिए किसी निजी साहूकार से लिया था क़र्ज़ा। अब क़र्ज़ा था, मज़दूरी थी, गिरता स्वास्थ्य था, पहाड़ की तरह भारी ब्याज था। देनदार जब भी देखते कोंच-कोंच कर जीना हराम कर देते। हर कोई किचकिचा रहा था उस पर। रोटी कम खाता, गाली और अपमान ज़्यादा खाता। रात-रात सोता नहीं, भूत की तरह डोलता रहता। ग़ुस्सा बहुत बढ़ गया था इन दिनों। एक बार तो उस महेंद्र महाजन के बेटे ने सरेआम उसे पीट दिया था। उसके बाद बाहर निकलना तक बन्द कर दिया था उसने। फिर एक दिन...मैं मनरेगा के अन्तर्गत एक सौ अस्सी रुपये रोज़ के हिसाब से 10 बाई 10 का गहरा गड्‌ढा खोदने के काम में जुटी हुई थी। पति दूसरे के खेत

में मज़दूरी करने गए हुए थे कि पीछे से दोपहर में बेटे की भीतर की आग बाहरी आग से जा मिली। शरीर धू-धू कर जलने लगा। मैं आई तब तक बहुत जल गया था वह। उसके साथ ही जल गई थी बबन गिरि की भी दुनिया। साँसें चल रही थीं पर मन मर चुका था। बस एक ही धुन थी कि किसी प्रकार मरने से पहले बेटे का क़र्ज़ा चुका दूँ, पर इन दिनों लगने लगा था कि इतना भारीभरकम क़र्ज़ा उतारना उनके बस का नहीं। तभी से कहने लगे थे—तेरे को तो मनरेगा सँभाल लेगा, मुझे जाने दे। कभी अपने आप ही बेटे की तस्वीर के सामने खड़े हो हिलग-हिलग रोने लगते। एक बार सुना, कह रहे थे—नया रूप धरना पर कभी किसान बन इस गाँव में जन्म न लेना जिसने भर पेट रोटी भी न दी तुझे। ओह, बिन खिले ही मुरझा गया तू। हर दिन की कहानी थी यह। कभी बेटे से तो कभी ख़ुद से ही बड़बड़ाना। मैं समझी, बेटे की मौत के बाद सटक गया है बुड्ढा। दिन पर दिन रोना बढ़ता जा रहा था, खाना छूटता जा रहा था। गिन कर रोटी बनाती वह भी पड़ी रहती, और कल रात क़रीब नौ बजे के बाद नवरा (पति) ने भी...।"

अविनाश ने कुछ नहीं पूछा उससे। संवाद के दौरान एक बार आँखें मिली थीं उसकी आँखों से, वे दुनिया की सबसे उदास और अँधेरों से भरी आँखें थीं। उसके घर की ही तरह उसका बहुत कुछ उघड़ा पड़ा था उसके सामने। गहरे नीले रंग की नायलॉन की साड़ी के आँचल से ढका सर। नीलापन लिए जगह-जगह झाइयाँ खाया गहरा साँवला रंग। जगह-जगह निकली ईंटों की तरह बाहर निकले थोड़े बड़े मिस्सी लगे पीले दांत। आँखों के नीचे अधजगी नींद की जमी गहरी कालिमा। उम्र साठ के आस-पास। छोटी-सी कोठरी के दरवाज़े से बँधी बकरी की चहुँ ओर बिखरी मेंगनी। घर के एक कोने में छोटी-सी चटाई पर सूखते प्याज। कुछ प्लास्टिक के भांड जिनमें नमक, चीनी और तुअर भरा हुआ था। पानी से भरी एक प्लास्टिक की बाल्टी। कुछ एल्युमिनियम के बर्तन। खूँटी पर लटके कुछ धुले-अधधुले कपड़े। कोने में पड़ा एक स्टोव, एक हँड़िया। एक लालटेन। थोड़ी ही दूर पर तेल के दो-तीन कनस्तर। दरवाज़े के ऊपर लिखा हुआ 'जय भवानी'।

बेटे की तस्वीर को देखते हुए वह ख़ुद से ही बुदबुदाई—"उस सुबह लाडका सोन्या (प्यारे बेटे) ने कुछ नहीं खाया था। मैंने पूछा तो एक बार तो कुछ नहीं बोला, दुबारा पूछा तो बोला—खायला नाहीं होत (मन नहीं है)। मुझे भी जल्दी थी, बिना कुछ दिए काम पर निकल गई। लाडका सोन्या गया, नवरा गया। अब तो मौत से डर भी गया, मैं ही बची हूँ, ले जाए। लेकिन भूख का डर आज भी नहीं गया

है। इस उम्र में कुदाल नहीं थमती पर पेट का गड्ढा नहीं समझता...। रात अच्छी लगती है, सुला देती है। दिन बहुत ख़राब होता है, भात माँगता है, पर बिना लात, भात कहाँ?" बोलते-बोलते ओंठ गोल कर मुँह से गर्म हवा छोड़ी उसने वैसी ही गर्म हवा जो कुछ देर पहले उसकी सूखी आँखें छोड़ रही थीं। जीवन की भट्ठी से दाना-पानी उठानेवाले उसके खुरदुरे कटे-पिटे हाथ हवा में हलके से लहराए।

अविनाश की चेतना में यहाँ की आग बरसाती गर्मी की तरह ही धँस गई है आत्महत्याएँ।

क्या रोकी नहीं जा सकतीं ये आत्महत्याएँ? क्यों नहीं, दुनिया के सारे युद्ध, सारी त्रासदियाँ, सारे विचलन चन्द लम्हों के दिमाग़ी विचलन के ही परिणाम होते हैं। वे सध जाएँ तो टल जाती है विपदा। जाने कब की पढ़ी एक घटना कौंध गई चेतना में, जाने किस पुस्तक में पढ़ी थी उसने वह घटना जिसे उसने अपने जाने कितने स्विस दोस्तों को भेजा था कि वे अपने अकेले घुटते अवसादग्रस्त माँ-बाप को भेज दें। दिमाग़ पर ज़ोर डाला उसने, घटना शायद इस प्रकार हुए थी—

एक फ्रांसिसी मैथमैटीशियन था, ज़िन्दगी से निराश होकर उसने आत्महत्या की ठानी। बहुत व्यवस्थित ढंग से वह आत्महत्या की ओर बढ़ रहा था। उसने पूरी लिस्ट बनाई। कहाँ-कहाँ पत्र लिखने हैं, किस-किस को उसका क्या-क्या लौटाना है, क्या-क्या बेचना है। उसने सोचा कि अमुक रात को बारह बजे वह आत्महत्या कर लेगा। वह इतना व्यवस्थित था कि उसका सारा काम रात ग्यारह बजे ही पूरा हो गया। अब बचा एक घंटा। क्या करे वह? वह लाइब्रेरी में चला गया। वहाँ समय बिताने की गरज से उसने एक किताब उठाई। किताब भी एक मैथमैटीशियन की ही थी। उसने लिखा था कि मैं जानता हूँ कि यह थ्योरी सही है पर नहीं सोच पा रहा हूँ कि कैसे? उसने सोचा कि मेरे पास घंटा भर शेष है क्यों न इस पर सोचा जाए। उसने सोचना शुरू किया। सोचते-सोचते सुबह के छह बज गए...और तब एकाएक उसे ध्यान आया कि वह तो आत्महत्या करना ही भूल गया। बाद के वर्षों में उसने उसी थ्योरी पर काम किया।

लहरों की तरह उठ रहे हैं विचार—पर आत्महत्या आत्महत्या में अन्तर है। किसान इस रास्ते को अपनाता है अन्तिम विकल्प के रूप में, जब ज़िन्दा रहने की अन्तिम लड़ाई भी हार जाता है वह, जब जी तोड़ मेहनत के बावजूद अस्तित्व के सारे रास्ते बन्द हो जाते हैं और भूख दरवाज़ा ठकठकाने लगती है। दूसरे शब्दों

में—इट्स अ जर्नी फ्रॉम हेल्पलेस तो होपलेस। जो भी हो, जैसे भी हो बचाना होगा इन कमज़ोर पौधों को। रोकना होगा इन आत्महत्याओं को। सोच पीछा नहीं छोड़ती अविनाश का। गर्दन झटक फिर रूठी नींद को रिझाने की कोशिश करने लगता है अविनाश।

24

चेतन-अचेतन के बीच हिलता-डुलता अविनाश!

आ-आ कर दूर होती नींद। बार-बार जीवन की भट्ठी से निकला फुलवा ताई का नीला पड़ा चेहरा और भाप छोड़ती उसकी आँखें कौंध रही थी ज़ेहन में। कितनी जान है आज भी उसमें। जीवन की असली योद्धा। श्रम और आत्मविश्वास के सहारे सजाई उसकी नन्ही दुनिया बार-बार उजड़ी, मौत की चील ने बार-बार झपट्टा मारा लेकिन वह आज भी डटी है। आज भी वह मरने की नहीं पेट के गड्ढे से मोर्चा लेने की सोच रही थी। पर उसी के संग रहनेवाले बबनगिरि क्यों इतना टूट गए कि उन जानलेवा पलों के हज़ारवें हिस्से में भी उन्हें फुलवा के ख़याल ने परेशान नहीं किया कि क्या गुज़रेगी उस पर या हताशा में इतने आगे निकल चुके थे वे कि वहाँ से फुलवा ताई उन्हें दिखी ही नहीं। फिर देखते-देखते फुलवा का चेहरा उसकी माँ के चेहरे में गड्मड हो गया...उफ़ हर मौत का चेहरा क्यों जुड़ जाता है उसकी अम्मा से? लहर सी बैचेनी में बिस्तर से उठ बैठा वह। मन ने कहा मन से—ये स्मृतियाँ मात्र स्मृतियाँ ही नहीं रहेंगी, नैतिक ज़िम्मेदारी रहेगी मेरी।

ओ! मेरी आत्मा की जासूस मेरी अम्मा! ख़ुश हो जाओ कि अब सुधर गया हूँ मैं!

लेकिन नहीं ढल रही ज़ालिम रात। तारों भरी आसमान की रहस्यमयता भी रिझा नहीं पाती है उसे। उफ़! क्या करे वह? शरीर को कितना थका दे? चेतना को कितना मिटा दे कि भूल जाए जो देखकर आया है वह। आँखों के खारे पानी को किन नदियों में मिला दे वह कि ख़ाली हुई आँखों में नींद भर जाए। बाजल में जब एकदम नया गया था वह, तब कुछ दिन उसे कम्पनी के गेस्ट हाउस में ही ठहराया गया था। रात में जब ज़रूरत से ज़्यादा शान्त और सजे हुए गेस्ट हाउस में

नींद नहीं आई. उसे तो उसने अपनी अटैची से अपने घर की चद्दर निकाली और उसे गेस्ट हाउस के पलंग की चादर पर बिछा दिया। फिर कल्पना करने लगा कि वह घर के बिस्तर पर ही सोया हुआ है। तब कहीं जाकर नींद ने सँभाला था उसे।

क्या आज भी कुछ ऐसा ही करे वह? पर किस घर की बिछाए चादर वह? बाजल के घर की? मुम्बई वाले अम्मा के घर की? पर आज उम्र के इस पड़ाव पर क्या चादर बदल देने से घर का मिल जाएगा अहसास उसे?

सवालों की नोक पर टँगा रहा सारी रात वह। सुबह उठते ही फिर गोविन्दगिरी और बालासाहब वाडेकर से मिला। दोनों उस दिन के अख़बार पर निगाह दौड़ा रहे थे। तीसरे पेज के एक कोने में छोटी-सी ख़बर थी बबनगिरि की जिसे देख बाबासाहब फिर ज्वालामुखी की तरह फट पड़े—"साठ प्रतिशत आबादी आज भी जीविका के लिए कृषि पर निर्भर है, 2 लाख लोग 2000 के बाद ख़ुदकुशी कर चुके हैं लेकिन आज भी मुख्यधारा के मीडिया के लिए यह कोई मुख्य ख़बर नहीं है।"

"अब कैसे गुज़ारा होगा फुलवा ताई का?" बिना भूमिका के ही पूछा अविनाश ने।

"मनरेगा तो है ही उनके पास। फिर भी अपने सीमित साधनों के बावजूद आधारबड वालों ने निर्णय लिया है कि फुलवा ताई की उम्र को देखते हुए उसके लिए तत्काल तीन बकरियों की व्यवस्था कर दी जाए, जिसका दूध बेचकर भुखमरी से मोर्चा ले सके वह!"

सोचते हुए कहा अविनाश ने—"अन्यथा न लें तो एक बात कहना चाहता हूँ।"

"कहिए न!

"फुलवा ताई के घर में जो अनहोनी हुई वह टल सकती थी, एकदम टल सकती थी। दुनिया में ऐसी कई दुर्घटनाएँ होते-होते टल गईं। बस ज़रूरत है थोड़े प्रेम, करुणा, थोड़ी सहानुभूति और संवाद की। मुझे लगता है जिस घर में पहले से ही आत्महत्या हो चुकी है, उस घर पर हमें विशेष ध्यान देना चाहिए।

पछतावे की धूप-छाया के कुछ ख़ामोश पल के बाद बोले गोविन्द जी, "बबनगिरि पर यूँ तो कोई क़र्ज़ा था नहीं, जो था उनके बेटे पर था। इसलिए क़र्ज़े के तक़ाज़े का तो कोई सवाल नहीं था। ज़मीन अब बची नहीं थी उनकी, मिल जाती तो मज़दूरी कर लेते थे। इसलिए फसल के ख़राब होने का कुछ दबाव था नहीं उन पर। फुलवा ताई भी मनरेगा से कुछ न कुछ कमा ही रही थी, लेकिन किसान के हज़ार दुश्मन और सबसे बड़ा दुश्मन तो यह स्वाभिमानी मन। बबनगिरि भी मन से

इतना टूट जाएँगे, नहीं सोच पाए थे हम, बल्कि एक बार मिले तो कह रहे थे कि उसी दिन मरे मुलगे की तस्वीर पर माला चढ़ाऊँगा जब उसका सारा क़र्ज़ा उतार दूँगा। नहीं चाहता मैं कि उसके नाम कुछ भी क़र्ज़ा बकाया रहे। इतने स्वाभिमानी थे वे। पर कुछ पता नहीं चलता मनुष्य के मन का। कुछ तो बदला है इन सालों में। पहले किसान टूट-टूट कर जुड़ जाता था, अपनी ही राख झाड़कर खड़ा हो जाता था। फ़सलें तो पहले भी ख़राब होती थीं, बारिश पहले भी दगा देती थी, पर तब किसान उम्मीद, जद्दोजहद और एक हौसले का नाम था पर आज ज़िल्लत और अपमान से भरी परिस्थितियाँ इस क़दर कोंच-कोंच कर मार रही हैं उसकी गरिमा को कि वह उठकर खड़े होने की बजाय उठ जाना पसन्द करने लगा है...।"

कुछ ख़ामोश उदास पल। फिर बात आगे बढ़ाई अविनाश ने, "पर जाने क्यों मुझे लगता है कि आत्महत्या की ओर जानेवाला हर बन्दा जाने के पहले कुछ अनकहे इशारे ज़रूर देता है, अपने आस-पास वालों को, बस हम ही समझ नहीं पाते हैं। कोई भी एकाएक दृश्य से अदृश्य नहीं होता है। धीरे-धीरे वह अन्दर से मरता है फिर बाहर से। गले में झूलता फंदा सम्पूर्ण सत्य नहीं, वह एक चरम भर है जिसके पीछे त्रासद जीवन-यात्रा के जानलेवा निशान छूटे रहते हैं। काश उस आख़िरी निशान को समय रहते हम पकड़ पाएं! दिलीप उद्रराव का बेटियों के प्रति उमड़ा असाधारण प्यार, उनकी पत्नी तक नहीं समझ पाती है कि यह जाने के पहले का बेटियों के प्रति एक चरम बेबस पिता का अन्तिम प्यार था। अरुण जी ने अपने अन्तिम क्षणों में जीने की चरम विवशता में अपने इकलौते बैल की जोड़ी को बेच कुछ नकदी बटोरना चाहा, भोली पत्नी समझ नहीं पाई। बबनगिरि के संकेत तो और भी साफ़ थे। कदंब सावन्त ने चूल्हा बुझने की बात कही...। क्या ये कुछ कहे-अनकहे वे संकेत नहीं जो हर आत्महत्या की राह पर जानेवाला जाने से पहले दे रहा है अपने लोगों को? फंदे तक जानेवाला, जाने के पहले जाने कितनी बार अपने लिए फंदा बना चुका होता है। कल्पना के फंदे और वास्तविक फंदे के बीच का जो नाज़ुक सफ़र होता है उस अवधि में यदि हम उसे जीवन की ओर लौटा सकें तो शायद कुछ आत्महत्याएँ रुक सके! आर्थिक धरातल पर मजबूत करने के साथ ही साथ हमें इनके ज़ख्म खाए अपमानित मन को भी मजबूत करना पड़ेगा।"

"सही कह रहे हैं क्योंकि अब हिंसा का स्वरूप बदल रहा है। अब मारने के लिए हथियारों की ज़रूरत नहीं रह गई है। अब तो भूख ही हिंसा बन गई है। भूख

द्वारा लोगों की गरिमा को इतना मार दिया जाएगा कि वे ख़ुद ही मर जाएँगे।" बोलते-बोलते बालासाहब की आँखों की बाँबी से सर्प सरसराने लगे।

हुऊँऽऽऽऽऽऽ सहमति में एक लम्बी हुंकार भरते हुए कहते हैं गोविन्द जी— "सोचने की बात यह भी है कि सिर्फ़ किसान ही नहीं मर रहा है, हम सबके भीतर का किसान भी मर रहा है। भीतर का वह किसान जो मानता था कि जो जैसा बोएगा वैसा ही काटेगा।"

"सही कह रहे हैं, आज कर्म में आस्था रह ही कहाँ गई है..." कहते हुए बालासाहब जेब से निकाल दो हज़ार रुपयों का एक छोटा-सा करीने से बँधा पैकेट थमाने लगते हैं अविनाश को।

"क्या है यह?"

"नारायण वाडेकर दे गया था, शायद उधार लिए थे उसने तुमसे, बोला—आप तो मिलते रहते हैं, मिलें तो दे देना। मैंने मना किया तो बोला, ना मत कीजिए, अभी ही रख लीजिए, फिर ख़र्च हो जाएँगे।"

"मुझसे उधार? मुझे तो याद तक नहीं।" दिमाग़ पर ज़ोर डालते हुए कहा अविनाश ने।

"लेकिन उसे ख़ूब याद है।" उजली हँसी फुदकती है उनके ओंठों पर—"कर्ज देणारयाला शेतकरी कधीच विसरत नाहीं (किसान चाहे ख़ुद को भूल जाए पर क़र्ज़ देनेवाले को कभी नहीं भूलता है)।"

तभी उसकी यादों में चमका, झाड़ू जैसे उसके उलझे बाल...पसीने से गन्धाती उसकी फटी बनियान जो उसे उस समय असहज कर गई थी जब वह बतिया रहा था नारायण से और तभी उसकी निगाह पड़ी थी उसके हाथों पर जो धान की रोपाई करते-करते बुरी तरह सड़ गए थे। उसने ज़बर्दस्ती दिए थे उसे रुपये इलाज के लिए।

"कैसा है अब वह? ठीक हुई उसके हाथ-पैरों की सड़न?"

"अरे, यह तो घर-घर के किसान की कहानी है।" टेढ़ी हँसी हँसते हुए कहते हैं बालासाहब।

ध्यान से देखा अविनाश ने उन नोटों को। छोटे किसान की तरह छोटे-छोटे नोट। अधिकांश एक-एक रुपये के नोट। मुड़े-तुड़े, थोड़े मैले, कहीं-कहीं दाग लगे। सब रबड़ बैंड में बँधे हुए। एक भी सौ या पाँच सौ का बड़ा नोट नहीं। हर नोट जैसे हर दिन की बचत की कहानी। ज़ेहन में फिर कौंध गए पपीता काटते मामू के हाथ।

दूसरे दिन फिर मिला वह फुलवा ताई से लेकिन न मिलने की तरह ही रहा वह मिलना। उमड़ती-घुमड़ती काली बदली-सी उठीं फुलवा ताई, हवा के झोंकों के साथ हवा में महकी, प्याज-लहसुन, पसीने और मैल की मिलीजुली गन्ध। आँखें मिलीं तो बिजली सी कौंधी फुलवा की आँखों में, सामना नहीं कर सका अविनाश, हाथ जोड़े और लौट गया।

उषा की पहली किरण के साथ ही नींद खुल जाती है अविनाश की। अकेला अविनाश, साथ में ख़ामोशी भी और विचारों का शोर भी और आत्मान्वेषण भी—जीवन प्रिज्म की तरह होना चाहिए, ऐसा प्रिज्म जिसमें जीवन के सभी रंग हों, अपने मौलिक रूप में। कहाँ देख पाया था वह अब तक ऐसा बहुरंगी, फैलाव और विस्तार वाला जीवन। कितना सही कहा था मामू ने—किसानी जीवन के लिए कुछ करना है तो किसान को किसान की आँख से देखना सीखना होगा। बिना नब्ज़ पकड़े कैसे जानोगे कि कितना बुख़ार है? पर कितना मुश्किल है किसी ग़ैरकिसान के लिए किसानी जीवन के प्रिज़्म को देखना-समझना, उसकी ध्वनियों को सुनना, उनके सुख-दुख के विविध रंगों को देख पाना। किसान, चूल्हा और भूख का रिश्ता यहाँ आने से पहले क्या दुनिया का कोई भी मार्क्स समझा सकता था उसे? अन्न के एक-एक दाने की क़ीमत यहाँ आकर समझी है उसने। समझा है उसने कि जिस गेहूँ की रोटी या चावल खाता है वह, वह रोटी और चावल, श्रम की कितनी कितनी प्रक्रियाओं और कितने हाथों से गुज़र कर आता है उसके घर में। देखा है उसने, फसल कटने के बाद ग़रीबों को बचे अन्न के एक-एक दाने को बीनते हुए। भुक्खड़ों को जूठन पर टूटते हुए। ज़िन्दगी और श्रम का सम्बन्ध भी तो यहीं समझा उसने—धान के बीज डालते किसान, घुटने तक पानी में धान के पौधों को रोपते किसान, फिर महीने भर बाद पानी भरे खेतों में घुटने तक मिटटी में धँस कर एक-एक पौधे को दूर-दूर वापस रोपते किसान। खर-पतवार को इंच-इंच साफ़ करतीं, खुरपी से घास को निकालतीं, हँसिये से फसल काटतीं महिलाएँ। फसलों का गट्ठर बनाते किसान, फिर उन गट्ठरों को मशीन तक ले जाना, पुआल निकलवाना और अनाज निकलवाना...ये सारे मानवीय श्रम से भरपूर दृश्य इतनी बार देखे हैं कि चेतना में ख़ुद गए हैं। अभी तक तो आलम यह था कि हर वर्षा उसे सुकून देती थी। बचपन में पानी के मौजघर में काग़ज़ की नाव चलाना याद आता था उसे। अब वर्षा को भी किसानी आँख से देखना सीख गया है वह। एक बार चैत्र की वर्षा को देख

मन मयूर पूरी तरह झूमा भी न था कि मामू का उदास चेहरा देख सकपका गया वह—यह बेमोसम की बारिश बारिश नहीं, आसमान की आँखों से बरसते आँसू हैं किसानों के, ठीक नहीं ये गेहूँ के लिए और आम की फसल के लिए।

वह दिन और आज का दिन। बारिश तभी लुभाती है जब किसान के लिए मंगलकारी हो!

इन दिनों अपनी बीती ज़िन्दगी पर पुनर्विचार चल रहा है अविनाश का। जब-जब यादों के परिन्दे चोंच मारने लगते हैं, तब-तब बीते समय की जाने किन झाड़ियों में आज भी उलझ जाता है मन। सूने मन के किसी कोने में आज भी बज उठती है वंशी की धुँधली धुन सी सुहानी और दिल ले चलता है उसे चाँदिवली की उन गलियों में कि शायद दिख ही जाए सुहानी। ख़ुद ही झुँझला जाता है मन की इस बेवफ़ाई पर। उफ़! किस दिल की राख में दबी थी मुहब्बत की यह चिंगारी? जो थोड़ा कुछ हुआ था उन दिनों, आज वर्षों बाद रेगिस्तानी जीवन में वह थोड़ा कुछ भी बहुत कुछ महसूस हो रहा है। कौन जाने सुहानी के सीने में भी दबी हो बचपन की वह चाहत। शायद उसकी मुहब्बत ने भी बाट जोही हो उसकी फिर उसके न लौटने पर...। वह नहीं जाता बाजल तो शायद आज ज़िन्दगी उसी के साथ गुज़रती। पर दिमाग़ का यह कैसा लोचा है कि जब बस हाथ बढ़ाने भर की देर थी उस कबूतरी को पाने के लिए तब तो उड़ गया वह, सफ़ेद घोड़ों पर सवार हो और आज जब सब शेष है तो क्यों दिल पुकार रहा है उसे? क्यों मन हमेशा भागता है उसी के पीछे जो नहीं है? उफ़! तब दग़ाबाज़ी की मन से, नहीं दिया उसे पूरा मन। न उसे दिया न अम्मा को। यही रहा उसका इतिहास। दग़ा करना अपनी अनुभूतियों से। इसीलिए यह हासिल रहा उसका। पर अब सोचने से क्या फ़ायदा। अब तो गईं दोनों।

कल पढ़ रहा था अविनाश एक सर्वे जिसमें एक संस्था ने उन लोगों का साक्षात्कार लिया जो मृत्यु पथ के राही थे। कुछ कैंसर पीड़ित थे तो कुछ को डॉक्टरों ने जबाब दे दिया था। उनसे पूछा गया कि जीवन के इस मुक़ाम पर क्या उन्हें किसी बात का अफ़सोस है? तो अधिकांश ने कहा कि हाँ उन्हें इस बात का सबसे ज़्यादा अफ़सोस है कि उन्होंने स्वाभाविक ज़िन्दगी नहीं जी। अधिकांश ने कहा 'I didn't live true to myself'.

फिर शुरू हुई बतकही अम्मा से—चलाचली की बेला में मुझे ऐसा कोई अफ़सोस न हो इसके लिए अभी से ही तैयारी शुरू कर दी है मैंने, बना ली है

मैंने भी अपनी बकेट लिस्ट। कैसे समझाऊँ तुम्हें बकेट लिस्ट का मतलब। बस यूँ समझ लो मौत से पहले पसन्दीदा कामों की लिस्ट। तुमने तो कभी नहीं बताया मुझे अपनी बकेट लिस्ट के बारे में। कम घुन्नी नहीं थीं तुम। ख़ैर, मेरी बकेट लिस्ट सुन लो अम्मा। कितनी अजीब बात है न अम्मा कि जब यहाँ से गया था तो मेरी बकेट लिस्ट में चाँद-सितारों से भरा आसमान था पर आज मेरी लिस्ट में है—तालाब, नहर, सड़क, जैविक खाद और उन्नत किस्म के देशी बीज। समझ गया हूँ अम्मा कि ज़िन्दगी वही जिसमें ज़िन्दगी ज़्यादा हो सजावट कम। धूप और हवा ज़्यादा हो, पर्दे कम।

25

ग़ज़ल का साज़ उठाओ
कि बहुत उदास है रात

दुख-सुख की संगत में बीतते इन दिनों की कहानी में इस बीच बहुत कुछ बदला है। बदलने लगी है फिजाँ। बह रही हैं बदली हुई हवाएँ। चल रहा है स्वप्न और श्रम का शानदार सफ़र! जो ढपोर शंख अविनाश यह तक नहीं जानता था कि कटहल पेड़ पर और मूली, आलू धरती के अन्दर होते हैं, उसे आज इस जीवन की पत्ती-पत्ती, फुनगी-फुनगी की ख़बर थी। वह योजना बना रहा है 'किसान उच्च प्रशिक्षण केन्द्र' खोलने की जहाँ बताया जाएगा कि उत्तम कोटि के धान और गेहूँ कैसे उगाए जाएँ। जो रात-रात सो नहीं पाता था गहन अपराधबोध के चलते, उसके भीतर आज खिलते अमलतास के फूलों की तरह खिल रही है उम्मीद। उसी की अगुआई में पारतुल के आस-पास के गाँवों में सामूहिक प्रयासों से नहर खुदी जिसमें बरसात की एक-एक बूँद संगृहीत की गई। परित्यक्त तालाबों की सफ़ाई और गहरीकरण भी किया गया। 'किसान बचाओ' क्लब की स्थापना हुई, जिसमें उन सभी नवयुवकों को शामिल किया गया जिनके कन्धों पर उनके फांसी खाए परिजनों के शव लटके हुए थे। 'फार्मर्स बेसिक ट्रेनिंग सेंटर' भी खुला, जिसमें देशी बीज, देशी खाद और कीटनाशकों के देशी विकल्पों पर ज़ोर दिया गया जिससे माटी की स्वाभाविक

गुणवत्ता बनी रहे। साथ ही किसानों के उत्पादन का उचित मूल्य में ख़रीदी हो जाए और उन्हें भुगतान जल्द मिल जाए, इसी उद्देश्य को नज़र में रखते हुए कई जगह कृषि उपज मंडियों की स्थापना हुई। 'उमंग' क्लब की भी स्थापना हुई जिसके तहत हर रोज़ लगभग पचास से ऊपर किसानों से बातचीत होती है इस क्लब में। उनकी आर्थिक परेशानियों के साथ ही उनके कच्चे पड़ते जाते मन के मिज़ाज को भी टटोलने की कोशिश की जाती है।

एक आँख में यथार्थ और एक आँख में स्वप्न लिए वह चलता रहा। हाथ से हाथ जुड़ते गए और दो साल में स्थिति इतनी सुदृढ़ हो गई कि महिलाओं का फुसफुसाता जीवन भी चलने लगा। महिलाओं के लिए अलग से 'उड़ान संस्था' की स्थापना हुई। बतौर प्रयोग महिलाओं को जैविक खाद के लिए प्रशिक्षित किया गया। सात-सात महिलाओं का सेल्फ़ हेल्प ग्रुप बनाया गया। महिलाओं को बचत करने, अपना बचत फंड बनाने और सबसे बढ़कर गोबर और केंचुए की सहायता से जैविक खाद तैयार करने का प्रशिक्षण दिया गया। अच्छा यह हुआ कि महिला सशक्तीकरण की लहरें छोटी-छोटी पगडंडियों के सहारे ही सही गाँव, कूचों और कस्बों के दूरदराज के इलाक़ों में भी अपनी धमक के साथ पहुँचीं। एकदम शुरू में इन महिलाओं को उनकी जैविक खाद के लिए कोई ख़रीदार ही नहीं मिला, तो महिलाओं ने ख़ुद ही अपनी खाद का इस्तेमाल क़र लोगों को इससे उगी बेहतर पैदावार दिखाई। धीरे-धीरे आस-पास के गाँव वाले उनके ग्राहक बने। आज आलम यह है कि, महाराष्ट्र के गाँवों की माँग के अलावा उत्तर भारत से भी जैविक खाद की माँग इतनी अधिक है कि इनके स्वप्न, इरादों और चाहत को पंख लग चुके हैं। जिन्होंने कभी कोलकाता और दिल्ली का नाम तक नहीं सुना था वे आज पूरे भारत को नापने का हौसला रखती हैं। आज ये महिलाएँ अपने घर के बाहर खाद तैयार करने के लिए शेड्स लगवाने की तैयारी कर रही हैं।

ज़रा-सी आर्थिक सहायता...जरा सा प्रशिक्षण और अपनी ग़रीबी के अँधेरे पर रोशनी की तरह टूट पड़ीं ये उद्यमी महिलाएँ। कर्म और संघर्ष तो पहले भी था जीवन में पर शोषण और क़र्ज़ सब पर गोबर पोत देता था। सही है भूख से लड़ने से अधिक कोई सुन्दर कार्य नहीं। इसी सुन्दर काम के चलते यह गाँव भी अब सुन्दर लगाने लगा है उसे। ज़िन्दगी यहीं है, इन बदलती हवाओं में, इन महिलाओं के आत्मविश्वास में...इनकी मेहनत में...इनकी उड़ान में...सोचते-सोचते कब मीठी नींद ने उसे आग़ोश में लिया कि उसे पता ही न चला। फिर कई दिनों बाद एक

ऐसी सुबह उगी अविनाश के मन-आँगन में जो निखरी हुई थी क्योंकि तारों भरी रात नींद के आग़ोश में बीती थी।

घरेलू मोर्चे पर यह हुआ कि चीकू की शादी पास के ही गाँव की रेशमा से सम्पन्न हुई। मामू संतुष्ट थे इस सम्बन्ध से क्योंकि रेशमा उनकी स्वर्गीय पत्नी को भी बहुत पसन्द थी। कामथडी में बढ़ती किसानों की आत्महत्या के चलते लड़की वाले बीच में चुप्पी मार गए थे, लेकिन जब से चीकू ने शहर में जाकर सिक्योरिटी गार्ड की नौकरी धरी थी, चीकू में उनकी दिलचस्पी वापस जाग गई थी।

घर और बाहर...सभी जगह ऐसा हो रहा था जो राहत दे रहा था मामू को। फिर भी कुछ डर, कुछ असुरक्षा के भाव ऐसे होते हैं जो कभी नहीं मरते। वक़्त के साथ जड़ पकड़ते जाते हैं। मामू का डर भी हर वक़्त जीवित रहता है उनकी चेतना में। डर यह कि कहीं यह ज़िद्दी अविनाश इसी माटी का होकर न रह जाए। आख़िर सात समन्दर पार बसा उसका घर-संसार उसकी बाट जोह रहा है। जहाँ सिर्फ़ दो स्त्रियाँ हैं और उनमें भी एक तो महज दस साल की है और बुरा समय घंटी बजाकर नहीं आता है। सही है कि अविनाश सुबह की हवा-सा, सर्दियों की नरम धूप-सा हो गया है सिर्फ़ उनके लिए ही नहीं वरन् पूरे कामथडी और पारतुल के लिए भी। सबको कुछ ज़्यादा इनसान बनाया है उसने। उनके बेतरतीब जीवन और किसानी को भी सही दिशा दी है। फिर भी जी कोयला हो जाता है यह सोचकर कि बोतल से निकला यह महात्मा जिन्न जाने कब घुसेगा वापस अपने परिवार की बोतल में। सच, अब तो जैसे लगने लगा है कि उसको वापस भेजना पानी में हिलते चाँद को पकड़ना है। सोचते हैं कि कल से हर दिन घेरेंगे उसको। पर इसी बीच जाने किस कोने में घात लगाए बैठा दुर्भाग्य इस क़दर टूट पड़ता है मामू पर कि सारे समीकरण बिगड़ जाते हैं। नवी मुम्बई से फ़ोन आता है चीकू के दोस्त का—फ़ौरन आ जाओ, चीकू गिर गया है। कैसे? कहाँ? कुछ जवाब नहीं दिया उसके दोस्त रवि ने, बस एक ही गुहार—फ़ौरन आ जाओ, सीधे होली हॉस्पिटल में।

ग़नीमत थी कि अविनाश कामथेडी में ही था। किसी प्रकार धीरज बँधाता, सँभालता ले गया मामू को, होली हॉस्पिटल।

ज़िन्दगी की सबसे उदास कविता लिखी गई उस रात!

आई सी यू में चीकू। मौत के मुहाने पर खड़ा। माथे पर पट्टी, गले में पट्टा। नाक और मुँह में लगीं नलियाँ। चेहरे पर खिंची डर की भयानक लकीरें।

आँखों में डर की काँपती छाया। दोनों को देख भी कुछ बोल न पाया वह, सिर्फ़ आर्तनाद करती आँखों से देखता रहा। जाते वक़्त उसने हाथ जोड़ने की कोशिश की तो भीतर उमड़ते वेग को सँभाल न पाए मामू। बाँध टूट गया और धार-धार रो पड़े। डॉक्टर से मिला अविनाश तो उसने भी कोई आश्वासन नहीं दिया। उसके ललाट की गहरी सिलवटों और चेहरे की गम्भीरता ने बाक़ी कहानी भी कह दी।

रवि बताने लगा, "सुबह से कई सर्जरी हो चुकी हैं, अभी भी कई होनी हैं, पीठ की रीढ़ टूट गई है, माथे का पिछला हिस्सा फट गया है, ब्रेन में स्वेलिंग यदि नहीं रुकी तो फिर सर्जरी करनी पड़ सकती है। किडनी भी ठीक से काम नहीं कर रही है।"

"पर वह गिरा कैसे? वह तो सिक्योरिटी गार्ड की नौकरी पर था?" मामू हैरान थे।

जवाब आया, "नहीं, बोले तो, पिछले तीन महीने से उसने सिक्योरिटी गार्ड वाली नौकरी छोड़ यह नई नौकरी 'जोआइन' की थी, क्योंकि उसमें ठीक-ठाक पैसा तो था पर सारा तेल निकल जाता था। चौदह-चौदह घंटे खड़े रहने की ड्यूटी। इसलिए हम दोनों ने ही ठेके पर टावर की दीवारों पर पेंटिंग का काम पकड़ लिया था क्योंकि इसमें पैसे ज़्यादा मिल रहे थे, दिन के पाँच सौ रुपये। मैंने ही सिखाया था उसे ब्रश चलाना। इधर जितने भी टावर हैं सब पर हमीं लोगों के हाथों से रंग का ब्रश चला है। जो काम दूसरे मज़दूर आठ घंटे में करते हम पाँच घंटे में कर लेते इसीलिए हमें पैसे अच्छे मिल रहे थे। जोखिम तो था पर अभ्यास से हमने हाथ इतना साध लिया था कि एक पैर पर खड़े होकर भी ब्रश चला लेते थे। कल हम चालीस माले वाले टावर के तीसवें माले पर ब्रश चला रहे थे। सब कुछ ठीक-ठाक चल रहा था। पुताई का काम पूरा हो चुका था, बस अब हमें बँधे हुए बाँसों को उतारना था। ऊपर से नीचे तक बाँस उतारे जा रहे थे कि एकाएक भीमा के हाथ से जाने कैसे बाँस छूट गया, मैं चिल्लाया भी लेकिन एक तो बाहर का शोर, ऊपर से चीकू थोड़ा ऊँचा सुननेवाला। उस तक मेरी आवाज़ पहुँचे उसके पहले ही वह छूटा हुआ बाँस जाकर चीकू के माथे पर लगा। उसका संतुलन ऐसा गड़बड़ाया कि वह धड़ाम से नीचे।"

माथे पर हाथ दे मारा मामू ने। न चीकू ने उन्हें कभी बताया, न उन्होंने ही कुछ पूछा, दोनों ही अकेले-अकेले अपनी-अपनी नाव खेते रहे।

बाहर से फिर झाँका भीतर तो कलेजा मुँह को आ गया। डर से फट पड़ी निगाहें मामू की। गश खा गिरते-गिरते बचे। अविनाश दूर ले गया मामू को, नीचे रिसेप्शन में। उदासियों को ओढ़े, ख़ामोशियों से बतियाते, अँधेरे से भरी उस रात के नीरव सन्नाटे के साये में अतीत को सुनते दो दुख एक-दूसरे को यूँ देखते रहे जैसे सदियों से वहीं बैठे हों, प्रतीक्षारत, आशंकित, ख़ौफ़जदा। आशा के विरुद्ध आशा करते, फुसफुसाते 'ईश्वर भला करेगा'। मृत्यु और जीवन के बीच पल-पल झूलते अनुभवों का संधिस्थल बने अस्पताल में गुज़रते वक़्त को देखता रहा अविनाश और सोचता रहा क्या ऐसी ही वो रात भी गुज़री होगी जब टूटी होगी अम्मा की साँस की आख़िरी डोर? हिम्मत न हुई उसकी मामू से कुछ पूछने की।

अगले मनहूस दिन भोर का पाखी जागा भी न था कि भोर के तारे सा ही लुप्त हो गया चीकू। अनंत में विलीन हुई एक लौ और बन गई आसमानी तारा।

26

ज्वालामुखी सा धधकता वह दिन और कोयले सी काली वह रात जो बीत कर भी नहीं बीती!

ज़िन्दगी के भार से टूटे मामू! ताई और पत्नी का ग़म तो सह गए पर यह नई कोंपल-सा चीकू! आंतरिक सत्ता हिल गई मामू की। जिसे आँसुओं से सींचा, वही आँसू दे चला गया। उफ़ प्रेम का मधुवन सजा भी न था कि पिंजर टूट गया। उन चरम क्षणों भी दिमाग़ ने हिसाब लगाया, महज अठारह दिन ही तो बिताये थे उसने रेशमा के साथ कि समुद्री बालू पर लिखे नाम सा पल भर में ही उभरकर मिट गया। क्या भूल हुई उनसे? नहीं भेजना था शहर? पर वे भी क्या करते, अपनी ममता की हत्या कर उसे शहर भेजा कि उनके दुर्भाग्यों का वारिस न बने वह। भूख से मोर्चा ले सके, जी सके। पर जी भर जी भी न सका कि जी भारी कर चला गया, जी का टुकड़ा। लील गया मुम्बई। दे गया धोखा। मुम्बई तुझं तळपट होवो (मुम्बई तेरा नाश हो), ज़िन्दगी का सबसे बड़ा दुख दे डाला मुझे। ओह! रोटी कमाने गया और जान दे आया। कितने दिन खाई सुख की रोटी? कैसे जिए कोई? जाए कहाँ? क्या है कोई जगह ग़रीब के लिए?

अवसाद में भीगा दिन। मृत्युबोध का अधूरा साक्षात्कार पूरा हुआ श्मशान में, चिता की जलती लपटों के सामने, जब दूसरी बार इतने क़रीब से ज़िन्दगी की आग को महसूसा अविनाश ने। किसी प्रकार समझाया ख़ुद को—जब तक जीवन है, सामना तो करना ही पड़ेगा इन लहरों का। आँखों के आगे घूम गई पछाड़ खाकर गिरती नवविवाहिता रेशमा...फिर निकली एक गहरी सांस...सँभालना होगा उसे, उसके हक़ का मुआवज़ा दिलाना होगा। जानलेवा दुख के उन बेबस क्षणों में भी जाने किस अनजानी सी ताक़त ने आगे बढ़कर थाम लिए उसके हाथ। थोड़ा सामान्य होते ही वह चला ठेकेदार के यहाँ मुआवज़े के लिए।

सामान्य मानवीय स्तर से नीची खिसकी ज़िन्दगी अपनी शर्मिंदगी खो देती है। घाघ ठेकेदार ने बहुत देर तक उसकी उपस्थिति को अनुपस्थित करने के बाद मुआवज़ा देने से मना कर दिया। यह दिव्य ज्ञान था अविनाश के लिए। उसके बाजल में पहले तो अमूमन ऐसी दुर्घटना होती ही नहीं, हो भी नहीं सकती, सुरक्षा नियम ही इतने सख़्त हैं और ख़ुदा न ख़ास्ता कभी हो भी जाए तो बिना किसी कार्यवाही के ही नियमानुसार अपने आप पहुँच जाता था आर्थिक मुआवज़ा। उसके हिन्दुस्तानी दोस्त की मेड पर गरम तेल के कुछ छींटे पड़ गए थे, उसने उसे तुरन्त अस्पताल में भर्ती करवाया और सारा ख़र्चा उठाया, उसके बावजूद उसे डबल कम्पेन्सेशन देना पड़ गया था—एक तो उसके वर्तमान में जो नुकसान हुआ, उसके लिए और दूसरा इस हादसे के चलते भविष्य में उसकी कार्यक्षमता पर जो दुष्प्रभाव पड़ेगा, उसके लिए भी।

कहाँ गर्म तेल के कुछ छींटे और कहाँ मौत का खुला जबड़ा! सच कोई पागल ही कर सकता है ऐसे देश से प्यार!...चेहरे पर उफनती नफ़रत लिए अविश्वास और विस्फारित आँखों से घूरता रहा वह उस घुटे हुए ठेकेदार को जिसकी मोटी गर्दन पर कई तोले की सोने की मोटी चेन झूल रही थी। न ग्लानि, न अफ़सोस, न जवाबदेही और तो और हमदर्दी तक नहीं कि एक नौजवान उसके टावर की पुताई करते-करते जीवन से हाथ धो बैठा, उल्टा वह उन्हीं को गरिया रहा था—"हमने हर मज़दूर को सेफ़्टी बेल्ट दे रखी है, कितना ख़र्च आता है एक-एक सेफ़्टी बेल्ट पर, इसीलिए न कि कोई हादसा न हो, पर ये उलटी खोपड़ी के जो कहा जाए हर्गिज़ नहीं करेंगे उसे, हैं तो धूल चाटनेवाले, शहद भला क्यों चाटेंगे?"

आक्रोश में आकर अविनाश ने तल्ख़ी से कहा—"एक दिन मज़दूर बनकर देख मज़दूर की ज़िन्दगी साले, समझ में आ जाएगा कि धूल चाटना है कि शहद

चाटना है। तेरा काम करते हुए दुर्घटना हुई है, जिसमें मरा है वह, सीधे से मुआवज़ा दे नहीं तो मुक़दमा ठोकूँगा मैं।"

पंजे निकालते हुए गुटके भरे मुँह से कहा उस भावहीन चेहरे ने—"हम जानते थे कि अपनी लापरवाही से मरेगा मज़दूर और रिश्तेदार आ जाएँगे हमारी गर्दन दबोचने, इसलिए इसका इन्तज़ाम भी कर रखा है हमने। हमने भी कच्ची गोटी नहीं खेली। यह देख हमारा एग्रीमेंट लेटर।"

"एग्रीमेंट लेटर? कैसा एग्रीमेंट लेटर?" ग़ुस्से में आकर अविनाश ने उस ठेकेदार की गर्दन जकड़ ली।

अपने को छुड़ाते हुए फिर अश्लील अट्टहास किया उसने और बाजी जीतने के से अन्दाज़ में बोला, "कौवे के रोने से ढोल नहीं फूटता, देख यह है सुरक्षा फॉर्म, इसमें साफ़ लिखा है कि हम मज़दूरों को सेफ़्टी बेल्ट देंगे, पर यदि वे न पहनें और हो जाए कोई दुर्घटना तो इसके लिए हमारी कोई ज़िम्मेदारी नहीं होगी। जो चाहें कर ले, क़ानून हमारी मुट्ठी में है।"

"ब्लडी बास्टर्ड! क़ानून से तो बच जाएगा पर याद रखना जिस दिन ये मज़दूर अपनी पर आ जाएँगे, इनके आक्रोश से कौन बचाएगा तुझे और देखना जल्दी ही आएगा वह दिन।" झूठ, बेईमानी, बेशर्मी और मक्कारी के दलदल में धँसे उस केंचुए को देख नफ़रत से सुलगता रहा अविनाश। उत्तेज़ना में उसकी नसें तड़तड़ाने लगीं। हाथ कुलबुलाता रहा और दिमाग़ में बराबर बजती रही घंटियाँ, क्यों नहीं पहनते मज़दूर सेफ़्टी बेल्ट?

गहन दुख के ताप से पिघला रवि लटक गया अविनाश के कन्धे से और अवरुद्ध कंठ से जवाब दिया उसने—"बोले तो, शुरू-शुरू में तो हम सभी पहनते थे दादा, लेकिन बाद में यह एक प्रकार की अड़चन पैदा करता है, विशेषकर बाँस उतारते वक़्त जब हर मिनट के बाद पोजीशन बदल जाती है। एक बाँस खोलो, फिर सेफ़्टी बेल्ट खोलो, फिर दूसरे बाँस की लोकशन पर जाने से पहले फिर सेफ़्टी बेल्ट लगाओ, रस्सी खोलो और फिर मिनट बाद ही बेल्ट खोलो तो इसमें समय बहुत ज़ाया होता है और निश्चित समय पर काम पूरा न होने पर पगार कट जाती है, तो बोले तो, यह एक प्रकार से समय और बार-बार खोलने-पहनने के झंझट से बचने के लिए, जब हमारे हाथ-पैर सध जाते हैं तो हम सेफ़्टी बेल्ट पहनना बन्द कर देते हैं।"

"क्या ठेकेदार को मालूम था कि आप बिना सेफ़्टी बेल्ट के काम करते हैं?"

"हाँ, वो हरामी तो रोज़ ही वहीं खड़ा, सेब में दांत गड़ाते हुए हमें देखता और बात-बात पर भौंकता रहता था।"

"क्या उसने आपको कभी आगाह किया कि बिना सेफ़्टी बेल्ट पहने काम नहीं करने का?"

"नहीं दादा, बहुत कुछ कहता था पर यह कभी नहीं कहा कि सेफ़्टी बेल्ट पहनो। सब उससे थर-थर काँपते हैं, बोले तो किसकी मजाल कि वह बोले और कोई न पहने। पूरा घुटा घाघ है, शायद अंडे से ही ऐसा निकला था।"

विक्षुब्ध हो लौट गया अविनाश।

बहरहाल चीकू के लिए न्याय की लड़ाई ढाई घर आगे बढ़ी जब वकील ने केस तो दर्ज कर लिया लेकिन साथ ही यह भी कहा कि उम्मीद कम है लेकिन उम्मीद पर ही दुनिया कायम है।

"उम्मीद क्यों कम है, सरासर नाइंसाफ़ी है यह तो?"

"हाथ तो पहले ही काट डाले हैं घाघ ठेकेदार ने।"

रात! फिर निकला सारा आक्रोश मन में बसी नैंसी पर—कैसा लोकतंत्र जहाँ किसी के जीने का अधिकार कोई ठेकेदार अपनी जेब में लिए घूमता है? ऐसी परिस्थितियाँ पैदा कर दी गई हैं कि लोग कीड़ों में बदलने को तैयार हो जाएँ। मरी हुई सभ्यता की बू आने लगी है अब इस लोकतंत्र से।

दूसरा दिन! ज़िन्दगी और यथार्थ के दरवाज़े पर खड़े अविनाश ने भौचक्क हो देखा कि न्याय और अन्याय की सारी सीमा रेखाओं को मिटाते हुए आँसुओं से गीले उस आसमान के नीचे एक कम सभी मज़दूर काम पर आ गए थे। कोई सवाल नहीं, कोई खुला आक्रोश नहीं। उदासीनता और भावहीनता की बदबू फैली हुई चहुँओर। उस पूरे परिदृश्य में मैली लकीर से दिखते मज़दूर! दम घुटने लगा उसका। उसका बस चलता तो कहीं से टन भर आक्रोश और ग़ुस्सा ख़रीद लाता इस महान देश के लिए क्योंकि जिस समाज में सवाल उठने शेष हो जाते हैं कौन रोक सकता है उस समाज को मरने से? हादसे के बाद भी चुप रह जाने से बड़ा हादसा और क्या होगा? अविनाश के एक मन में उठा सवाल तो दूसरे मन ने सफ़ाई दी—ऐसा नहीं कि उन्हें चीकू के साथ हुए अन्याय पर आक्रोश नहीं या उनका ख़ून नहीं खौला, खौला है, पर जीवन ने इतनी भी गुंजाइश कहाँ छोड़ी है कि दोस्त का शोक भी

ढंग से मना पाएँ वे। भूख आक्रोश को नपुंसक बना देती है। बड़े क्रोध के लिए बड़ी सामर्थ्य चाहिए। सब अस्थायी मज़दूर, कभी भी काम से निकाले जा सकते हैं। समझो, समझ के देवता, अमानवीकरण की यह प्रक्रिया! इस ख़ूनी व्यवस्था का सम्पूर्ण सत्य!

रवि के चेहरे पर थकान जमा थी और दो दिनों में ही बूढ़ी हो चुकी आँखों की कहाड़ में दो आँसू अटके पड़े थे। जैसे ही अविनाश ने उसके कन्धे पर हाथ रखा, हिलग-हिलगकर रोने लगा वह।

कुछ भारी पल।

शान्त होने पर फफकते हुए कहा उसने—"बोले तो, क्या बताएँ दादा जैसे हमारे गाँव में जोशीले मदमस्त सांड को बधिया कर वीर्यहीन बैल बना हल में जोत दिया जाता है न, वैसे ही हम सब को इस नगरी ने हल में जोत दिया है। बैल बन गए हैं हम सब। भूख से लड़ते-लड़ते थक गए हैं, दम नहीं बचा हममें। इनसान नहीं रहे हम। इनसान वह होता है जो दूसरे के दुख-सुख में शामिल होता है। हर रोज़ मरते-मरते जीते हम न जी रहे हैं न मर पा रहे हैं। हर दिन के मरने से तो अच्छा हुआ कि एक बार में ही मर गया वो। आप तो पढ़े-लिखे हैं दादा, बताइए न कि ऐसा क्यों होता है कि जो ताक़तवर है वही सही है वही ख़ुदा है। न सवाल की गुंजाइश है न बातचीत की। बोले तो, भले ही वह महाबली अनाज का एक दाना न उगा सकता हो, मकान में एक ईंट तक न लगा सकता हो, दस क़दम पैदल चलने में नानी मरती हो। हम मज़दूरों का मांस नोच-नोचकर खा रहे हैं ये परजीवी। ये हाथ नहीं बाघ के पंजे हैं। धब्बे हैं धरती के, नाश हो इनका! हाय लगे इन्हें...।"

कहकर वो चुप हो गया।

वो सुनकर चुप रहा।

फिर मुड़ गया।

रूह में फाँस की तरह घुस गई यह घटना। मेहनत के बादशाह चीकू और रवि आए थे यहाँ बेहतर जीवन की उम्मीद में, पर कैसे दाँव पर ही लग गया जीवन। और जिसके चलते हुआ यह हादसा, उस ठेकेदार के भीतर कोई ग्लानि नहीं, पछतावा नहीं, क्या अग्नि ने जलना छोड़ दिया? क्या यह चीकू ख़ुद उसका विस्तार नहीं? फ़र्क़ फ़क़त इतना कि चीकू को व्यवस्था ने मारा, जबकि उसे ख़ुद उसके चुनाव ने। काश! वर्तमान में छुपे सुनहरे भविष्य और सुनहरे वर्तमान में छुपे

मटमैले भविष्य को समय रहते देख पाते हम। पर कितने लोग हैं जो वर्तमान के शोर-शराबे के बीच सुन पाते हैं उस अनकहे भविष्य को? अम्मा ने शायद पहचान लिया था वर्तमान में छिपे अपने सार्थक भविष्य को इसीलिए उनका विचलन नहीं हुआ। हालाँकि जैसा कि आशा आंटी ने बताया था उसे कि उनके मन में भी कभी-कभी द्वन्द्व उठता था 'जाऊँ न जाऊँ का द्वन्द्व', पर यह द्वन्द्व ही तो है ज़िन्दगी। लेकिन अभी तो सवाल यह है कि कैसे किया जाए इस अँधेरे से मुक़ाबला? याद आया कामथडी में किसी ने कहा था—ग़रीबों के लिए क़ानून इस देश में भ्रम है और सत्य कोमा में है। कितना सही है यह। नज़र काले बादलों से घिरे आसमान से होते हुए सामने खड़े एक ट्रक की पीठ पर पड़ी, लिखा था—हॉर्न धीरे बजाओ, सो रहा है मेरा देश!

सूबते सूरज की उदासी में घुल गई उसकी उदासी। जगाना होगा लोगों को इस अँधेरे से निपटने के लिए, झकझोरना होगा हाइबरनेशन में पड़े इस नेशन को, सिवाय इसके कोई विकल्प नहीं। मुट्ठी भींचते हुए सोचा उसने।

27

उस पूरे सप्ताह ही बेचैनियों का धारावाहिक चलता रहा। दाह संस्कार और ठेकेदार से झपट के बाद पिछले तीन दिन के अख़बार ध्यान से देख रहा है अविनाश। किसी एक या दो स्थानीय अख़बारों के पिछले पन्ने पर एकदम छोटी-सी ख़बर छपी थी चीकू की। इसके अलावा किसी भी मुख्यधारा के किसी भी बड़े समाचार-पत्र में कोई ख़बर नहीं थी चीकू की, अलबता उस दिन के सभी टीवी चैनलों पर गोरा होने के विज्ञापनों के साथ बिहार के मुख्यमंत्री की बेटी की शादी की तैयारियों, आनेवाले अतिथियों के नाम और दुल्हन के घाघरे की डिज़ाइन और मूल्य की विस्तृत चर्चा थी। 'ये हैं आज के महाभारत के संजय जो सत्य के सिवाय सब कुछ दिखाते हैं' मन-ही-मन गाली निकली उनके लिए।

चेतन-अवचेतन की संधि रेखा पर खड़े अविनाश ने बहुत दिनों बाद लिखा नैंसी को फिर एक मेल—

ओह लाइफ़! ओह टाइम! ज़िन्दगी की किताब का एक भीगा पन्ना आज और ग़ायब। जब से आया हूँ पन्नों को ग़ायब होते ही देख रहा हूँ। उफ़! कितना मुश्किल है यहाँ जीना। जितना हो सकता है कर रहा हूँ फिर भी ज़िन्दगी को बचा नहीं पा रहा हूँ। क्या करूँ, न करूँ, कुछ समझ नहीं पा रहा हूँ। ज़िन्दगी की चादर में इतने छेद हैं, नहीं जानता था? अम्मा के जाने का दुख भूला भी न था कि आज फिर यह ताज़ा टटका दुख। अम्मा की चिता तो देख नहीं पाया पर जिसकी चिता नहीं देखनी थी उसकी देख ली। जब तक न्याय नहीं दिलाऊँगा चीकू को, चैन से यहाँ से निकल भी न पाऊँगा। कितनी आंच थी उसमें, बाँका ख़ूबसूरत गया था और मुट्ठी भर राख बनकर घर लौटा है आज। बेहतर जीवन के लिए उड़ान भर चुके चीकू को क्यों अधबीच में ही मौत के अँधेरे में दम तोड़ना पड़ा। क्यों? कौन जवाब देगा मुझे? क्या किसी इतिहास में दर्ज होगी ये कहानी? दुख यह नहीं कि अम्मा और चीकू दोनों गए, दुख यह कि वे इस प्रकार गए। डाल के कमज़ोर पत्ते-सा वह क्या टूटा, भरोसा टूट गया मेरा जीवन से, श्रम से, संघर्ष से, देश के लोकतंत्र से। कोई इतना ताक़तवर कैसे हो सकता है कि दूसरे से जीने के सारे अधिकार ही छीन ले? उसे इनसान ही न रहने दे? आज सचमुच इनसान बनकर रहना मुश्किल होता जा रहा है। कितने चाव से गढ़ा था मामू ने! जीवन यहाँ मेहनतकश लोगों के लिए इतना धधकता अग्निकुंड क्यों है? जबकि ये ही हैं अर्थव्यवस्था के सेंसेक्स। अभी तक मैं जानता था कि जीवन का एक ही पासवर्ड है मेहनत, लेकिन यहाँ तो मेहनत ही सबसे ज़्यादा अनाथ है। क्यों? जवाब दो नैंसी। रात-दिन उठते-बैठते ये सवाल पीछा करते हैं मेरे। तुम्ही बताओ मैं क्या करूँ? नहीं रहूँ यहाँ? पर फिर सोचता हूँ कि 'अच्छा या बुरा जैसा भी है, यह मेरा देश है'। यह भी विचार आता है कि यह आदमी ही है जो अपने को इन्वॉल्व करता है, पक्षी तो आज भी वैसे ही घोंसला बनाता है। कभी लगता है जी रहा हूँ, कभी लगता है झूठ जी रहा हूँ। सवाल यह है कि जब अधिकांश दाँव पर लगा हो तो थोड़ा-बहुत जो बचा है उसे कैसे बचाया जाए?

क्या बताऊँ नैंसी, घर और बाहर के बीच बँटा हुआ हूँ। कुछ दिनों से स्नेहा की यादों ने बेचैन कर रखा है, सोच रहा था कि एक चक्कर बाजल का भी लगा ही आऊँ, पर चीकू की मौत ने फिर हत्थे से उखाड़ दिया है। यहाँ का क़ानून सिर्फ़ वर्ग हितों की रक्षा करता है। अब तो रास्ता एक ही बचा है लेकिन उसके पहले झाड़-झंखाड़ को साफ़ कर ज़मीन तैयार करनी होगी कि आन्दोलन के बीज बोये जा सकें, तब तक...

बहुत काम बाक़ी है। आज एक और ख़तरा उठाना चाहता हूँ। रवि एक संभावना है उसे बचाकर रखना चाहता हूँ, वापस कामथडी बुलाकर। मन में डर भी है और विश्वास भी। देखो यदि रवि मान गया वापस लौटने के लिए और उसकी आमदनी ठीक-ठाक बढ़ गई तो फिर यही प्रयोग बद्री, भीमा, तरुण, रामेश्वर और रामनिरंजन पर भी करूँगा। ये सभी छूटे हुए घर हैं। ढलती साँझ के सूरज हैं, जो उम्र के पहले ही ढल रहे हैं, बचाना होगा इन्हें। ये वे हैं जो मई की चिलचिलाती धूप में भी चालीस-पचास किलो का बोझा अपने सिर पर अपनी हड्डियों से भरी छाती और टूटी चप्पल के बावजूद ढोने का दमख़म रखते हैं। बदलना होगा इनके दिलोदिमाग़ की ताक़त को बिजली में। नहीं मैं इन पर दया नहीं कर रहा, न ही कोई अधिकार है मुझे इन ईमानदार और मेहनत के बादशाहों पर दया दिखाने का। ये हम लोग ही हैं जिन्होंने बना दी है उनकी ऐसी तक़दीर। सच नैंसी, यहाँ नहीं रहता तो ज़िन्दगी भर कच्चा ही रह जाता। कहाँ देख पाता वह दुनिया जो चल रही है ज़मीन के भीतर? कहाँ पढ़ पाता वे कहानियाँ जो कहानियों की दुनिया से बाहर हैं? कहाँ जान पाता कि इस सदी का इतिहास किसान और मज़दूरों के ख़ून से सना इतिहास है? कहाँ हो पाता अपने ज़माने के सर्वाधिक शर्मनाक हादसों का गवाह? हमारी सारी प्रगति और आधुनिकता की उड़ानें, ये संचार क्रान्ति, ये उच्च प्रौद्योगिकी, ये फ्लाईओवर, ये भव्य माल, ये हाईवे, ये बड़े-बड़े बाँध, ये गगनचुम्बी अट्टालिकाएँ...सब व्यर्थ हैं यदि हम इन ढलती साँझ के सूरजों को न बचा सके।

एक बात और। यहाँ सूखा ही नहीं बाढ़ भी एक समस्या है। अभी

मैंने नीदरलैंड के बारे में पढ़ा। समुद्र के पानी से हर साल बाढ़ की समस्या से जूझता था नीदरलैंड। वहाँ की सरकार ने बाढ़ का स्थायी समाधान ढूँढ़ा। नहरें ख़ुदवाईं, तालाब बनवाया, बाँध बनवाया, वाटर हार्वेस्टिंग सिस्टम लगवाया। और आज नीदरलैंड बाढ़ के पानी का भरपूर उपयोग कर ना केवल बाढ़ से मुक्त है बल्कि जल के प्रबन्धन के लिए भी मशहूर है। आज डच वॉटरमास्टर कहे जाते हैं और दूसरे देशों को अपनी बाढ़ प्रबन्धन तकनीक एक्सपोर्ट करते हैं। सोचो करना चाहे तो व्यक्ति हो चाहे राष्ट्र क्या नहीं कर सकता? लेकिन बिना कुछ छोड़े क्या कुछ हासिल किया जा सकता है?

लेकिन मामू इसे नहीं समझ रहे हैं। जब-तब कहते हैं—क्यों भुगत रहे हो यह आत्मनिर्वासन? लौट जाओ अपने घर। अब क्या कहूँ, कैसे समझाऊँ उन्हें कि यह आत्मनिर्वासन ही मेरा आत्मविस्तार है और जिस घर की बात कर रहे हैं वे, वह घर या तो कहीं है ही नहीं या हर कहीं है। सृष्टि और लोगों से जुड़ने का यह रोमांच ही क्या ईश्वरत्व नहीं? इन लोगों ने ही तो सिखाया है मुझे कि बिना प्रेम बाँटे दर्द नहीं बंटता और उसके लिए ज़रूरी है कि हम अपने भीतर के अच्छे को बाहर ले आएँ तो बाहर का बीभत्स भी ख़ुद-ब-ख़ुद अच्छा हो जाएगा।

और अन्त में नैंसी, तुमने सही लिखा कि जीवन किसी के बिना रुकता नहीं, कि मेरे बिना भी तुम्हारा जीवन ठीक-ठाक चल रहा है, कि तुम मेरे रास्ते की हिचकी नहीं बनना चाहतीं। नैंसी, तुम्हारा साथ और सामर्थ्य ही मुझे यहाँ टिकाए हुए है। बस यह समझ लो कि मैं सिर्फ़ अपने लिए ही यहाँ हूँ कि जब वापस लौटूं तुम्हारे पास तो एक बेहतर इनसान बनकर लौटूँ। अब अपना काम पूरा करके ही लौटूंगा। तुम जानती हो कि मेरे लिए यहाँ आना आसान न था और अब सचमुच मेरा यहाँ से लौटना भी उतना आसान नहीं होगा। तब तक यहाँ के आसमान में उड़ना ही मेरी नियति होगा।

तुमको और स्नेहा को प्यार। अपना ख़याल रखना।

—तुम्हारा अविनाश

दुख की लहरों के थम जाने पर जब जीवन फिर से उठकर खड़ा हो गया तब अविनाश ने रवि को कामथडी लौट आने का सुझाव दिया—चुपड़ी रोटी का तो नहीं कह सकता रवि लेकिन दाल-रोटी का जुगाड़ हो जाएगा, जब आप जैसे हाथ जुड़ जाएँगे हमसे। सड़क और तालाब बनवाने के बाद मैं इतना समझ गया हूँ कि जो हाथ और पाँव पचास-पचास किलो के बोरे चिलचिलाती धूप में सर पर ढो सकता है, वो क्या नहीं कर सकता। बस ज़रूरत है इस हिम्मत, हौसले और संघर्ष को सही दिशा देने की। अब तुमने भी देख ही लिया कि ख़तरा दोनों ही तरफ़ है तो क्यों न माटी से जुड़ा ख़तरा ही मोल लिया जाए? क्यों रहा जाए उस नगरी में जिसमें इस भ्रष्ट समय के देवताओं ने सबको भ्रष्ट कर दिया है?

सोच की धूप-छाँव के कुछ पल बीत जाने पर सोचते हुए कहा रवि ने—"दादा, पहली बात तो मेरी पगार निकल जाए इस महीने की, दूसरी बात..." बोलते-बोलते हिचकिचा रहा था रवि।

"नि:संकोच बोलो रवि।" अविनाश ने कन्धे पर हाथ धरते हुए कहा।

"बोले तो, जितना मुझे यहाँ मिलता है क्या उतने का जुगाड़ हो जाएगा दादा? क्योंकि यह कमीना ठेकेदार, यदि अभी मैं निकल गया तो मुझे दुबारा कभी काम पर नहीं रखेगा। कई छोटी-मोटी नौकरियों से होते हुए बड़ी मुश्किल से मैंने यह नौकरी पाई थी दादा, लेकिन मन अब सचमुच यहाँ से भी उखड़ गया है। न जाने कब मेरा भी हाल चीकू की तरह...।" और वह फिर बिसूरने लगा।

"मुझ पर विश्वास करो, यदि खेती से तुम इतना नहीं कर सके तो बाक़ी की कमी मैं पूरी कर दूँगा।

"ठीक है दादा, भगवान् आपको बनाए रखे।"

चल दिया अविनाश। साथ-साथ चल दिया स्मृति में सितारा बन टँगा, नलियों से घिरा चीकू का चेहरा जिसके लिए शुरू हुई न्याय की लड़ाई में अभी तक उसे हासिल हुई थीं तीन तारीख़ें, पिछले छह महीने में।

बहरहाल...

पिछले कई दिनों से एक स्वप्न बार-बार देख रहा है वह। स्वप्न में देखता है कि कामथड़ी बाजल बन गया है, सर्दियों वाला बाजल। बर्फ़ ही बर्फ़ है चौतरफ़ा, खेत-खलिहान, लोगों की दुकानें, घर...सब बर्फ़ की चादर में दब गए हैं। वह और मामू कुल्हाड़ी लेकर बर्फ़ को चीर रहे हैं, पर बर्फ़ की चादर के बीच से उठते धुएँ

से एकाएक घबड़ाकर आँखें खुल जाती हैं उसकी। सोचता रहता है वह इस विचित्र स्वप्न के बारे में...क्या है इसका मतलब?

28

लौटना...

पाँच साल बाद!

बवंडर, आँधियों और छल-कपट से भरपूर जीवन की भूलभुलैया में अटकते-भटकते अपने बचे-खुचे हथियारों के साथ आज भी कन्धे पर कुदाल रखे जीवन की कड़ी धूप में डटे हैं मामू, जबकि चाँद की घटती कलाओं की तरह जीवन में बहुत कम जीवन रह गया है। गीत निकल गए हैं, बची रह गई है गूँज। अविनाश हाथ थाम रोकना भी चाहे तो कहाँ रुकनेवाले हैं मामू। आब चाहे गई पर ताब वही है। हँसते हुए देते हैं एक ही जवाब—बैल जब तक भूसा खाएगा, हल में जोता जाएगा। लेकिन हृदय की अपनी ज़िद्द, आँसुओं का अपना काम। इसलिए कड़ुए काढ़े-सी बची ज़िन्दगी में जैसे ही फुरसतिया समय पास फटकता है, बाहर का अँधेरा भीतर के अँधेरे से जा मिलता है। दिल की घबड़ाहट और आँसुओं में मुठभेड़ शुरू हो जाती है। आँख का हर आँसू सवाल बन खड़ा हो जाता है—जाना तो सभी को होता है पर क्या तुम्हीं बचे थे चीकू सबसे पहले दौड़ लगाने के लिए? वह भी बिना किसी मक़सद के? क्यों कहानी के काग़ज़ पर तस्वीर अधूरी रही तेरी? क्या अक्षम्य अपराध हुआ मुझसे? बाघ के पंजे की तरह झपट्टा मारते हैं सवाल, पर वो ज़िन्दगी ही क्या जो दे दे सवालों के जवाब। कोई दिन ऐसा नहीं गुज़रता जब थाली से रोटी का कौर उठाते चीकू गले न अटकता हो। अविनाश चीकू का अभाव महसूस नहीं होने देता, उनके बदरंग जीवन का इकलौता ख़ुशरंग है अविनाश, रौशनी का एक टुकड़ा-सा, जिसके मोह में बँधे भी हैं मामू और मुक्त भी

हैं। इसलिए मोह-माया के अँधेरे-उजाले में उलझे मामू नहीं चाहते कि उनकी वजह से परायी अमानत अविनाश अपने घर के बिस्तर से दूर रहे। नहीं चाहते वे कि अविनाश का घरौंदा उनके चलते अधबना रह जाए। कनखियों से देख रहे हैं उसकी ओर जो उतरती धूप में परिन्दों का लौटना देख रहा है। आहिस्ता-आहिस्ता पास आते हैं और माथे पर हाथ फेरते हुए कहने लगते हैं—"अब तुम्हें लौट जाना चाहिए अपने घर बेटा, आख़िर तुम्हारा भी तो कोई भविष्य है।"

"भविष्य तो सिर्फ़ एक झाँसा है मामू, बहुत मुश्किल से निकला हूँ इसके चंगुल से। कामनाओं और ऊँची उड़ान भरते स्वप्नों का भविष्य ही तो कमाने गया था वहाँ और देखिए न जाने कब वह भविष्य दर्दनाक वर्तमान बन गया, अहसास तक न हुआ।" डूबते सूरज से आँखें मिलाते हुए कहता है अविनाश।

"ठीक है लेकिन अब तुम्हारे यहाँ रहने का भी क्या तुक है? तुमने उन सब सुविधाओं की व्यवस्था मेरे लिए कर दी जो शायद तुम अपनी अम्मा के लिए करना चाहते थे। घर को पक्का बनवाया, नल लगवाया, रंगीन टीवी लगवाया, मोटरबाइक तक ख़रीद दी मेरे लिए। क्या-क्या गिनवाऊँ। यहाँ के लोगों के लिए भी क्या नहीं किया तुमने। पहले यहाँ पीने तक के लिए पानी नहीं था, खेती तो दूर की बात। जो पहले मुश्किल से चना, ज्वार और बारिश में मूंगफली उगाते थे वे आज गन्ना, टमाटर, प्याज और कपास तक उगा रहे हैं। जिन घरों की औसत आमदनी पहले मुश्किल से आठ-दस हज़ार थी, आज सड़क और पानी मिलने के बाद वे साल में दो-दो, तीन-तीन फसल तक उगा रहे हैं, आराम से औसतन पचास-साठ हज़ार और कहीं-कहीं तो लाख तक कमा रहे हैं। अब तो दूसरे ज़िले के लोग भी पंचायत पर दवाब बना रहे हैं सड़क और पानी के लिए। सड़क और तालाब को लेकर जाने कितनी-कितनी कहानियाँ आस-पास के ज़िलों के गाँवों में खुले मुँह टहलने लगी हैं जिन्हें लोग अपनी थपकियाँ दे-देकर जिलाए रख रहे हैं। अब तो नासिक में ईंट पकाते-पकाते पक चुका बद्री और ठाणे में नदी से बालू निकालने के काम में लगा भीमा भी वापस आ रहा है। नवी मुम्बई में मज़दूरी करते दत्तु तडेकर, तरुण और राम निरंजन

भी वापस आने की सोचने लगे है। उम्मीद के जगते ही घर छोड़ने का दुख अब उन्हें सालने लगा है। रेशमा को भी तुमने जैविक खाद में लगा दिया है। बहुत किया तुमने हम लोगों के लिए, तुम जब यहाँ आए तब तुम्हारी यही इच्छा थी कि अपनी अम्मा को छू भर लूँ, तुमने छू लिया और शायद उससे आगे भी निकल गए हो। अब तुम अपने घर-परिवार की सुध लो बेटा और लौट जाओ घर के बिस्तर पर... मुझसे तुम्हारे जीवन का यह अधूरापन अब और नहीं देखा जाता...।" बोलते-बोलते मामू हँसे भी, रोए भी और प्रार्थना भी की।

मामू को लाड़ से निहारते हुए जवाब देता है अविनाश—"मामू, अम्मा बस थी और अपने होने में ही पूरी आस्था के साथ लोगों के सुख-दुख और स्वप्न संघर्ष से जुड़ी रही, अपने को खपाती रही। वह अपने समय में, अपने परिवेश में नमक की डली की तरह घुलती रही और वहीं व्यतीत हुई। अपने छोटे वृत्त में ही सही अम्मा का जीवन भी एक सन्देश था और मौत भी। मैं तो बस उसकी आत्मा भर को छूना चाहता था। नहीं जानता कि कितना छू पाया। नहीं जानता कि मेरे में अब कितना 'मैं' बचा है और कितनी मेरी अम्मा, लेकिन मेरी परेशानी यह है कि जब जीवन ही मेरे हाथ से निकल जाएगा तो मैं जीविका लेकर क्या करूँगा? सवाल यह भी है कि हम सबने जीवन से क्या पाया और क्या उसे लौटा कर गए? जीवन ने अम्मा को कुछ भी न दिया फिर भी अम्मा ने जो पाया उसमें कितना कुछ जोड़कर उसे वापस लौटाया। जबकि मैं अभी तक सिर्फ़ ख़ुद के लिए ही जीता रहा। अभी भी तो यही कर रहा हूँ, अपने लिए ही मैं हूँ यहाँ। मन का पानी इतना गन्दा हो गया था कि जीना दुश्वार लगने लगा था, आप लोगों ने इस गन्दे पानी में फिटकरी फिरा दी। अपनी कब्र से उठा दिया मुझे। मेरी अम्मा से मेरी क्या तुलना, यह भी तो अम्मा का ही कमाल कि जाने के बाद भी मुझमें मुझे उगा दिया। ख़्वाहिशों से ख़ाली मेरी आँखों में ख़्वाब भर दिया, मेरी माटी को फिर से गूंथ नया बना डाला, तमाम आशाओं-निराशाओं से गुज़रते हुए आख़िर में मैंने जीवन की सार्थकता और सकारात्मकता की एक अद्‌भुत खोज कर ही डाली, जाना मैंने कि सम्भावनाओं से भरी इस दुनिया में इनसान

होना क्या है। और जहाँ तक बात है मेरे अधूरेपन की तो मामू कुछ जीवन अपने अधूरेपन में ही सम्पूर्ण होते हैं। यह समय, इसका सरगम, इसकी अन्दरूनी धड़कनें, इसका हवा-पानी अधूरा ही सही मुझे फिर से गढ़ रहा है। गढ़ने दीजिए इसे।"

अवाक् हो चले गए मामू। पढ़ लिया था उन्होंने उन आँखों की उदास भाषा को जिसमें सारी पृथ्वी का दुख समाया हुआ था। सदियों में उगते हैं ऐसे पवित्र दुख। काश! ताई देख पाती इस बदले अविनाश को, जिसने बनाया उसे, बदल कर फिर से सजाया उसे, दुनिया ने देखा, बस वही न देख पाई।

एकाकी अविनाश सुनता रहा, आस-पास शोर मचाती मिली-जुली आवाज़ों को। महसूसता रहा थकी साँझ की उदास लालिमा को। देखता रहा अबीरी हुए आसमान के कोने में अटकी कालिमा को और सोचता रहा—समय नहीं बीतता हम ही बीतते जाते हैं पर कितना विचित्र है यह मन भी, नहीं जानता कि हैं तो हम सभी काल के चना चबेने, आज नहीं तो कल गुँथना तो सभी को है, काल की मुंडमाल में। किसको बख़्शा है उसने? मामू कहते हैं लौट जाओ, अरे! उतरा हुआ पानी क्या कभी लौटता है वापस? अपने उद्गम से निकली कोई भी लहर क्या लौट पाती है कभी? कौन सिकंदर लौट पाया कभी वापस अपने घर? क्या ख़ुद वह भी लौट पाया अपने उद्गम में? फिर भी आधा-अधूरा ही सही पर लौटना तो होगा उसे भी क्योंकि उधर से आती कर्तव्य की पुकार को भी अनसुनी नहीं कर सकता है वह। पर कब? वह ख़ुद नहीं जानता। सिवाय इसके कि लौटे तो बेहतर होकर लौटे। वहाँ था तो दिनोदिन कमतर ही होता गया, जड़ता में कसता गया क्योंकि श्रेष्ठ की संगत से दूर था। यहाँ के दुख और संघर्ष ने गतिशील बनाया है उसे। इसलिए फ़िलहाल फ़ॉर्मल ड्रेस पहन, मल्टीनेशनल जमूरा बन, पंख नोचकर उस खोखली दुनिया में लौटने के विचार मात्र से ही उबकाई आती है उसे। हाल-फ़िलहाल तो मन ऐसा बन्द किला बन गया है कि यहाँ की माटी और लोगों के बीच

मरने-खपने के अलावा किसी और मनोवृत्ति के लिए कोई जगह ही नहीं पाता है वह। अभी तो मन रमा है इसी आसमान में, अपने इसी अधूरेपन में, इसी यथार्थ की धूप में, इसी स्वप्न की चाँदनी में। अम्मा का अनकहा संकेत भी तो यही था। नहीं, उस अनकहे को समझने में कोई भूल नहीं हुई है उससे। ये तो वे नक्षत्र हैं जिनकी रौशनी में अँधेरे में चलता यात्री खोजता है अपनी मंज़िल। अम्मा के न होने को चाहे न समझा हो उसने, पर अनकहे को ठीक पकड़ा है। क्योंकि किसी के न होने को समझने के लिए ज़रूरी है किसी के होने हो समझना। जो हो न सका।